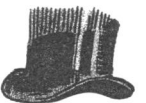

HEIGER OSTERTAG

Abgründe der Macht

HEIGER OSTERTAG
Abgründe der Macht

Historischer Roman

GMEINER SPANNUNG

Bisherige Veröffentlichungen im Gmeiner-Verlag:
Operation Sarajevo (2014)
Potsdamer Affäre (2013)

Für meine Frau Angelika

Besuchen Sie uns im Internet:
www.gmeiner-verlag.de

© 2015 – Gmeiner-Verlag GmbH
Im Ehnried 5, 88605 Meßkirch
Telefon 0 75 75 / 20 95 - 0
info@gmeiner-verlag.de
Alle Rechte vorbehalten
1. Auflage 2015

Lektorat: Sven Lang
Herstellung: Mirjam Hecht
Umschlaggestaltung: U.O.R.G. Lutz Eberle, Stuttgart
unter Verwendung eines Bildes von: © AKG Images
Druck: GGP Media GmbH, Pößneck
Printed in Germany
ISBN 978-3-8392-1652-1

INHALT

EIN DUNKLER PLAN

Als normales Product unsres staatlichen Unterrichts verließ ich Ostern 1832 die Schule als Pantheist, und wenn nicht als Republikaner, doch mit der Ueberzeugung, daß die Republik die vernünftigste Staatsform sei, und mit Nachdenken über die Ursachen, welche Millionen von Menschen bestimmen könnten, Einem dauernd zu gehorchen, während ich von Erwachsenen manche bittre oder geringschätzige Kritik über die Herrscher hören konnte. Dazu hatte ich von der turnerischen Vorschule mit Jahn'schen Traditionen (Plamann), in der ich vom sechsten bis zum zwölften Jahre gelebt, deutsch-nationale Eindrücke mitgebracht. Diese blieben im Stadium theoretischer Betrachtungen und waren nicht stark genug, um angeborne preußisch-monarchische Gefühle auszutilgen. Meine geschichtlichen Sympathien blieben auf Seiten der Autorität. Harmodius und Aristogiton sowohl wie Brutus waren für mein kindliches Rechtsgefühl Verbrecher und Tell ein Rebell und Mörder.

Otto von Bismarck. Gedanken und Erinnerungen, Band 1. I. Kapitel

⚭

Der Mann trat in das Zimmer, warf heftig die Tür zu und ließ sich auf einen Stuhl fallen. Er atmete schwer und es dauerte einige Zeit, bis er zur Ruhe kaum. Der Raum, in dem er sich befand, war ein Esszimmer, eingerichtet mit einem großen, ovalen Tisch, sechs Stühlen und einer Anrichte aus dunklem Nussholz. Ein bürgerliches Zimmer, einfach, aber solide eingerichtet. Der eben Eingetretene gehörte allerdings seiner Kleidung nach nicht dem bürgerlichen Stand an, da sie von einem guten Schneider gefertigt worden war und einen gewissen modischen Chic besaß. Zudem haftete dem Auftreten des Mannes etwas entschieden Militärisches an. Er selbst mochte einem Betrachter jung erscheinen und durfte Ende zwanzig, höchstens Anfang dreißig sein. Er war groß gewachsen, schlank und von einem durchaus ansprechenden Äußeren.

Nach einigen Minuten erhob sich der Mann und begann mit großen Schritten, zornig den Raum zu durchmessen. Seine Bewegungen hatten, selbst im Augenblick seiner offensichtlichen Unruhe, etwas ungemein Kraftvolles und Geschmeidiges. Eine Weile lief der Mann unruhig auf und ab. Schließlich blieb er am Fenster stehen und blickte hinaus auf die Straße. Dabei sah er jedoch nicht auf die Menschen, die dort ihrem Tagewerk nachgingen. Er hörte nicht das Rollen der Wagen und Kutschen, das Traben der Hufe, sondern starrte, blind für alles andere, in eine imaginäre Ferne.

»Er ist ein verfluchter Tyrann, er muss stürzen!«, rief er plötzlich laut. »Dabei«, fügte er für sich leiser hinzu, »ist er wahrhaftig eine denkbar interessante Figur. Ein Mann, der dem Zweckdienlichen alles unterordnet, mit dem beständigen Hang, die Menschen zu betrügen. Er glaubt sich im Besitz eines vollendeten Wissens, vermischt, schlau wie er ist, Persönliches und Allgemeines, Hässliches und Schönes mit Beifallsbedürftigkeit und einer geradezu kolossalen Lässigkeit.« Er schwieg einen Augenblick.

»Ja«, sprach er dann weiter und wurde wieder lauter: »Ich gestehe es vor aller Welt. Er ist mir widerwärtig, dieser geborene abscheuliche Tyrann!«

8

Der Mann schwieg erneut, fuhr sich mit beiden Händen durch das wirre, lockige Haar und verließ endlich den Platz am Fenster. Er begab sich zu einem Schreibtisch, setzte sich auf einen Stuhl und holte aus einem Fach einen Bogen weißes Papier hervor. Er legte das Blatt auf den Tisch, beugte sich vor und öffnete ein vor ihm befindliches Tintenfass.

»Ich will alles niederschreiben, was mich bewegt und was ich plane!«, rief er, griff zur Feder und begann gemäß des wirren Flusses seiner Gedanken zu schreiben. Ganz eigensinnig kamen diese einher, wild, quer und ungeordnet. Eine Zeit lang schrieb er so, dann hielt er inne und las das letzte Wort: »Genug!«

In der Tat, jetzt war es genug. Das Tun des verfluchten Despoten hatte ein derartiges Unrecht geschaffen, dass dieses niemand mehr dulden oder gar akzeptieren konnte. Frech hatte er sich hingestellt und die junkerlichen Weisheiten verkündet, wer solchen Gebrauch von seinen Rechten mache, gehöre ins Tollhaus! Das war die Begründung dafür gewesen, die Freiheit der Völker mit Kommissstiefeln zu zertreten. Doch es stimmte, was er dann sagte. Die großen Fragen konnten wahrhaftig nur durch das Eisen und durch Blut beantwortet werden. Der Mann hatte somit sein eigenes Urteil gesprochen, dessen Vollstreckung ihn bald ereilen solle. Der Schreiber legte das Blatt zur Seite.

Er hatte den Mann früher bewundert. Früher, doch seine Bewunderung war längst in Hass umgeschlagen. Vor allem seitdem er mehr über dessen Tun und Treiben erfahren hatte. Allein es genügte nicht, jenen zu hassen und ansonsten seinen Taten hilflos ausgeliefert zu sein. Er musste handeln, unverzüglich und sofort. Zunächst galt es aber, einen brauchbaren Plan zu fassen. Er hatte sich daher intensiv mit dem Objekt seiner Wut zu beschäftigen und diesem bis in die kleinsten Details seines Lebens nachzuspüren. Wer war also der Mensch, der so eiskalt über Leichen ging? Einmal hatte er ihn aus der Ferne gesehen, dann war er ihm noch ein zweites Mal begegnet. Beim letzten Mal hatte er ihn deutlich wahrnehmen können. Jede Geste, jede Miene des Mannes, jeder Zoll seiner riesigen Gestalt verkörperte arrogante Macht, war fleischgewordene Intrige und Gewalt. Gewalttätig war auch das ganze Handeln des Mannes. Er hatte bereits einmal das Schwert gezogen, und er würde es wieder aus der Scheide holen. Nein, die Zeitform stimmte nicht, er war eben dabei, es erneut zu zücken. Doch wer das Schwert führte, der würde durch das Schwert verderben. Ihm das Verderben zu bringen, war nun seine Aufgabe. Er musste ihn töten und er würde ihn töten! Mit dem Degen in der Hand oder, wenn es nicht anders ging, mithilfe einer Schusswaffe. Der Mann trat an einen Wandschrank in der Ecke, öffnete ein Fach und holte einen Revolver hervor. Er legte ihn auf den Tisch und betrachtete ihn eine Weile stumm. Dann nahm er ihn wieder in die Hand, ließ die Trommel rollieren und richtete ihn mit einer fast spielerischen Geste auf das Fenster.

SCHÜSSE UND SCHMISSE

Mein deutsches Nationalgefühl war so stark, daß ich im Anfang der Universitätzeit zunächst zur Burschenschaft in Beziehung gerieth, welche die Pflege des nationalen Gefühls als ihren Zweck bezeichnete. Aber bei persönlicher Bekanntschaft mit ihren Mitgliedern mißfielen mir ihre Weigerung, Satisfaction zu geben, und ihr Mangel an äußerlicher Erziehung und an Formen der guten Gesellschaft, bei näherer Bekanntschaft auch die Extravaganz ihrer politischen Auffassungen, die auf einem Mangel an Bildung und an Kenntniß der vorhandnen, historisch gewordnen Lebensverhältnisse beruhte, von denen ich bei meinen siebzehn Jahren mehr zu beobachten Gelegenheit gehabt hatte als die meisten jener durchschnittlich ältern Studenten. Ich hatte den Eindruck einer Verbindung von Utopie und Mangel an Erziehung. In mein erstes Semester fiel die Hambacher Feier (27. Mai 1832), deren Festgesang mir in der Erinnrung geblieben ist, in mein drittes der Frankfurter Putsch (3. April 1833). Diese Erscheinungen stießen mich ab, meiner preußischen Schulung widerstrebten tumultuarische Eingriffe in die staatliche Ordnung.

Otto von Bismarck. Gedanken und Erinnerungen,
Band 1. I. Kapitel

~◦~

Man schrieb das Jahr 1866. Der lange Winter war vorbei und der Frühling zeigte sich in der Mark Brandenburg, dem Kernland des Königreich Preußen, endlich in höchster Pracht. Die Hauptstadt des Landes, Berlin, erlebte einen lauen Maitag. In vierzehn Tagen würde das Pfingstfest gefeiert werden; die Zeit der langen, heißen Tage, deren Licht kein Ende zu nehmen schien, näherte sich.

Geschäftig durcheilten die Menschen die Straßen der preußischen Metropole, ein wahrer Strom flutete hin und her. Handel und Verkehr füllten die Gassen, Kutschen und Pferdedroschken rollten durch die weite Stadt. Fuhrwerke brachten Lasten und Waren in Fabriken und Läden. Da und dort erklang Militärmusik. Auf der Prachtstraße Unter den Linden schien das Tempo auf dem ersten Blick gemäßigter, doch auch hier herrschte buntes Treiben. Gesetzte Bürger mit Ehefrauen und blühenden Töchtern spazierten auf dem Trottoir. Dunkel gekleidete Beamte aus den nahen Ministerien eilten mit wichtiger Miene vorüber. Elegante Damen in weiten Überröcken und breitrandigen Florentinerhüten, unter denen Locken hervorquollen und die ein feiner Duft nach Maiglöckchen und Eau de Cologne umgab, strebten in die Cafés. Offiziere in blauer Uniform folgten ihnen mit Blicken und grüßten höflich. Weiter unten in der Straße in Richtung Stadtmitte schritten Herren in Überrock und hellen Westen, an denen schwere Uhrketten baumelten, und besprachen Geschäftliches. Jetzt erschien eine kichernde, große Schleifen tragende Gruppe von Backfischen, begleitet von Gouvernanten. All diese Menschen schlenderten, flanierten und liefen auf und ab und füllten die große Prachtstraße mit vielfältigem Lärmen.

Mitten unter der bewegten Menge in Höhe des russischen Gesandtschaftshotels spazierte gemessenen Schrittes ein gut gekleideter Herr. Er befand sich dem Äußeren nach in den besten Mannesjahren und war von beeindruckender Gestalt. Der Herr musste eine bekannte Persönlichkeit sein, denn er wurde ehrfurchtsvoll gegrüßt, und er grüßte seinerseits gemessen zurück, indem er den Zylinder leicht lüftete. Der Spaziergänger war der preußische Ministerpräsident Graf Otto von Bismarck, der nach einem Vortrag bei König Wilhelm das königliche Palais verlassen hatte und sich nun auf dem Heimweg befand.

Der Graf fröstelte leicht, eine Erkältung der letzten Tage machte ihm noch immer zu schaffen. Seine Gattin Johanna hatte am Mittag darauf bestanden, dass er, trotz des angenehmen Maiwetters, einen dicken Mantel über Rock, Weste und Hemd anzog, dazu eine seidene Unterjacke. Dennoch war ihm kühl, die Krankheit schien noch nicht völlig überwunden.

»Otto, du musst dich mehr um deine Gesundheit kümmern«, ermahnte ihn ständig seine Frau. Johanna hatte sicher recht, seit dem Jagdunfall in Schweden im Sommer 57 häuften sich die Krankheiten. Beinahe wäre als Spätfolge des Sturzes vom Pferd vor sieben Jahren sogar sein linker Unterschenkel amputiert worden. Zum Glück hatte er sich gegen den russischen Chirurgen Dr. Pirogoff durchsetzen können und das Bein behalten. Aber die Rekonvaleszenz hatte lange gedauert. Und jetzt, er sah sich im besten Alter, denn er war im letzten Monat gerade einundfünfzig geworden, quälte ihn seit einigen Wochen ein grässlicher rheumatischer Schmerz unter dem linken Schulterblatt. Graf von Bismarck schüttelte ärgerlich den Kopf. Krankheit war letztlich Einbildung, er durfte an diese Schmerzen einfach nicht denken. Mit einem guten Essen, einem herzhaften Frühstück mit Braten, Schinken und Eiern und Kuchen ließen sich die Lasten eines Tages einfach besser bewältigen und alle Krankheiten kurieren. Obwohl – der Vortrag bei Seiner Majestät war anstrengend gewesen, zumal die aktuelle politische Lage im Bund äußerste Brisanz zeigte. Wieder einmal Österreich und die Sachsen! Bismarck seufzte. Österreich rüstete für den Krieg, an den Börsen gab es Unruhe und Bewegung, und vor allem war den Franzosen und ihrem Kaiser nicht recht zu trauen. Die Schleswig-Holstein-Frage stand erneut im Mittelpunkt, und damit die Bundesfrage, ja im eigentlichen die Frage der Einheit. Nein, dachte er leicht missmutig, diese Fragen beantwortete er heute nicht mehr, obwohl er sich die eine oder andere Antwort vorstellen konnte. Aber so einfach waren mit Seiner Majestät Antworten nicht zu finden.

Der Ministerpräsident blieb stehen, zog die Taschenuhr hervor und warf einen Blick auf das Ziffernblatt – gleich halb sechs. Zu Hause erwarteten ihn Gäste und ein kräftiges Abendessen. Er beschleunigte seinen Schritt, fiel dabei unwillkürlich in den Rhythmus des gerade vorbeimarschierenden 1. Bataillons des 2. Garde-Regiments zu Fuß. Den kommandierenden Offizier kannte er gut. Bismarck trat auf ihn zu, um ihn kurz zu begrüßen, da knallte es in seinem Rücken zweimal laut.

Was war das?

Pistolenschüsse, wer schoss?

Er drehte sich rasch um. Unmittelbar hinter ihm befand sich ein schmaler junger Mann von vielleicht zwanzig, zweiundzwanzig Jahren. Der Mann sah ganz ordentlich aus. Er war mit einem anständigen dunklen Anzug bekleidet und hatte ein graues Plaid über die Schulter geworfen. Sein Hut war ihm entfallen. War er der Schütze? Da sah Bismarck, dass der junge Mann einen Revolver direkt auf ihn gerichtet hielt. Ja, der Kerl hatte offenbar gerade auf ihn geschossen und augenscheinlich nicht getroffen! Bismarck zögerte nicht und sprang vor. Er ergriff den Burschen an der Kehle und packte gleichzeitig den rechten Arm des Mannes. Ein weiterer Schuss krachte. Ein in der Nähe befindlicher Herr versuchte ebenfalls, den Angreifer in seinem Tun zu hindern.

Doch dem Attentäter gelang es, den Revolver in die linke Hand zu nehmen und diesen auf die Brust Bismarcks zu setzen. Erneut drückte der Mann ab. Der Graf spürte einen kurzen Druck, einen jähen Schmerz – war das der Tod? Einen Augenblick durchfuhr ihn ein Schwindel, der sofort wieder verschwand. Nein, nichts war passiert, den Schmerz musste er sich eingebildet haben, denn das Herz schlug weiter. Er atmete, er lebte; die Kugeln hatten trotz der kurzen Distanz ihr Ziel verfehlt – er war unverletzt! Die Soldaten und Offiziere des 2. Garde-Regiments eilten hinzu, der Schütze wurde ergriffen, entwaffnet und mit gefesselten Händen zur Polizeiwache in der Dorotheenstraße gebracht. Bismarck blieb zurück, besorgte Bürger umringten ihn.

»Sind Eure Exzellenz verletzt worden?«

»Nicht im Geringsten, nur der Stoff ist etwas verbrannt.«

»Und Sie fühlen sich wohl?«

»Gewiss, es ist nichts passiert!«

Sie beglückwünschten den Ministerpräsidenten zum glimpflichen Ausgang des Mordanschlags und geleiteten ihn schließlich unter Hochrufen heim in die Wilhelmstraße 76. Das Ganze war ihm lästig, aber unvermeidbar, und irgendwie rührte ihn die Anhänglichkeit der Bürger. Daran, ein Krankenhaus aufzusuchen, dachte er nicht, er wollte nur nach Hause.

Dort warteten im Salon bereits ungeduldig die Gäste. Die Damen und Herren wurden allmählich hungrig, allein der Ministerpräsident ließ weiter auf sich warten. Die Gastgeberin, Bismarcks Ehefrau Johanna, trat ans Fenster und hielt nach ihrem Gatten Ausschau. Auf der Straße war die vertraute Silhouette noch nirgends zu sehen. Sie wandte sich mit einem Seufzer vom Fenster ab.

»Dein Vater wird länger bei Seiner Majestät sein, als er

angenommen hat. Es ist auch immer so viel zu besprechen«, sagte sie zu ihrer Tochter Marie.

»Heute hätte Papa ruhig pünktlich sein können«, erwiderte Marie leise und zog einen Schmollmund.

Ihre Mutter ging nicht weiter auf die Bemerkung ein und begab sich zurück zu ihren Gästen. Dort bemühte sie sich redlich, der Gesellschaft die Wartezeit mit Plaudereien zu verkürzen. Johanna von Bismarck liebte Musik und spielte selbst ausgezeichnet Klavier, so lenkte sie das Gespräch auf ihr Lieblingsthema. Bald sprach die Runde über den in Bayern lebenden Sachsen Richard Wagner. Noch immer bewegte die letztjährige Aufführung seiner Oper ›Tristan und Isolde‹ die Gemüter und es wurde gleichermaßen gelobt wie getadelt.

»Ich stehe mit dem Meister in enger Verbindung«, tat die Gräfin von Schleinitz-Wolkenstein, Gattin des preußischen Hausministers Alexander von Schleinitz, selbstgefällig kund. »Mein Gemahl hat vor, den Meister nach Berlin einzuladen.«

»Wie überaus interessant«, erwiderte Johanna, die die Salonnière und deren leidenschaftliches Engagement für den Komponisten übertrieben fand. »Mir ist Wagners Musik einfach zu ungestüm. Aber mein Mann schätzt ihn sehr. Otto liebt auch sonst Musik über alle Maßen. Als er im letzten Jahr zu Beginn des Septembers mit Seiner Majestät Baden besuchte, war er abends beim Grafen Flemming eingeladen und berichtete mit Freude von dem prächtigen Quartett mit Josef Joachim, der seine Geige wirklich wunderbar spielte.«

In diesem Augenblick öffnete sich die Tür und der Hausherr trat ein. Bismarck war sichtlich gut gelaunt. Aufgekratzt begrüßte er die Anwesenden mit einigen Scherzen und entschuldigte sich, er müsse leider noch eine Nachricht an Seine Majestät senden, dann erst könne er sich voll und ganz der Gesellschaft widmen. Darauf verschwand der

Graf in seinem Arbeitszimmer, griff zu Papier und Tinte und schrieb rasch an den König. Er teilte Seiner Majestät in wenigen Worten mit, was sich Unter den Linden ereignet hatte. Schließlich war der Hausherr fertig, löschte die Tinte mit Sand, siegelte den Brief und übergab das Schreiben einem Diener zur sofortigen Beförderung. Der Graf wechselte den Rock, kehrte darauf in den Salon zurück, und die Gesellschaft setzte sich zu Tisch. Während dies geschah, trat Bismarck auf seine Gemahlin zu. Er umarmte kurz die schlanke Gestalt, küsste sie auf die Stirn und sagte wie beiläufig in ruhigem Ton: »Mein Kind, heute haben sie auf mich geschossen, aber es ist nichts.«

Johanna erbleichte. »Um Gottes willen, Otto, was ist passiert?«, rief sie entsetzt. »Welcher ruchlose Mensch hat auf dich geschossen?«

Stimmengewirr entstand, Fragen wurden laut.

»Geschossen?«

»Wer war das?«

»Ist der Täter gefasst?«

»Wie kann so etwas geschehen?«

»Was ist da zu verwundern?«, sagte Bismarck. »Wer als öffentliche Zielscheibe dasteht, wird mitunter beschossen.«

Die erschrockenen Gäste drängten den Grafen, den Vorfall zu schildern. Bismarck setzte sich lächelnd hin und bat darum, sich erst stärken zu dürfen. Während er sich mit großem Behagen den Speisen widmete, berichtete er den Anwesenden vom Hergang des Attentats:

»Ich ging Unter den Linden auf dem Fußweg zwischen den Bäumen vom Palais nach Hause. Als ich in die Nähe der russischen Gesandtschaft gekommen war, hörte ich dicht hinter mir zwei Pistolenschüsse. Ohne zu denken, dass mich das anginge, drehte ich mich unwillkürlich um und sah etwa zwei Schritte vor mir einen kleinen Menschen, von bräunlicher

Gesichtsfarbe, der mit einem Revolver auf mich zielte. Ich griff nach seiner rechten Hand, während der dritte Schuss losging, und packte ihn zugleich am Kragen. Er aber schoss noch zweimal. Als Jäger sagte ich mir, die letzten beiden Kugeln müssen gesessen haben, ich bin ein toter Mann. Doch es war nicht an dem. Ein unbekannter Herr half mir, den Kerl festzuhalten. Es eilten auch sogleich Schutzleute herbei, die ihn abführten. Mir tat eine Rippe etwas weh, ich konnte aber zu meiner Verwunderung bequem nach Hause gehen.«

Robert von Keudell, ein guter Freund des Hausherrn, wandte sich besorgt an den Grafen. »Otto, ich fürchte, Sie nehmen das Ganze zu leicht. Sie müssen sich untersuchen lassen. Vielleicht ist doch mehr passiert, als Sie wahrhaben wollen.«

Bismarck schüttelte energisch den Kopf. »Nein, ich habe von dem Ganzen höchstens ein paar blaue Flecke bekommen. Die Angelegenheit ist der Aufregung nicht wert. Lasst uns jetzt in Ruhe speisen, meine Freunde!«

Indessen hatte Johanna doch zu einem Arzt geschickt, der alsbald erschien und den Grafen untersuchte. In der Tat war ihm außer einigen Prellungen nichts weiter geschehen.

»Wie ist nur möglich, dass drei Kugeln aus solcher Nähe fehlgehen und die eine, die die Brust traf, unschädlich blieb!«, rief ein Gast.

»Das ist ein Zeichen der Vorsehung«, bemerkte Hedwig von Keudell, die Ehefrau Robert von Keudells. »Das Schicksal hat noch Großes mit Ihnen vor.«

Die übrigen Gäste stimmten ihrer Aussage zu.

Die Gesellschaft aß weiter, doch die Stimmung hatte sich verändert. Man fand nicht mehr zum leichten Plauderton zurück und spekulierte, wer hinter dem Anschlag stecken mochte.

»Ein Anschlag der Österreicher?«

»Oder radikaler Studenten?«

»Der Bayern oder gar der Franzosen?«

»Ich traue den Württembergern nicht!«

Schließlich endete das Diner, aber einig wurde man sich nicht. Die Herren erhoben sich, um im Rauchsalon eine Zigarre zu genießen und dort weiter zu debattieren, als ein Diener hereinstürzte und höchsten Besuch meldete: »Seine Majestät der König!«

König Wilhelm I. hatte, als er vom Attentat erfuhr, sein eigenes Mahl verlassen, anspannen und zum Ministerpalais fahren lassen, um persönlich seinem Ministerpräsidenten zur Rettung zu gratulieren. Bismarck ging Seiner Majestät bis zur Treppe entgegen und empfing einen herzlichen Händedruck.

»Mein lieber Bismarck«, sagte der bewegte König mit bebender Stimme, »ich danke Gott aus tiefster Seele für die Gnade, dass Sie mir erhalten geblieben sind. Welch ein Verlust für das Vaterland, wenn Sie uns genommen worden wären! Ein Abgrund hätte sich aufgetan! Jetzt erst fühlt man so recht, wie unersetzlich Sie sind!«

Wilhelm wurde von seinem Leibarzt Professor Lauer begleitet, der Bismarck auf Drängen des Königs in einem Seitenkabinett in Wilhelms Anwesenheit nochmals untersuchte. Auch er stellte fest, dass der Graf unverletzt war. Die ersten Schüsse, die der Attentäter aus der Entfernung abgegeben hatte, hatten offenbar nur den Rock gestreift. Lediglich eine der letzten Kugeln, die im Handgemenge direkt auf Bismarcks Brust abgefeuert wurden, hatte die Kleidung durchbohrt, war aber von der Rippe abgeglitten und hatte nichts mehr hinterlassen als besagte, etwas schmerzende Prellung. Für den Professor grenzte dies fast an ein Wunder und so äußerte er sich. »Hier ist keine andere Erklärung als die, dass Gottes Hand dazwischen gewesen ist.«

Bismarck lächelte verbindlich, sagte jedoch nichts weiter. Seine Majestät gratulierte erneut und verabschiedete sich dann mit dem Professor, der dringend Ruhe empfahl. Das war allerdings kaum möglich, dem Ratschlag nachzugehen, denn in den nächsten Stunden füllte sich die Wohnung mit immer neuen Gästen.

Kurz nachdem der König gegangen war, wurden Seine Königliche Hoheit Prinz Karl und Feldmarschall Wrangel gemeldet, denen im Laufe des Abends eine ununterbrochene Reihe von Staatsbeamten, Generälen und Offizieren, Bürgern und städtischen Angestellten, welche sich teils in ein eigens ausgelegtes Buch eintrugen, teils ihre Karten abgaben, folgten. Wrangel, der mit Bismarck sehr vertraut war, küsste ihn auf beide Wangen und rief mit Pathos: »Mein Sohn, ick preise den lieben Gott. Du bist wie unsere olle Jarde, die niemals stirbt.«

Die Nachricht vom Attentat verbreitete sich wie ein Lauffeuer durch die Stadt. Tausende von Menschen kamen an den Ort der Tat und vor die Ministerwohnung. Graf von Bismarck musste sich mehrere Male am Fenster dem Publikum zeigen, das ihn mit lauten, lebhaften Zurufen begrüßte.

»Gottes Hand und der dicke Mantel mit Rock, Weste und Hemd haben mich beschützt«, sagte Bismarck später zu seiner Gemahlin, als die Gäste nach Mitternacht endlich gegangen waren und Ruhe eingetreten war. »Doch«, wandte er sich an Hauslehrer Braune, »es wird mir recht schwer werden, heute mein Vaterunser zu beten. ›Vergib uns unsere Schuld, wie wir vergeben unseren Schuldigern‹ ist nach einem solchen Geschehen schwer zu sagen.«

»Ganz recht, Ottochen«, stimmte ihm Johanna zu. »Wenn ich einmal tot bin und die Himmelsleiter hinaufsteige und komme an der Höllentür vorbei und sehe den Kerl da stehen, dann gebe ich ihm einen Stoß, dass er ganz tief in die Hölle hinabfliegt«, fügte sie hinzu.

»Ach, Johanna, wenn du in dem Augenblick noch so denken könntest, wärest du ganz bestimmt nicht auf der Himmelsleiter«, antwortete der Graf lachend. Dann zogen sich die Bismarcks zur Ruhe in ihre Gemächer zurück. Hier in der privaten Abgeschiedenheit fiel Johanna ihrem Otto weinend um den Hals.

»Auf dich zu schießen! Das war ein wahrer Mordbube, ein Teufel, den man wie ein wildes Tier töten muss!«

Bismarck schüttelte den Kopf. »Nein, das war kein Teufel, sondern nur ein verwirrter junger Mensch. Einer wie damals der Student Sand, der Kotzebue tötete.«

»Das ist mir gleich, Otto. Ich habe im Nachhinein schreckliche Angst um dich. Fast wie damals, als du in dieses sinnlose Duell verwickelt warst.«

»Das ist doch so lange her, Johanna«, erwiderte Bismarck. »Darüber musst du nicht mehr nachdenken. Alles vorbei und längst vergessen. Grübele nicht mehr und mach dir keine unnötigen Sorgen. Mir passiert nichts. Ich stehe in Gottes Hand. Schlaf jetzt, es ist schon spät!«

⁓᠅⁓

Was war nur mit ihm los gewesen? Was hatte ihn so handeln lassen, wie er gehandelt hatte? Er hatte alles mit angesehen, war in nächster Nähe gewesen, als der Mann auf den Ministerpräsidenten schoss und hatte sogar geholfen, ihn festzunehmen. Warum nur? Warum zog er nicht auch die Waffe und vollendete, was dem anderen nicht gelungen war? Etwas, er wusste nicht genau was, ließ ihn zögern, löste die Hand von der Pistole in der Tasche und hielt ihn von der Tat ab. Seine Gedanken rasten. Alles in ihm war wirr, war in Bewegung und durcheinandergeraten. Dabei war es gar nicht so lang her, dass sein Leben, seine Welt völlig in Ordnung gewesen zu sein schien. Ordnung, was für ein seltsames Wort voller falscher Beruhigung. Ordnung, Ordnung, wiederholte er mehrmals, wie sinnlos das klang. Er fuhr sich mit der Hand an den Kragen. Das alles nahm ihm die Luft, er hatte das Gefühl, als könne er nicht mehr atmen. »Nein!«, rief er laut. »Ich halte es hier nicht mehr aus!«

Der Mann sprang auf, verließ die Wohnung und das Haus. Er eilte hinaus auf die Gasse. Es begann zu regnen, immer stärker, bis es wie aus Kübeln goss. Er achtete nicht darauf, dass er völlig durchnässt wurde. Er lief und lief. Bilder schossen ihm durch den Kopf, wirre Gedanken, er wusste nicht welche und was – und vergaß das Gedachte gleich wieder. Schließlich kehrte er im Scheunenviertel in einer der vielen Wirtschaften ein. Ein dunkles Lokal, schmutzig und verraucht, voller Trinker und Dirnen; aber man hatte dort seine Ruhe. Der Mann wehrte eine der armseligen Kreaturen ab, die ihm ihre billigen Reize verkaufen wollte, und drückte sich in eine Ecke. Er ließ sich ein Bier bringen, trank einen tiefen Zug und kam langsam wieder zur Ruhe.

Die erste Veränderung war im Dezember geschehen. Die Festtage waren bereits vorüber und das neue Jahr stand vor der Tür. Er war gerade nach Berlin zum Dienst in der Gesandtschaft zurückgekehrt, nachdem er das Weihnachtsfest bei seiner Mutter und dem Onkel in Dresden verbracht hatte, da erreichte ihn die Nachricht von dem Unglück. Seine Mutter, die Freifrau Friederike Marie von Sandersleben und ihr Schwager Georg, der jüngere Bruder seines vor mehr als zehn Jahren verstorbenen Vaters Freiherr Karl von Sandersleben, waren beide kurz nach seiner Abreise bei einem Schlittenunfall getötet worden. Fünfzig Jahre war die Mutter nur alt geworden, Onkel Georg war noch jünger gewesen. Anfang Dezember, genauer am siebten, dem Tag nach Nikolaus, hatten sie gemeinsam ihren Geburtstag begangen; der Onkel feierte den fünfundvierzigsten und er, Eduard, seinen achtundzwanzigsten. Nicht nur der Geburtstag war gefeiert worden, sondern auch, dass Eduard endlich, nach einigen bewegten Jahren im Dienst seines Landes, in denen er in Österreich, in Ungarn, in Turin gelebt hatte und schließlich nach Berlin kommandiert worden war, im kommenden Jahr, im Sommer oder vielleicht schon im Frühling, wieder nach Dresden zurückkehren durfte, wo seine Verlobte Luise bereits sehnsüchtig auf ihn wartete.

Kurz vor Silvester kam der schwarz geränderte Brief. Eine tiefe Traurigkeit erfasste ihn, als er diesen zögerlich öffnete und die beiden Todesmeldungen las. Er machte sich, so schnell es ging, von seinem Dienst frei, meldete sich bei seinem Vorgesetzten ab und fuhr mit der Eisenbahn von Berlin nach Dresden, um alles, was aufgrund des Todes der Mutter und des Onkels anfiel und zu tun war, mithilfe des im Haus verbliebenen treuen Dieners Karl zu erledigen. Die Beerdigung von Mutter und Onkel war unter großer Anteilnahme erfolgt. Eine Militärkapelle spielte einen getragenen Trauermarsch, und Generalmajor von Schimpff kondolierte ihm persönlich. Dies insbesondere, da der Onkel als Major das sächsische II. Infanterie-Bataillon geführt hatte und, wie früher Eduards Vater, vielfach im Ausland als Attaché und Kriegsberichterstatter im Einsatz gewesen war. Onkel Georg war unverheiratet verstorben, und so musste sich Eduard, neben dem mütterlichen Nachlass, auch um seine Hinterlassenschaften kümmern. Und damit fing alles an …

Johanna schloss brav die Augen, und bald zeigten ihre regelmäßigen Atemzüge, dass sie eingeschlafen war. Bismarck hingegen wälzte sich hin und her – und fand, trotz seiner Worte, selbst keinen Schlaf.

Der Tag war sehr anstrengend gewesen. Morgens war dieser obskure Brief gekommen, es war bereits der dritte in diesem Jahr. Er hatte ihn kurz überflogen und dann ärgerlich den Kopf geschüttelt. Alles, was er enthielt, waren Lügen und bösartige Unterstellungen. Ein einziger übler Schmutz und giftiger Unrat. Ähnlich den Schreiben, mit denen sich vor Jahren Freund Scharlach beschäftigt hatte. Angeekelt hatte er die Blätter ins Feuer geworfen. Mittags trafen neue Nachrichten aus Frankfurt und Italien ein; langsam braute sich über Deutschland ein böses Unwetter zusammen. Er konnte nur hoffen, dass alles so ablief, wie er es geplant hatte und sich ihm und dem Land nicht ein Abgrund öffnete. Wenigstens war das am Nachmittag geführte Gespräch mit Seiner Majestät ein gewisser Lichtblick gewesen. König Wilhelm folgte in allen aktuellen Fragen seinem Rat, auch wenn er da und dort gewisse Vorbehalte zeigte und mitunter recht schwierig und starrköpfig sein konnte. Aber insgesamt war Bismarck mit dem Resultat der Unterredung mit Seiner Majestät durchaus zufrieden gewesen. Doch am Ende des Tages hatte man dann auf ihn geschossen. So etwas geschah nicht ohne Absicht, das war geplant, und es stellte sich die Frage, wer das Attentat veranlasst hatte. Wer steckte hinter dem Geschehen? Eine Organisation, ein feindlicher Agentenring oder handelte es sich nur um einen verwirrten Einzeltäter, wie er gegenüber Johanna behauptet hatte? Vielleicht um jemanden aus dem Kreise der liberalen Opposition? Nein, das waren keine Mordbuben, die Herren würden offen gegen ihn auftreten und ihn notfalls fordern. So wie damals Vincke. Das vermaledeite Duell, auf das seine Frau angespielt hatte. Lange hatte er nicht mehr daran gedacht.

Georg von Vincke, ein früheres Mitglied der Frankfurter Versammlung und später Abgeordneter der preußischen zweiten Kammer, war ihm schon immer unsympathisch gewesen. Während der sogenannten Revolution des Jahres 48 hatte der Freiherr sich sogar auf die Seite der Aufständischen geschlagen. Er sah die Szene noch vor sich. Ein Billett des Freiherrn bat ihn, sich mit ihm im Hotel des Princes, Parterre rechts, zu einer wichtigen Konferenz zu treffen. Dort behauptete Vincke, im Auftrag von Höheren zu sprechen. »Nur Sie können den König bewegen, auf unseren Antrag einzugehen«, sagte er. »Es ist eine überaus schwierige Angelegenheit.«

»Ich bin gespannt und ganz Ohr«, erwiderte Bismarck und fragte, wer die »Höheren« seien, die Vincke zu seiner Darlegung ermächtigt hätten.

»Das will ich nicht verschweigen«, antwortete dieser mit gedämpfter Stimme. Er schob die wulstige Unterlippe vor. »Um es kurz zu machen: die Nation fühlt, dass Seine Majestät der König den nationalen Ansprüchen nicht genügen kann, nicht genügen will. Man wünscht daher die Abdankung des Königs.«

»Das ist ein revolutionärer Akt, den ich vor meinem Gewissen nicht verantworten könnte«, entgegnete Bismarck scharf. »Wenn Sie allerdings Garantien geben, dass Preußen die Leitung der deutschen Angelegenheiten erhält, so ließe sich darüber reden. Der Prinz von Preußen würde das Ruder sicher fest ergreifen.«

»Oh nein«, erwiderte Vincke, »nicht der Prinz ist derjenige, auf den wir unsere Hoffnung setzen. Ich darf ohne Übertreibung behaupten, er ist der unpopulärste Mann im ganzen Lande.«

»Die Armee denkt anders.«

Vincke schnippte verächtlich mit den Fingern. »Der Prinz ist unmöglich. Nein, wir wünschen die Regentschaft der Prinzessin während der Minderjährigkeit ihres Sohnes, der liberal erzogen werden wird.«

Bismarck erhob sich kerzengerade und sah Vincke fest an. »Auf einen solchen Antrag kenne ich nur eine Antwort: die Anklage auf Hochverrat!«

»Sie nehmen, werter Herr, das Ganze zu tragisch. Es handelt sich um eine politisch gebotene Maßregel! Ihr Prinz wird Kartätschenprinz genannt, man sagt, er habe 1849 auf die Bürger schießen lassen. Das Volk liebt ihn nicht, wenn auch die Bezeichnung Kartätschenprinz übertrieben ist.«

»Leider!«, gab Bismarck scharf zurück.

»Ich habe Ihren Kommentar nicht gehört, Herr von Bismarck«, sagte Vincke, »sonst müsste ich aufgrund Ihres Wortes Konsequenzen ziehen.«

»Ich bin zu jeder Satisfaktion bereit«, erklärte Bismarck kühl.

Aber Vincke hatte gekniffen, und die Satisfaktion musste bis zum März 1852 warten. Wieder provozierte ihn der Freiherr durch Worte. Er attackierte ihn öffentlich im Landtag und behauptete, Bismarcks einzige diplomatische Leistung als Gesandter am Frankfurter Bundestag sei bisher eine brennende Zigarre gewesen, worauf dieser scharf konterte – und daraus erwuchs nun endlich ein Duell.

Der Graf konnte sich gut an den Abend vor dem Kampf erinnern. Er verbrachte diesen zunächst bei einem alten Bekannten, dem General Leopold Gerlach. Sie saßen im Herrenzimmer, rauchten Zigarren und tranken dazu dunkles Bier, denn Gerlach war der Meinung, dass der Zigarrengeschmack sich nur mit Bier vertrüge. Man sprach über die aktuelle Lage im Parlament, wo es wieder hoch herging.

»Das Parlament ist der reinste Exerzierplatz für die Zunge, ein wahrer Tummelplatz für allerlei Spitzfindigkeiten«, ereiferte sich Bismarck. »Nulla dies sine linea! Kein Tag ohne Quatsch!«

Sein Gastgeber lachte.

»Sie haben mit Ihrer Charakteristik gewiss recht, Bismarck, aber mitunter übertreiben Sie einfach. Gestern erst der Zwischenfall mit Vincke. Seine verbale Attacke gegen Sie war kräftig, aber Ihre Reaktion … «

»Meine Reaktion?« Bismarck nahm einen kräftigen Zug aus seinem Glas. »Vincke wirft mir von der Tribüne Mangel an diplomatischer Diskretion vor und spielt dabei auf die Angelegenheit mit der brennenden Zigarre an. Sie kennen die Geschichte meiner Gegnerschaft zu Friedrich von Thun und Hohenstein, dem österreichischen Gesandten, der im Frankfurter Bundestag den Vorsitz führte. Jener erlaubte sich, als einziger im Tagungszimmer des Militärausschusses zu rauchen. Da ich nicht die Absicht hatte, Österreich besondere Privilegien einzuräumen, zog ich ein paar Tage später im Sitzungssaal, wo bisher nur der Vorsitzende geraucht hatte, eine Zigarre aus der Tasche und bat Thun höflich um Feuer. Das nächste Mal zog der bayerische Gesandte nach, bis schließlich alle, wenn auch nur aus Prestigegründen, rauchten. Das hatte ich Vincke unter vier Augen als Anekdote erzählt, und er nimmt darauf öffentlich Bezug und verspottet mich. Nein, nein, ich denke, meine Antwort war völlig berechtigt. Vincke besitzt nicht einmal die normale Diskretion, wie man sie gewöhnlich unter Männern von Ehre und Erziehung erwarten darf!«

»Unter diesem Aspekt, denke ich, hatten Sie das Recht dazu, sich derart kräftig zu äußern«, gab Gerlach zu, »aber die Antwort wird sicher Folgen haben.«

»Das ist richtig«, bestätigte Bismarck unbekümmert. »Ich

habe meinen Schwager Oskar Arnim und Eberhard zu Stolberg-Wernigerode beauftragt, für mich etwaige Nachrichten Baron Vinckes entgegenzunehmen.«

»Und?«

»Vincke hat mich durch August von Saucken-Julienfelde auf viermaligen Kugelwechsel gefordert. Meines Schwagers Vorschlag, Säbel zu nehmen, lehnte er ab. Der Säbel wäre mir lieber gewesen, aber auch das Schießen wird gehen.«

»Ein Pistolenzweikampf mit viermaligem Schusswechsel«, rief Gerlach. »Und das sagen Sie mir erst jetzt! Wann soll das Treffen stattfinden?«

»Gleich morgen früh um acht. Das Duell muss sein, es gibt keinen anderen Weg mehr, die Angelegenheit zu klären. Am späteren Abend werde ich mit Superintendent Büchsel eine Betstunde abhalten. Der ist natürlich gegen den Zweikampf und nennt das Duell unchristlich. Aber, Sie begreifen sicher, es muss sein, ich kann nicht anders handeln und werde mich mit Vincke schießen.«

Der General schüttelte betrübt den Kopf. »Ich will Ihnen natürlich nicht abraten, vom Kampf zurückzutreten. Doch es ist eine furchtbare Vorstellung, ein Mann, der dem Lande derart nützlich dient, könnte durch eine Zufallskugel zu Tode kommen. Ich werde für Sie beten, mehr kann ich nicht tun.«

Am nächsten Morgen, es war der 25. März, herrschte warmes Frühlingswetter und Sonnenschein, obwohl es in den Tagen zuvor noch geschneit hatte. Im Waldplatz am Tegeler Seeufer zwitscherten die Vögel und es roch nach Wasser und Erde. Bismarck dachte an Johanna und die Kinder – und unterdrückte jeden Gedanken an seine Lieben, um nicht zu verzagen. Im Stillen betete er: Gott, halte deine schützende Hand über mich, damit ich mit meinem Leben dem Land auch in Zukunft nützen werde!

Der Unparteiische, Ludwig von Bodelschwingh, versuchte vor dem Zweikampf, eine Versöhnung der Parteien zu erreichen. »Meine Herren, ehe Sie beginnen, darf ich zu diesem Ehrenhandel bemerken, dass die Forderung den Umständen nach zu harte Konditionen hat. Ich schlage daher zur Mäßigung einen einmaligen Kugelwechsel vor!«

Nach kurzer Beratung erklärte Vinckes Sekundant August von Saucken-Julienfelde: »Wir gehen darauf ein.« Darauf wechselte er mit Eberhard zu Stolberg-Wernigerode halblaut einige Worte. Dieser nahm Bismarck beiseite. »Die Gegenpartei lässt Ihnen sagen, sie wolle die Affäre gütlich beilegen, falls Sie Ihre zu schroffe Äußerung jetzt vor den Zeugen bedauerten und zurücknehmen.«

»Das wäre eine bewusste Lüge«, erwiderte Bismarck. »Die begehe ich nicht. Der Freiherr verdient eine Lektion. Ich bedauere nichts!« Er fühlte sich absolut im Recht und hätte auch nicht anders gekonnt, als sich zu duellieren. Seine Werte waren echte Werte, für die er männlich einstand, und sie mussten notfalls durch das Duell verteidigt werden. Ein Verzicht auf den Kampf hätte für Bismarck einen öffentlichen Ehrverlust und drohende Lächerlichkeit bedeutet.

Der Unparteiische lud die Pistolen und reichte sie weiter. Die Gegner nahmen gegenüber Aufstellung. Auf sein Kommando – »Eins« – hoben sie die Waffen. Auf »Zwei« zielten sie, und wenige Sekunden nach dem Kommando krachten beide Schüsse. Ein endloser Augenblick der Unsicherheit erfüllte Bismarck, war er getroffen worden? Nein, er fühlte keinen Schmerz, war also unverletzt, sein Kontrahent hatte ihn verfehlt! Als der Rauch sich verzogen hatte, stand sein Gegner Vincke ebenfalls aufrecht da.

Mit gerührter Stimme verkündete Bodelschwingh das Ergebnis.

»Gottlob, es ist alles vorbei. Der Ehre ist Genüge getan worden.«

Die Herren schüttelten sich die Hände. Kurz hatte Bismarck überlegt, ob er überhaupt auf Vincke schießen solle. Als er aber doch schoss und ihn verfehlte, ärgerte er sich. Schuld waren die unpräzisen Pistolen, die mitgebracht worden waren. Ja, das Ganze glich ein wenig dem heutigen Geschehen. Nur, dass er damals selbst geschossen hatte. Jedenfalls lebte er, Gott war auf seiner Seite, denn er hatte ihn vor den Kugeln bewahrt. Bismarck gähnte herzhaft und glitt in den Schlaf. Das lange Sinnieren hatte ihn schließlich doch ermüdet, und er fand zur verdienten Ruhe.

Die Papiere der Mutter waren schnell gesichtet. Das Leben der Freifrau Friederike Marie von Sandersleben schien auf den ersten Blick keine großen Geheimnisse zu bergen. Ein paar Karten, einige Schreiben, Bankbriefe und Besitzurkunden. Alles war wohl geordnet gewesen und klar nach Soll und Haben aufgelistet. Zudem hinterließ die Mutter ein kleines Vermögen, das Eduard bei seinem kargen Sold, trotz aller Trauer, sehr gelegen kam. Ein junger Offizier hatte eben seine Ausgaben. Anders sah es bei Onkel Georg aus. Zwar hatte auch er einiges an Geldwerten besessen, das aufgrund des Testaments Eduard zufiel und ihn jetzt durchaus vermögend werden ließ. Aber sonst hatte es der Onkel an Ordnung missen lassen. Unzählige Briefe, jede Menge Notizen und andere Blätter lagen in den Schubladen wild durcheinander. Außerhalb des militärischen Dienstes musste sich der Onkel wenig um Klarheit und Strukturen gekümmert haben. Allerdings hatte er akribisch Tagebuch geführt. Eduard fand bei seiner Nachlasssichtung in einer

Schublade des großen Schreibtisches im früheren Arbeitszimmer des Onkels mehrere Kladden, die eine Vielzahl sehr eng beschriebener Blätter enthielten. Zunächst hatte er nur ein wenig in ihnen geblättert und da und dort eine Passage genauer gelesen; schließlich aber biss er sich regelrecht in den Aufzeichnungen fest. Besonders die Eintragungen, die sich auf einen militärischen Spezialauftrag des Onkels bezogen, ließen Eduard nicht mehr los.

›Es ist jetzt ziemlich genau drei Jahre her‹, hatte der Onkel notiert, ›dass Oberstleutnant d'Elsa vom I. Infanterie-Bataillon und ich zum Kriegsminister von Rabenhorst nach Dresden ins Ministerium befohlen wurden. Natürlich waren wir eine Viertelstunde vorher zur Stelle und vertrieben uns die Wartezeit im Vorzimmer mit allerlei Spekulationen, was Herr von Rabenhorst von uns wollen könne. Dass es um einen speziellen Auftrag gehe, war uns beiden klar, denn schon mehrmals hatten Oberstleutnant d'Elsa und ich geheime Aufträge im Ausland für das Ministerium zu erledigen. Doch was auf uns wirklich zukam, hatten wir uns in dieser Form nicht vorgestellt. Das Gespräch selbst war kurz.

»Meine Herren«, sagte von Rabenhorst in seiner direkten Art. »Ich habe Sie kommen lassen, da Sie beide hervorragende Offiziere sind. Sie, Major von Sandersleben stammen aus altem Adel, Ihre Familie, die dem Staat immer wieder wertvolle Dienste geleistet hat, lässt sich fast sechshundert Jahre zurückführen, und Ihre Vorgesetzten sind im Hinblick Ihres Diensteifers und Ihrer militärischen Leistungen voll des Lobes. Dazu gelten Sie in der Gesellschaft als guter Tänzer, sind gebildet und parlieren perfekt Französisch und Englisch. Und Oberstleutnant d'Elsa, Ihr Säbel und Ihre Pistolenkünste werden überall gerühmt. Auch Ihre planerischen Fähigkeiten haben Sie bereits mehrfach unter Beweis gestellt und stets ausgezeichnete Arbeit geleistet. Sollten Sie die anstehende Aufgabe ähnlich gut lösen, woran ich nicht zweifle, meine Herren, steht Ihnen die Tür zur Karriere weit offen! Kurz, meine Herren, Sie sind für einen Spezialauftrag ausgewählt. Seine Majestät der König und ich erwarten höchsten Einsatz!«

Des Weiteren ließ der Minister wissen, sie hätten den Auftrag, sich um die preußische Auslandsvertretung in Paris zu kümmern und das Ministerium regelmäßig über alle Vorgänge zu informieren.

»Besonders halten Sie sich an den Herrn von Bismarck. Er war bis vor Kurzem Preußens Gesandter in St. Petersburg und ist seit Mai in Paris. Wahrscheinlich wird er bald von dort nach Berlin zurückkehren. Wir gehen davon aus, dass Bismarck dem Prinz zu Hohenlohe-Ingelfingen im Amt des Ministerpräsidenten folgen wird. Ein wichtiger Mann mit Zukunft, Grund, ihn genauer zu studieren. Und genau das, meine Herren, werden Sie tun! Heute Abend geht ein Zug nach Paris ab, den Sie nehmen werden. Alles Weitere wird Ihnen Oberstleutnant von Carlowitz mitteilen.«

Die Offiziere nahmen pflichtgemäß den Auftrag an; sein Onkel, der Major Georg von Sandersleben, allerdings mit einem leichten, inneren Zögern, da ihn anderes bewegte. Es ging um eine Herzensangelegenheit, wie er knapp notierte. Vor einem Jahr war er in Karlsbad einem reizenden russischen Fräulein begegnet, das sich in der Stadt zur Kur aufhielt. Er sah es erstmals in Begleitung einer älteren Matrone im Kurpark flanieren. Die schlanke Gestalt war ganz in Weiß gekleidet und das schöne Antlitz schien von einer gewissen, geheimnisvollen Melancholie überzogen. Georg kreuzte ihren Weg und verliebte sich unsterblich in ihre dunklen Augen und die herrlichen Linien ihres Gesichtes. Allein er versäumte es, die schöne Unbekannte anzusprechen, zumal diese sich in Begleitung befand. Er schaute der Erscheinung nach, bis diese in der Menge der Flanierenden verschwunden war und löste sich dann erst aus seiner bewundernden Erstarrung. Ein bekannter Offizier erklärte ihm später, bei dem Fräulein handle es sich um eine Russin, die mit ihrer Mutter und der Tante den Kurort besuche, und die grimmig blickende Begleiterin sei eben diese Tante gewesen. Leider, sagte der Offizier, wisse er nicht den Namen, doch ließe dieser sich leicht erfragen. Am nächsten Tag fehlte das Fräulein jedoch und war weder im Park noch bei den Brunnen oder in einem der Kaffeehäuser aufzufinden. Trotz aller Bemühungen gelang es ihm nicht, die geheimnisvolle Schöne wiederzufinden. Kurz und gut, die Damen waren abgereist und niemand vermochte ihm Genaueres über ihre Herkunft und Umstände zu sagen; selbst der Name der Russin blieb unbekannt. Tief unglücklich reiste der Offizier ab und kehrte zu seinen Pflichten zurück. Der tägliche Dienst, die Routine des militärischen Alltags des Exerzierens, Reitens und Schießens dämpften seine Gefühle, und nach einer Weile ließ das Brennen in Georg von Sandersleben nach. Vor etwa zwei Wochen nun kehrte er von einer Inspektionsreise per Bahn nach Dresden zurück. Als er sein Abteil verließ, fuhr gerade auf dem gegenüberliegenden Gleis ein anderer Zug ab. Am Fenster eines Abteils der ersten Klasse sah er für einen kurzen Augenblick das schöne Bild wieder, seine Karlsbader Unbekannte, und stand im Nu erneut völlig in Flammen. Seitdem hatte von Sandersleben mehrfach versucht, seinem Ideal auf die Spur zu kommen. Dutzende von Möglichkeiten, an Informationen über das Fräulein zu kommen, waren bemüht worden und hatten sich als Misserfolg herausgestellt. Nur eines wusste er, der Zug war nach Berlin gefahren.

In diesem aufgewühlten Zustand wurde er mitsamt d'Elsa ins Ministerium befohlen. Der Auftrag sollte ihn nun in eine gänzlich andere Richtung führen. Aber ein Offizier diskutierte Befehle nicht, schrieb er, schon gar nicht, wenn diese vom Kriegsminister persönlich erteilt wurden. Er hörte also aufmerksam den Instruktionen zu. Ihr Auftrag sei, Herrn von Bismarck zu folgen, gleichsam zu seinen Schatten zu werden, hieß es. Dies sei im höchsten Grade wichtig und für das sächsische Vaterland von großer Bedeutung.

»Ein spannender Auftrag«, sagte von Sandersleben, als später beide Offiziere im Kasino saßen und ihr Vorgehen besprachen. »Schon mein Bruder hat Bismarck gekannt und mit ihm in seiner Jugend mehrfach zu tun gehabt. Er ist Bismarck vor gut dreißig Jahren als junger Mann begegnet. Dieser war damals kein Diplomat, sondern ein einfacher Angehöriger des pommerisch preußischen Adels. Mithin ein Junker, ländlich und etwas derb, von oft großer Freude an rohen Scherzen, und Student. Wogegen unsere Familie sich einerseits auf Karl Leopold von Sandersleben, Comte de Coligny, Sohn des Herzogs Leopold Eberhard von Württemberg zurückführen lässt, wiewohl mancher behauptete, die Linie sei erloschen. Zum anderen gab es eine Verbindung zu Theodericus de Santersleve, Besitzer einer Curia in Neuhaldensleben, der 1277 urkundlich erwähnt wurde. Was auch stimmen mag; unsere Familie ist jedenfalls uralt und von hoher Abkunft. Die Bismarcks hingegen sind ursprünglich Kaufleute aus Stendal gewesen. Erst 1345 belehnte der Wittelsbacher Markgraf Ludwig von Brandenburg einen gewissen Klaus von Bismarck mit dem Schloss Burgstall. Auch dieses Geschehen liegt heute weit zurück, und während der vergangenen 500 Jahre ist viel geschehen. Aber auf das kommt es nicht an, sondern darauf, welches Leben die heutigen Namensträger der beiden Familien führen oder geführt haben.«‹

Gebannt las Eduard weiter, er hatte nicht gewusst, dass sein Vater, wie der Onkel berichtete, mit dem preußischen Ministerpräsidenten bekannt gewesen war. Überhaupt hatten ihm Mutter und Onkel wenig über das frühere Leben und Tun seines Vaters erzählt.

Das erste Treffen des Vaters mit dem Preußen fand im Sommer des Jahres 1832 statt, als Karl von Sandersleben, damals noch keine zwanzig Jahre alt, Otto von Bismarck in Göttingen zufällig begegnet war:

»Vivat und hoch. Hoch, hoch!«, rief es laut von allen Seiten, als von Sandersleben, der in der Stadt einen entfernten Vetter besuchte, mit diesem in das Kneip-Lokal der Corps Hannovera in der Nähe der Universität eintrat. Eine Gruppe von Studenten saß an einem breiten Rundtisch, qualmte aus langen Pfeifen und trank Bier aus großen irdenen Krügen. Vor dem Tisch stand breitbeinig ein anderer Student, ein junger Kerl von vielleicht 17 oder 18 Jahren, der kurz vor Sandersleben und dem Vetter eingetreten war.

»Das ist der junge Bismarck«, flüsterte ihm der Vetter zu. »Ein streitbarer, recht großmäulig auftretender Bursche.«

Der Genannte war gerade dabei, die Anwesenden nach dem Grund ihrer Vivatrufe zu fragen. »Was gibt's bei euch so lautstark zu bejubeln?«

»Die Hambacher Feier, die große Kundgebung der Freiheit! Hast du nichts von davon gehört?«

»Davon gehört schon, doch was sollte ich wegen des Festes feiern?«, fragte Bismarck barsch zurück. »Ein Treffen von lauter Revolutionären. Revolution, nein, bei so etwas mache ich nicht mit!«

Vom 27. Mai bis 1. Juni war in Hambach in der Pfalz eine riesige Menge von annähernd dreißigtausend Menschen zusammengeströmt, um in Erinnerung an die Wartburgfeier vor fünfzehn Jahren gemeinsam einen deutschen Mai festlich zu begehen. Viele Redner beschworen begeistert die deutschen Einheit und Freiheit, die trotz der neununddreißig Einzelstaaten des Deutschen Bundes irgendwann doch kommen müsste.

»Zehntausende trafen sich, um für ein einig Vaterland zu demonstrieren«, erwiderte der Sprecher. »Und da willst du nicht dabei sein? Du bist wahrlich ein preußische Junker, Bismarck! Du hast kein Herz für die deutsche Sache!«

Bismarck schüttelte den Kopf, er ließ sich offenbar von der Kritik nicht beirren. Trotzig sah er sich in der Runde um. »Langsam, Freunde, langsam. Erstmal bitte ich um Ruhe und die mir gebührende Höflichkeit. Die in Hambach haben das konföderierte republikanische Europa hochleben lassen, nicht die alte deutsche Reichseinheit. So jedenfalls steht es in den Zeitungen, lest nur selbst nach! Da soll sich ein preußischer Jüngling freuen? Überall wehten die verbotenen schwarz-rot-goldenen Fahnen und unter den Versammelten gab es jede Menge Franzosen und polnische Aufständische. Mit denen mach ich mich nicht gemein, meine Sympathien stehen auf der Seite der Autorität. Ich bin für die Ordnung, für Krone und Adel. Alles andere – nun, wisst ihr, wie ich das nenne? Das ist Landesverrat!«

»Landesverrat? Du bist ein wahrer Pharisäer, Bismarck!«, ließ sich eine Stimme vernehmen. »Die Franzosen und Polen, die in Hambach waren, sind echte Freiheitshelden, und sie sind unsere europäischen Brüder. Nur durch sie und mit ihrer Hilfe wird Deutschland einig werden. Ein Stockpreuße wie du, dem das echte deutsche Nationalgefühl fehlt, versteht das freilich nicht.«

Bismarck reckte sich in voller Größe empor. »Ihr alle seid politische Kindsköpfe! Franzosen und Polen sollen uns Deutsche zur Einheit verhelfen? Ohne das alte Elsass und ohne das halbe Preußen vielleicht? Das fehlt mir noch zu meinem Glücke. Selbst wenn ich ein Liberaler oder gar ein Republikaner wäre – was Gott verhüte, würde ich Pfui über solche Affenschande rufen. Frankreich um Hilfe anzugehen, da könnt ihr gleich den Bock zum Gärtner machen. Denkt an den vermaledeiten Rheinbund! Denkt daran, wer 1806 das alte Reich aufgelöst hat!«

»Unser aller Herzbruder von und zu Bismarck ist nämlich ein wahrer Hofmeister, ein echter Praeceptor Germaniae!«, erklärte halblaut der Vetter seinem Gast Karl von Sandersleben. »Komm, wir setzen uns, das gibt sicher noch einen höllischen Spaß.«

»Du stammst eben aus Berlin, das der göttliche Schinkel durchaus wohl gestaltet hat«, fuhr Bismarcks Gegensprecher, ein schlaksiger Jüngling aus Hannover, fort. »Eine schöne Stadt, in der jeder so etwas wie Französisch parliert, gleichzeitig aber mordsmäßig auf eben die Franzosen schimpft. Dabei sind diese nicht solche braven Esel und Schlappschwänze wie die biederen Deutschen mit ihrem durch Scheuklappen beschränkten Untertanenverstand. Die Franzosen wehren sich nämlich und bauen in Paris notfalls Barrikaden, wenn es ihnen zu bunt wird. Der preußische Michel dagegen saugt schon als Säugling mit der königlich preußischen Muttermilch die rechte, brave Denkungsart ein. Ja, in Preußen und Berlin, da marschieren die Prinzen mit ihren aufgetakelten Mätressen lachend durch die Straßen. An der Seite stehen die sich untertänig verneigende Hofleute und Beamte und lecken den königlichen Speichel auf. Das ist wahrer teutscher Patriotismus!«

Die Runde brach in wieherndes Gelächter aus.

»Haltet eure dummen Mäuler!«, giftete Bismarck zurück. »Ihr schwatzt lang und breit über Kreise und Dinge, die ihr alle nicht kennt. Das ist alles Gewäsch aus albernen Flugschriften und Fibeln für Kinder!«

»Hinaus, hinaus!«, ertönte der Chorus. »Wir tun dich, weil du uns und die deutsche Freiheit beleidigst, in Bierverschiss!«

»Und wir sehen uns morgen auf dem Paukboden«, fügte der Hannoveraner hinzu. »Da wird sich zeigen, ob du mit dem Säbel genauso gewandt bist wie mit deinem großen Maul.«

»Ihr könnt mich alle, *Götz*!«, entgegnete der Junker. »Wir beide sehen uns morgen!«, fügte er mit bösem Blick auf den Schlaksigen hinzu. »Pünktlich um acht!« Bismarck drehte der Versammlung den Rücken und ging davon. Karl von Sandersleben stand rasch auf und folgte dem Mann, der sich so offenbar von den übrigen Studenten unterschied, neugierig, was das für ein Mensch sei und was dieser jetzt wohl anfangen würde. Der Vetter schüttelte über das Ganze den Kopf und blieb sitzen.

Während Bismarck davon schritt, betrachtete von Sandersleben ihn aufmerksam. Der junge Mann war von schlanker Gestalt, noch nicht völlig ausgewachsen, doch schon sehr groß. Er trug einen chaotisch wirkenden Mantel ohne Kragen und Knöpfe, form- und farblos. Dazu weiße Hosen und Stiefel mit eisernen Absätzen, an denen gewaltige Sporen befestigt waren. Der Hemdkragen lag auf den Schultern und die Haare des Studiosus hingen bis über die Ohren und in den Nacken hinab. Später sah der Sachse, dass am Zeigefinger des Studenten ein großer Siegelring prangte. Eben wandte sich der Jüngling einem anderen Bierlokal zu, das er mit Schwung betrat. Offenbar wurde er schon erwartet, denn ein Student, der im gleichen Alter sein mochte, winkte ihm sogleich zu und bat ihn, sich zu ihm zu gesellen. Von Sandersleben gelang es, nebenan in einer Nische Platz zu nehmen, wo er unauffällig dem Gespräch der beiden Studenten lauschen konnte.

»Ach, John«, begann der Preuße. »Ich habe mich wieder zur Politik verleiten lassen und mich gehörig mit allen verzankt. Ich sollte wirklich bei meinem eigentlichen Brotstudium, der Juristerei, bleiben und nicht ständig politisieren.«

»Du hast wahrscheinlich wieder mal den großen, unbekümmerten Draufgänger gegeben«, erwiderte der Angesprochene in einem Deutsch mit leicht amerikanischen Akzent. »Du bist aber in Wirklichkeit ganz anders. Schüttle nur dein weißes Haupt. Ich kenne dich, Spiegelberg. Du liebst Literatur und Musik und nicht die grobe Kraftmeierei deiner Konkneipanten. Trink einen Schluck von dem Punsch, den ich zur Feier des Unabhängigkeitstages vom Wirt habe zubereiten lassen, und beruhige dich!«

»Das will ich tun«, sagte Bismarck und ließ sich ein gutes Glas einschenken. »Ich trinke auf das Wohl von Washington und Franklin.« Er leerte das Glas bis auf den Grund und bat gleich um ein zweites. »Wäre ich nicht ein Preuße, so möchte ich wahrlich ein Amerikaner sein. Die letzten Mohikaner leben hoch und Lederstrumpf dazu! Bei euch ist weites Land, Urwald und Prärie, da ließe sich's frei und gut leben.«

»Da hast du gewiss recht«, erwiderte der Freund. »Im alten Europa drängen sich die Menschen viel zu dicht. Der Boden ist über Jahrtausende bearbeitet worden und völlig verbraucht, da wächst kaum mehr etwas. Doch habt ihr in Europa und besonders in Deutschland viele große Männer. So viele Gelehrte, Musiker, Maler und Dichter – und echte Staatsmänner.«

»Wen bezeichnest du als einen Staatsmann?«, fragte Bismarck aufmerksam.

»Ein wahrer Staatsmann ist einer, der kein Fantast ist, sondern Realist. Einer wie Napoleon und euer großer Friedrich.«

»Napoleon hat auf Sand gebaut, was er in jahrelangen Kriegen eroberte, ging alles in kürzester Zeit verloren. Doch was unser Friedrich an neuem Land errang, das hat Bestand. Unser märkischer Sand ist in Treue fest.«

»Gut, gut, du magst recht haben. Napoleon erlebte sein Waterloo, aber erinnere dich, Preußen 1806 gegen die Franzosen auch sein Jena. Dass es trotz der Niederlage fortbestand und Napoleon stattdessen unterging, verdankt das Land nur der Volkserhebung von 1813. Trotzdem war der Franzose ein militärisches Genie.«

»Die großen Genies sind manchmal ein rechtes Unglück«, erwiderte Bismarck. »Aber ans Volk glaube ich nicht.«

Beide Männer schwiegen.

»Ich habe einen Plan«, fuhr John nach einer Pause fort. »Ich will irgendwann eine Historie der holländischen Republik schreiben, wie Schiller sie begonnen hat. Holland ist in seiner Geschichte Amerika sehr ähnlich. Im republikanischen Holland befreite sich das Volk selbst von der spanischen Fremdherrschaft und führte in den folgenden Jahrhundert einen unglaublichen wirtschaftlichen Aufschwung des Landes herbei.«

»Das sind alles Krämerseelen«, meinte Bismarck verächtlich. Er strich sich mit der Hand über die Stirn. »Doch ich will mich nicht schon wieder streiten. Lass uns also einen Kompromiss schließen und sagen, etwas Großes wird ein Volk nur vollbringen, wenn es ein großer Einzelner lenkt. Das ist eine Notwendigkeit. Der große Einzelne hingegen kann ohne das Volk nichts erreichen. Ein Staatsmann ist nur jener, der deutlich die Ziele und Wünsche des Volkes erkennt und sich diesen akkurat anpasst.«

»Das kommt in der Geschichte selten vor«, meinte John. »Der Geniale gerät meist schnell in Konflikt mit seinen Mitmenschen, mit dem Volk, der Masse. Weil er klarer sieht als die anderen, ist er ihnen weit voraus, und man versteht ihn also nicht. Denk an die Französische Revolution, an Danton und Robespierre!«

»Das sind üble Beispiele«, erwiderte Bismarck und füllte

sein Glas. »Bibamus«, sagte er dann und hob es in die Höhe. »Freuen wir uns, keine Genies zu sein.« Darauf begann er mit klarer, jedoch nicht besonders taktfester Stimme ein bekanntes Studentenlied zu singen: »Auf dem Schlosse von Gradezko, hinterwärts von Temesvar, saß der tapf're Fürst Bibesco, Serbiens greiser Hospodar. Auf dem Schlosse zu Gradezko …«

John und andere Studenten fielen rasch mit ein: »Slibowitz soff Fürst Bibesco, bis er schwer besoffen war.«

An diesem Abend, berichtete Karl von Sandersleben seinem Kameraden Oberstleutnant d'Elsa, traf der Zustand Bibescos auch für Junker von Bismarck zu.

Beide Männer wandten sich vom Thema der Vergangenheit Bismarcks ab und der Zukunft ihrer bevorstehenden Reise zu. D'Elsa reichte Sandersleben einen Pass auf dem Namen Baron von Schmieden, sein eigener lautete auf Graf von Strelsa. So, sagte d'Elsa, sei es einfacher, sich unerkannt in den Kreisen zu bewegen, in denen sie Bismarck zu folgen hatten, denn sie müssten sehr nah an dem Mann dran bleiben. Nachdem auch andere Fragen geklärt und alles für das Unternehmen vorbereitet war, verabschiedeten sich die beiden Offiziere voneinander und begaben sich nach Hause. Doch das Schicksal wollte es anders. Der Oberstleutnant stürzte auf dem Heimweg schwer und Eduards Onkel, Major Georg von Sandersleben, reiste nun allein nach Paris. Dort bezog er eine Wohnung in der Nähe des preußischen Gesandtschaftsgebäudes am Quai d'Orsay.

In den nächsten Wochen und Monaten hielt er sich ständig in Bismarcks Nähe auf. Er besuchte die gleichen Restaurants und Theater, folgte ihm sogar nach Fontainebleau, als dieser von Kaiser Napoleon eingeladen wurde. Und er reiste mit ihm, das hieß fast in Sichtweite Bismarcks, Anfang Juli nach London, wo dieser mit dem Premier Lord Palmerston und dem Außenminister Earl Russell konferierte. Am 17. Juli des Jahres 1862 schließlich nahm seine Zielperson Urlaub und fuhr durch Südfrankreich und in die Pyrenäen sowie ins Familienbad Trouville. Der Unstete reiste weiter über Blois, Bordeaux, Bayonne nach San Sebastian und Biarritz. Major von Sandersleben alias Baron von Schmieden blieb wie ein Schatten in seiner Nähe.

～◌～

Der Knall dröhnte, erneut hob der Fremde die Pistole. Er schoss und schoss; schoss direkt auf ihn! Wieder und wieder erlebte er die Szene. Dann krachte es ohrenbetäubend, und er fuhr in die Höhe. Graf Bismarck blickte sich erstaunt um. Er lag in einem fremden Bett in einem fremden Zimmer. Draußen knallte es, lang und heftig. Das waren keine Pistolenschüsse, das war der Donner von Geschützen! Er schüttelte den Schlaf ab und verließ das Bett. Das Kalenderblatt an der Wand zeigte den 2. Juli, das war gestern gewesen. Heute war der 3. Juli und der Ort, an dem der Graf sich befand, war Gitschin, das Hauptquartier der preußischen Armee. Er hat geträumt, einfach nur geträumt. Ihm war noch einmal der Attentäter begegnet, der ihm am 7. Mai in Berlin aufgelauert hatte. Ferdinand Cohen-Blind hatte der Bursche geheißen, ein Badener, Stiefsohn des bekannten Badener Revolutionärs und Flüchtlings Karl Blind. Cohen-Blind war ihm schon auf dem Hinweg zum königlichen Palais aufgefallen, sodass Bismarck den Mann beim Attentat wiedererkannte. Im späteren Verhör gab der Mann seine Absicht, ihn, den preußischen Ministerpräsidenten, ermorden zu wollen, unumwunden zu. Auch leugnete Cohen-Blind nicht, dass er sich der Folgen seiner verbrecherischen Handlung bewusst war. Noch am gleichen Montagabend hatte sich der Mörder dem

Gericht durch Selbstmord entzogen. Die Wachen hatten ihn vom Polizeibüro ins Kriminalkommissariat gebracht, wo die erste Vernehmung in Anwesenheit des Staatsanwalts stattgefunden hatte. In einer Pause, als der Gefangene neben einem Schutzmann auf einer Bank saß, zog er ein Taschentuch hervor, in welchem ein Messer eingewickelt war. Mit diesem Tuch wischte er scheinbar den Schweiß von der Stirn und durchschnitt sich dabei den Hals. Jede Hilfe war vergeblich, der Mann starb kurz nach vier Uhr morgens, obgleich er sofort verbunden wurde und sich unter dauernder ärztlicher Aufsicht befand.

Schade war es nicht um den Kerl, dachte Bismarck, doch eigentlich hatte ihm das Attentat hinsichtlich der Popularität mehr genutzt als geschadet. Von überall her hatten ihn Briefe erreicht, deren Absender besorgt nach seinem Wohlergehen fragten, wie etwa der polnische Diplomat Marquis Wielopolski. In Berlin selbst wurde ihm zu Ehren am nächsten Tag ein Ständchen durch das Musikkorps des 2. Garde-Regiments dargebracht. Die Musiker begannen mit einem getragenen Choral, dem das Preußenlied folgte. Daraufhin hatte ein braver Bürger aus der Mitte der zahlreich Versammelten ein Hoch auf den Ministerpräsidenten ausgebracht, in welches die Umherstehenden begeistert einstimmten. Bismarck war ans Fenster getreten: »Meine Herren und Landsleute, ich danke Ihnen herzlich für die Ehre, die Sie mir soeben erweisen, nachdem es Gott gefallen hat, mich aus sichtbarer Todesgefahr zu erretten. Ich bin gewiss, dass jeder von uns sein Leben für seinen König und das Vaterland geben wird, sei es auf dem Straßenpflaster, sei es auf dem Schlachtfelde. Ich würde es als Gottes Gnade ansehen, wenn mir dieser Tod beschieden wäre. Diesem uns allen gemeinschaftlichen Gefühle wollen wir Ausdruck geben durch den Ruf: Seine Majestät der König Wilhelm, er lebe hoch!«

Mächtig war das dreimalige Hoch auf den König erschollen. Nun spielte die Musik ›Heil dir im Siegerkranz‹, und nach einem nochmaligen Lebehoch auf Bismarck verlief sich die Menge, während die Kapelle den Düppeler Schanzen-Marsch zum Besten gegeben hatte.

Eine erfreuliche Erinnerung, dachte der Graf, und eine gute Einstimmung auf das Geschehen der kommenden Wochen.

Denn jetzt war Krieg, Krieg gegen das alte Kaiserreich Österreich, gegen die Königreiche Sachsen, Bayern, Württemberg und Hannover, Krieg gegen die Großherzogtümer Hessen, Baden und Sachsen-Meiningen, gegen das Kurfürstentum Hessen, das Herzogtum Nassau und gegen die Freie Stadt Frankfurt. Viel Feind, viel Ehr! Er, Bismarck, hatte alles daran gesetzt, dass es nicht noch mehr Gegner geworden waren. Frankreich unter seinem Kaiser Napoleon III. verhielt sich bis jetzt neutral, eine Frucht der persönlichen Bekanntschaft Bismarcks mit dem Herrscher und gewisser Möglichkeiten auf Belgien hin, die Bismarck angedeutet hatte. Der junge Staat Italien hatte sich sogar gänzlich auf die Seite Berlins ziehen lassen. Das Ergebnis war weniger erfreulich gewesen, denn die italienische Armee war vor etwas mehr als einer Woche bei Custozza durch den Erzherzog von Österreich trotz ihrer numerischen Überlegenheit empfindlich geschlagen worden. Wahrhaftig, Italien war ein schwacher Partner; sonst standen auf Preußens Seite nur noch die norddeutschen Staaten. Aber es war genauso ein Bruderkrieg, mochten auch auf der Seite Österreichs Slowaken, Panduren, Tschechen und Heiducken kämpfen. Blut und Eisen würden alles entscheiden, doch der Graf schätzte den Krieg nicht. Besonders die Verwundeten trübten seine Freude an den ersten Erfolgen. »Die armen unschuldigen Menschen, die für König und Vaterland treu ihr Blut vergießen! Und all der Jammer in den Spitälern!«, sagte er nach einem Rundgang durch die Lazarette zum Kriegsminister.

Die Männer hielten sich wirklich tapfer. Trotz endloser Wege, ewigen Regens und dann wieder sengender Hitze, auch wenn die Kleider durchnässt und die Mägen leer waren, die Soldaten marschierten vorwärts und immer weiter nach Böhmen hinein. Bis jetzt schien alles gut zu laufen. Dennoch, Krieg hatte etwas Unkalkulierbares.

Der Chef des Generalstabs Helmuth von Moltke war dagegen überzeugt, alles aufs Genauste angelegt zu haben. Gestern um halb zwölf Uhr am Mittag war Seine Majestät der König in Gitschin angekommen und dort von den Prinzen Friedrich Karl und Albrecht empfangen worden. Moltke hatte dem König einen Überblick der aktuellen Lage gegeben.

»Der Gegner konzentriert seine Truppen hinter der Elbe zwischen den Festungen Josefstadt und Königgrätz. Der kommandierende General des V. Armeekorps Steinmetz hat telegrafiert, der Weg zur Elbe sei frei, doch es könne sein, dass die Übergänge verteidigt würden. Das Meiste hängt vom Flügeldruck der II. Armee ab, dort wird aber immer noch zu langsam marschiert.«

Bismarck war skeptisch und dachte sich seinen Teil. Der Chef des Generalstabs der II. Armee von Blumenthal hatte den ganzen Aufmarsch in endlosem Bogen und rascheres Vorgehen über die Neiße gefordert. Zwischen ihm und dem Chef des Generalstabes von Moltke bestand eine gewisse Spannung. Am gestrigen Abend war Blumenthal extra nach Gitschin gekommen und hatte gewarnt, weiter so vorzugehen. »Von dieser Bummelei verspreche ich mir nur Schlechtes. Die schreckliche Hitze und dann Gewitterregen behindern den Vormarsch. Ich selbst bin bei Besichtigung der Truppen völlig durchnässt worden. Die Stimmung ist nicht gut. Wir entfernen uns mehr und mehr von der I. Armee.«

Moltke schüttelte den Kopf. »Ich halte diese Befürchtung für übertrieben, wir sind von der Bewaffnung und der Ausbildung her dem Feind überlegen. Unsere Zündnadelgewehre sind Hinterlader, damit können unsere Infanteristen dreimal so schnell schießen wie die der Österreicher. Aber ich glaube, wir werden unser Tempo modifizieren müssen. Wir werden aufschließen und unsere Truppe möglichst vereinen, dann mag die Schlacht beginnen.«

»Wenn wir die Schlacht gewinnen, marschieren wir am besten gerade auf Wien los!«, rief Blumenthal dem König zu. »Majestät müssen von hier nach Wien ein Lineal auf der Karte legen, einen Strich ziehen und an diesem entlang marschieren.«

Der König lächelte und sagte nichts. Seine Majestät wirkte nicht überzeugt. Auch Bismarck schwieg, nahm jedoch Blumenthals Einwände ernst. Was würde geschehen, wenn die Österreicher noch mehr Truppen aufmarschieren ließen? Drohte die Gefahr einer völligen Umschließung? In dem Fall würde auch die neue Bewaffnung nicht helfen. Die Gefahr schien sich zu verdichten. Gegen Abend meldeten verschiedene Offiziere von Erkundungsritten, dass in der Tat vier feindliche Korps diesseits der Elbe und vorwärts von Königgrätz bei Lipa und Sadowa standen. Der Feind wollte offenbar zum Angriff übergehen! Nachts um elf entschied Moltke, dem Gegner zuvorzukommen und selbst auf Sadowa vorzurücken, in der Hoffnung, die II. Armee werde rechtzeitig auf dem Schlachtfeld eintreffen.

Bismarck zweifelte, ob das gelingen würde. Und wenn es nicht gelang, dann würde die Schlacht verloren gehen. Ein Abgrund tat sich auf, wie 1806 drohte ein zweites Jena und Auerstedt. Ob Preußen den morgigen Tag überleben würde? Und er selbst? Mit diesen Überlegungen war der Graf in sein Zimmer gegangen, hatte sich ausgekleidet und niedergelegt. Der Schlaf war, wie so häufig in den letzten Wochen, unruhig gewesen. Nicht nur vom Attentat hatte er geträumt, auch andere Szenen aus den letzten Wochen und aus seinem Leben, die mit dem aktuellen Geschehen wenig oder gar nichts zu tun hatten, waren von ihm erneut durchlebt worden. Graf Bismarck schüttelte energisch den Kopf. Was zählte, war die Gegenwart, die des heutigen Tages, des 3. Julis 1866. Er erhob sich und klingelte nach dem Diener. Draußen donnerte es gewaltig, die Schlacht von Königgrätz hatte begonnen.

⟋⟍⊙⟋⟍

Der 8. Mai war lange vorbei und vieles war passiert, was Eduard nicht für möglich gehalten hatte. Jetzt stand sein Land im Krieg, im Krieg mit den Preußen, und Eduard von Sandersleben war als königlich-sächsischer Premierleutnant mitten im Geschehen. Ein Geschehen, an dem Graf Bismarck schuld war. Hätte er ihn doch erschossen! Es war wie verhext gewesen, ein anderer hatte getan, was bei ihm nur ein Plan gewesen war. Ferdinand Cohen-Blind hatte der Mann geheißen. 1844 war er als Kind deutscher Exilanten in London geboren worden, und kehrte mit achtzehn nach Deutschland zurück, um in Stuttgart zu studieren. Das hatte jedenfalls in allen Zeitungen gestanden. Der Mann hatte Mut bewiesen und versucht, diesen Verräter an Deutschland und an allen edlen Menschen zu erschießen und damit endgültig zu beseitigen. Cohen-Blind hatte Bismarck mit dem Revolver auf offener Straße attackiert. Doch das mutige Attentat war misslungen und stattdessen – stattdessen befand sich ganz Deutschland, zur Freude der Dänen und Franzosen, im Krieg der Deutschen gegen die Deutschen, im Bruderkrieg. Als Offizier war Eduard sofort aus Berlin nach Dresden gereist, um sein Land zu verteidigen. Doch bislang war dieser Krieg für das Königreich Sachsen nicht gut verlaufen. Die Mobilmachung im Mai stellte gerade einmal eine rund 32.000 Mann starke Armee in der Nähe von Dresden auf. Kronprinz Heinrich erhielt am 19. Mai den Oberbefehl. Der Feldherr machte sich keine Illusionen über die Chancen seiner Truppe, den Preußen länger standhalten zu können. Denn die Preußen waren an der sächsischen Grenze mit zwei Armeen aufmarschiert, mit der Elb-Armee und der I. Armee. Dazu kam die II. Armee in Schlesien. Man wollte Sachsen daher vor den Folgen von Kampfhandlungen bewahren und zog nach der Kriegserklärung am 16. Juni das gesamte sächsische Armeekorps kampflos elbaufwärts nach Böhmen ab. Dort vereinigten sich die Sachsen mit dem österreichischen I. Armeekorps. Der König selbst begab sich nach Prag. Der Kronprinz übernahm am 24. Juni den Oberbefehl über die vereinten Truppen an der Iser. Zwei Tage später kam es zu ersten größeren Gefechten bei Hühnerwasser, Sichrow und Turnau, bei denen sich die Truppen ganz ordentlich schlugen, wenn sie auch zurückweichen mussten. In der Schlacht bei Podol entwickelten sich dann heftige nächtliche Kämpfe, in welchen die Verbündeten durch das Zündnadelgewehr schwere Verluste erlitten und sich daher wieder zurückzogen. Die Stimmung sank und es kamen Zweifel auf, ob der Krieg nicht längst verloren sei. In dieser Situation war ein Plan geboren worden, ein tollkühner Plan, wie ihn oft die Not oder die Verzweifelung auszubrüten verstand. Gestern Mittag hatte Oberst von Brandenstein ihn überraschend zu sich befohlen. Eduard kam dem Befehl sofort nach, wobei ihm nicht ganz wohl war, denn von Brandenstein galt allgemein als strenger Vorgesetzter, der vor allem mit jungen Offizieren, besonders aus dem Reservistenstand, sehr barsch umzuspringen pflegte.

Die Begrüßung, als er sich vorschriftsmäßig im Quartier des Obersten meldete, überraschte ihn allerdings.

»Von Ihrem Onkel, Major von Sandersleben, und Ihrem Vater, Karl von Sandersleben, habe ich viel Gutes gehört«, sagte der Oberst. »Ihr Vater und der Major waren hervorragende Offiziere und haben sich durch ihr Handeln für das Königreich Sachsen sehr verdient gemacht hat. Ich erwarte, dass Sie, Premierleutnant, in ihre Fußstapfen treten, ich erwarte Großes von Ihnen!« Dann legte Oberst von Brandenstein akribisch dar, welchen Plan er vorhabe und was des Premierleutnants Aufgabe sein würde. Das Vorhaben war in der Tat tollkühn. Von Brandenstein wollte einen Überfall auf das Hauptquartier der Preußen ausführen und die militärische wie zivile Führung gefangen nehmen und damit ausschalten, um dem Krieg eine radikale Wendung zu geben.

»Mancher mag glauben, dass das Unternehmen nicht durchführbar wäre. Nun, richtig ist, dass Sie lediglich von einem kleinen Trupp begleitet werden und sonst auf jegliche Unterstützung verzichten müssen«, erklärte der Oberst. »Sie, Premierleutnant, werden sozusagen ganz auf sich selbst gestellt sein. Wenn Sie allerdings nicht wollen …« Von Brandenstein beendete den Satz nicht.

»Herr Oberst«, erwiderte Eduard. »Ich kenne meine Pflicht. Gefahren gehören nun einmal zum militärischen Geschäft und werden mich nicht von dem Unternehmen abhalten können.«

Der Oberst nickte. »Das habe ich erwartet. Wachtmeister Steiner und sieben Gemeine werden Sie begleiten. Das muss reichen, mehr Männer kann ich nicht entbehren. Sie brechen am besten in den frühen Morgenstunden noch vor Sonnenaufgang auf. Gegen sechs Uhr werden wir den Gegner attackieren. Nutzen Sie die Verwirrung und schlagen Sie zu!«

LIEBE, LUST UND LEIDENSCHAFT

In der Zeit vor 1848 war für einen Kammergerichts-Auscultator und Regirungs-Referendar, dem jede Beziehung zu ministeriellen und höhern amtlichen Kreisen fehlte, kaum eine Aussicht zu einer Betheiligung an der preußischen Politik vorhanden, so lange er nicht den einförmigen Weg zurückgelegt hatte, der durch die Stufen der bürokratischen Laufbahn nach Jahrzehnten dahin führen konnte, an den höhern Stellen bemerkt und herangezogen zu werden. Als mustergültige Vordermänner auf diesem Wege wurden mir im Familienkreise damals Männer wie Pommer-Esche und Delbrück vorgehalten, und als einzuschlagende Richtung die Arbeit an und in dem Zollvereine empfohlen. Ich hatte, so lange ich in dem damaligen Alter an eine Beamtenlaufbahn ernstlich dachte, die diplomatische im Auge, auch nachdem ich von Seiten des Ministers Ancillon bei meiner Meldung dazu wenig Ermuthigung gefunden hatte.

Otto von Bismarck. Gedanken und Erinnerungen,
Band 1. I. Kapitel

~⊗~

Es war kurz vor fünf Uhr, Dienstag, der 3. Juli, als Premierleutnant von Sandersleben aufbrach. Der Morgen war kühl und neblig; ab und zu fiel Regen. Von Sandersleben verließ das Bauernhaus, wo er mehr schlecht als recht die Nacht verbracht hatte. Er reckte sich ein wenig, bestieg das von seinem Burschen Wilhelm gesattelte und vorgeführte Pferd und ritt los. Heute würde es endlich geschehen, dachte er. Heute musste und würde er zum Ziel gelangen. Der Premierleutnant gab seinem Tier die Sporen, er musste sich beeilen, wenn er das, was ihm aufgetragen worden war, erfolgreich durchführen wollte. Der Regen wurde heftiger, der Weg verwandelte sich mehr und mehr in Schlamm. Die hohen Korn- und Rapsfelder verhinderten ein Ausweichen, aber das erste Ziel seines Ritts war ihm deutlich vor Augen. Chlum lag auf einer Anhöhe, die Kirche des Ortes war weithin nach allen Seiten als der höchste Punkt sichtbar. Vor ihm fiel das Gelände ab und führte zum Fluss Bistriz. Nach einer halben Meile erreichte der Offizier das Dorf Dohalic. Hier wimmelte es von Soldaten, die Stellungen bezogen, Verhaue und Barrikaden errichteten und Batterien auffuhren. Das waren offenbar die Vorbereitungen für den Angriff. Doch ihr Tun interessierte den einsamen Reiter im Augenblick nicht. Er achtete nicht auf die Truppen und hörte nicht die halblauten Befehle. Sein Ziel war es, den Fluss zu überqueren und wie auch immer Gitschin zu erreichen. Spione hatten in der Nacht gemeldet, dass gestern Mittag der preußische König Wilhelm angekommen und dort mit den Prinzen Friedrich Karl und Albrecht zusammen getroffen sei. Auch der preußische Minister Graf Otto von Bismarck war gesichtet worden. Nun erreichte der Leutnant die im Dunst liegende Bistriz, die hier von zwei steinernen Brücken überquert wurde. Jenseits lag die Ortschaft Sadowa, die nächste Etappe. Dahinter vermutete man den Feind, die preußische Armee in unbekannter Stärke. An der Brücke stand eine Doppelwache, und der Offizier hielt an. Hier sollte Steiner auf ihn warten. Er schaute in den Nebel, undeutlich waren aus der Ferne Geräusche zu hören. Der Feind schien nahe, hatte womöglich schon alle Straßen und Wege besetzt; allein würde sein Unternehmen scheitern. Wo blieben Wachtmeister Steiner und seine Männer? Der Premierleutnant wandte sich ungeduldig um und hielt Ausschau. Da tauchte aus dem Nebel ein Reitertrupp auf, der gerade auf die Brücke zuhielt. Jetzt erkannte er auch den Mann an der Spitze. Es war Wachtmeister Steiner. Der Unteroffizier ritt zu ihm, grüßte ehrerbietig und meldete Vollzähligkeit.

»Gut, Sie schließen sich mit Ihrem Trupp an«, befahl der Premierleutnant, »wir reiten nach Gitschin. Sie kennen sich aus?«

Der Wachtmeister nickte.

»Dann reiten Sie mit mir voran«, ordnete Eduard an, »los!«

Die Reitergruppe überquerte den Fluss. Während sie durch die grauen Schleier vorrückten und seine Augen die Szene prüften, beschäftigte sich der Premierleutnant in Gedanken mit seinem Auftrag. Bismarck, genauer Graf von Bismarck, das war sein Ziel. Was hatte in der Kladde des Onkels noch gestanden? Er erinnerte sich des Textes, den er in jenen Januartagen so aufmerksam studiert hatte …

›Das zweite Treffen meines Bruders Karl von Sandersleben mit Junker Bismarck‹, hatte der Onkel geschrieben, ›fand nicht in Göttingen oder Berlin statt, sondern in der Kaiserstadt Aachen.‹

Eduards Vater hatte dienstlich in der alten Karolingerstadt zu tun gehabt. Aachen wirkte auf ihn sehr belebt. Es wurde von vielen Menschen aus dem In- und Ausland besucht, welche die alte Pfalz sehen wollten oder die der heißen Thermen wegen zur Kur gekommen waren. Von Sandersleben besaß eine Empfehlung für den dortigen preußischen Regierungspräsidenten und begab sich zu dessen

Amtssitz. Regierungspräsident Graf von Arnim-Boitzenburg war noch jung, gerade dreiunddreißig Jahre alt, und bemühte sich sehr, andere junge Talente zu fördern. Bei seinem Besuch nun traf von Sandersleben auf einen gut gekleideten Mann, dessen Gesichtszüge ihm bekannt vorkamen. Es handelte sich um den jetzt zweiundzwanzigjährigen Bismarck, der in Aachen in den Verwaltungsdienst gehen sollte und an diesem Vormittag zu seinem Antrittsbesuch erschienen war. Bismarck musste in den letzten Jahren gewachsen sein, dachte von Sandersleben. Der junge Mann war jetzt fast ein Meter neunzig groß, muskulös und dennoch schlank; die Damenwelt hätte ihn wohl als attraktiv bezeichnet. Sein Auftreten war äußerst selbstbewusst und beinahe fordernd, was den Regierungspräsidenten zu einem Stirnrunzeln veranlasste. Der Graf stellte noch ein paar Fragen, und der Assessor ward entlassen.

Es traf sich, dass beide, Bismarck und von Sandersleben, im Anschluss an den Besuch im gleichen Wirtshaus aßen und ins Gespräch kamen. Nach kurzer gegenseitiger Vorstellung fragte von Sandersleben, wie es Bismarck in Aachen gefalle.

»Kein Vergleich zu Berlin«, erwiderte dieser leicht missmutig.

»Aber was führt Sie denn hierher, wenn Ihnen die Gegend nicht zusagt?«

»Das ist eine lange Geschichte«, antwortete der Gefragte. »Kurz und gut, ich habe bei meinen Studien etwas gebummelt und zu tief ins Glas geschaut. Auch zu Hause gab es Probleme. Die Nachbarn mochten es nicht, wenn ich ab und zu meine Gäste unter den Tisch trank. Und den Müttern auf den umliegenden Gutshöfen gruselte es vor mir und sie hielten ihre Töchter von mir, dem argen Sittenverderber, ängstlich fern. Es galt sogar als geradezu kompromittierend, mich zum Tischherrn zu haben.«

»Ei, warum denn dieses?«

»Man vertrug meinen Spott über die Krautjunker nicht. Nein, ganz im Ernst, ich hielt es dort einfach nicht mehr aus. Ich hatte regelrecht das Gefühl, als ob ich im Winter die Räude gehabt hätte, und war herzlich froh, in Berlin als Rechtsreferendarius anfangen zu dürfen. Das war immer noch besser, als zu Hause im zugigen Schloss der Väter zu sitzen!«

»Die Arbeit im Justizwesen stelle ich mir äußerst anregend vor. Allein die Einblicke, die man in andere Lebenswelten gewinnt. Und dann die Kriminalprozesse.«

»Da machen Sie sich falsche Vorstellungen«, brummte Bismarck. »Die Personen und Einrichtungen unserer Justiz, in der ich zunächst beschäftigt war, gaben mir mehr Stoff zur Kritik als zur Anerkennung. Meine praktische Ausbildung begann damit, dass ich im Kriminalgericht das Protokoll zu führen hatte. Herrn von Brauchitsch teilte mich ständig dazu ein, weil ich schnell und lesbar schreibe. Dann durfte ich mich mit Ehescheidungen im Zivildezernat unter Leitung des ewig müden Rates Prätorius beschäftigen. Der mochte mich nicht und sagte mir bei jeder Gelegenheit, die Herren vom Adel sollten lieber beim Militär bleiben. Er war einer dieser bürgerlichen Beamten, die einen richtigen Hass gegen uns Junker empfinden. In den Sitzungen schlief er zumeist. Wenn er wegen einer Abstimmung geweckt wurde, pflegte er zu sagen, er stimme wie der Kollege Tempelhof, ob dieser nun anwesend war oder nicht.«

Von Sandersleben musste über Bismarcks Darstellung herzlich lachen.

»Lachen Sie nur«, fuhr dieser fort. »Aber manches, was ich erlebte, war in keiner Weise zum Lachen. So sollte ich einmal, jung wie ich bin, im Rahmen einer Scheidung mit einem ziemlich aufgeregten Ehepaar einen Sühneversuch unternehmen, wozu ich mich kaum in der Lage fühlte. Ich suchte Prätorius auf, den ich mal wieder aus seinem Kanzleischlaf weckte. Er gähnte ausgiebig und sagte dann mit geringschätzigem Lächeln, er werde mir zeigen, wie man das angehe. Wir kehrten gemeinsam in das Terminzimmer zurück. Der Fall war einfach. Der Mann wollte geschieden werden, die Frau nicht. Er hatte sie des Ehebruchs beschuldigt. Sie hatte unter Tränen ihre Unschuld beteuert und gesagt, sie wolle trotz aller Misshandlungen ihres Mannes bei ihm bleiben. Prätorius fuhr die Frau an, sie sei dumm, und fragte sie, was sie denn davon habe, sich nicht scheiden zu lassen. Zu Hause schlage ihr der Mann ohnehin nur die Hucke voll. Sie solle zustimmen, dann sei sie den Säufer schnell los. Die Frau weinte weiter und wollte einfach nicht geschieden werden. Nach einigem Hin und Her wandte sich Prätorius zu mir und diktierte: ›Nachdem der Sühneversuch angestellt und die dafür dem Gebiete der Moral und Religion entnommenen Gründe erfolglos geblieben waren, wurde wie folgt weiter verhandelt.‹ Er erhob sich und sagte, ich solle mir merken, wie man das mache, und ihn künftig mit dergleichen in Ruhe lassen.«

»Dann verstehe ich, dass Sie das Ganze leid waren.«

»Mir liegt die Juristerei einfach nicht, ich will so schnell es geht zur Diplomatie. Um den Umweg zur Diplomatie abzukürzen, denn bei uns im Altländischen dauern die erforderlichen Kurse mindestens drei Jahre, habe ich mich an die rheinische Regierung gewandt. Hier lässt sich der Kursus in zwei Jahren abmachen.«

Die beiden jungen Männer wechselten das Thema und unterhielten sich über die Besucher der Stadt und die reizende Weiblichkeit unter ihnen. Nach dem Essen und einem abendlichen Kneipenbummel trennten sich ihre Wege erst am nächsten Tag. Später hörte von Sandersleben, dass nicht die Diplomatie, sondern hauptsächlich die Damenwelt es Bismarck angetan hatte. Der Referendar kümmerte sich offenbar weniger um seinen Dienst und bemühte sich mehr um die Gesellschaft einer jungen Engländerin, welche die Nichte des Herzogs von Cleveland sein sollte. Was weiter geschah, wusste der Sachse nicht, denn er reiste zurück ins heimische Dresden. Damit endete der von der Hand des Onkels niedergeschriebene Bericht seines Vaters. Er war sehr aufschlussreich gewesen, wie Eduard von Sandersleben fand.

Graf von Bismarck verließ sein Quartier, stieg zu Pferd und schloss sich dem Gefolge des Königs an. Wahrscheinlich machte er sich zu viel Gedanken, bisher war der Feldzug doch gut verlaufen. Schon beim Einmarsch in Sachsen hatte sich die dortige Bevölkerung überaus freundlich gezeigt, wie ihm Prinz Friedrich Karl geschrieben hatte. Seitdem war der Feind überall nahezu kampflos zurückgewichen.

Der Trupp kam gut voran. Es ging in Richtung Sadowa, das nahe dem Dorf Chlum lag, dessen Kirche weithin nach allen Seiten sichtbar war. Die dortigen Höhen hatten die Österreicher besetzt und nutzten die Stellung für die breite Wirkung ihrer gezogenen Batterien, die terrassenförmig übereinander aufgestellt worden waren. Die Uhr zeigte kurz nach acht, als der König und sein Gefolge bei der Division Horn erschienen. Donnernde Hurrarufe begrüßten die Ankunft auf der Höhe von Dub. Wie König Wilhelm auf seinem Braunen saß auch Bismarck straff im Sattel und beobachtete aufmerksam das militärische Geschehen. Zunächst jedoch hinderten der Frühnebel und einzelne Regenschleier sie daran, über das Bistritzufer die Gegenseite zu sehen.

Allein das stete Blitzen und das rote Glühen auf der Lipaer Hochfläche verrieten den Standort der feindlichen Kanonen.

»Um sechs Uhr kam es zu ersten Gefechten in der Bistritzniederung«, meldete Prinz Friedrich Karl in roter Husarenuniform dem König. »Die Kämpfe haben sich verdichtet, wir planen daher, den Bach zu überschreiten. Ich bitte um Erlaubnis, den Angriff auf die Höhen beginnen zu dürfen.«

Der König wechselte einen kurzen Blick mit Moltke, der leicht nickte und erwiderte: »Ich erteile Euch den Befehl dazu!«

Der Angriff begann, schon schlugen Granaten zu beiden Seiten der Höhe ein. Das glänzende Gefolge des Königs und er selbst mit seinem weißen Waffenrock und dem großen Helm lockten das Feuer einer feindlichen Batterie an. Es war an der Zeit, sich aus der exponierten Lage zurückzuziehen, dachte Bismarck. Langsam wurde es wirklich ungemütlich und die eingebrockte Suppe, die jetzt ausgelöffelt werden musste, schien ziemlich heiß zu sein. Er ahnte, dass ihm die längsten Stunden seines bisherigen Lebens bevorstanden. Nun, dann wollte er wenigsten wissen, was passierte. So bemühte er sich, permanent über den Verlauf der Schlacht informiert zu bleiben. Er befragte Kriegsminister Roon über die Truppenverteilung und suchte mit dem Fernglas den Horizont ab. Aber was Bismarck sah, blieb ihm größtenteils unverständlich. Alles schien durcheinander und der Krach war ohrenbetäubend. Vor allem dröhnte der Schlachtenlärm aus dem Swiepwald vor Maslowed bis zum Gefechtsstand. Dort spien fast hundert österreichische Feuerschlünde Tod und Verderben gegen vierundzwanzig preußische Kanonen. Eine derart stark verschanzte, mit zahlreicher Artillerie besetzte Hochebene frontal zu erstürmen, war offenbar ein äußerst gewagtes, wenn nicht unmögliches Unterfangen.

Roon erhielt laufend neue Meldungen, weshalb sich der Ausdruck seines Gesichts zusehends verdüsterte.

»Es sieht nicht gut aus«, sagte er kurz zu Bismarck. Dieser nickte abwesend; trotz des ungeheuren Getöses hing er eigenen Gedanken nach. Inmitten des Pulverdampfes, des Krachens und Tosens gedachte er seiner Studienjahre in Göttingen und den Einsichten, die er aus den Vorlesungen des Historikers Heeren gewonnen hatte. Auch der Krieg, der Kampf konkurrierender Mächte, wie er ihn eben miterlebte, war damals Thema gewesen. Bismarck erwarb sich bei Heeren die Grundlagen seines politischen Denkens. Über die Freiheitskriege hatte der Professor gesprochen und über die Grundzüge und Gesetzmäßigkeiten aller auswärtigen Politik. Es waren so ziemlich die einzigen Vorlesungen gewesen, denen Bismarck als Student ein tieferes Interesse hatte abgewinnen können. Ansonsten hatte er sein Studium ziemlich verbummelt, ob er nun in Göttingen immatrikuliert gewesen war oder später in Berlin.

Er erinnerte sich gern an Göttingen. Die Straßen und Promenaden der Stadt waren voller Studenten, die als romantische Helden auftraten. Man trug die Locken lang und flatternd sowie prächtige Schnurrbärte; dazu Samtfräcke, Sporen und große Künstlerbaretts, mitunter auch gemusterte Morgenröcke, und schmauchte lange Pfeifen mit Quasten. In den Hörsälen wurde eifrig mitgeschrieben, ganz gleich wie trocken der vorgetragene Stoff auch sein mochte. Bismarck hingegen mied Vorlesungen zumeist. Viel lieber widmete sich der junge Student dem fröhlichen Burschenschaftsleben, dem Paukboden und der Kneipe. Dabei gab er regelmäßig mehr Geld aus, als ihm geschickt wurde, was ihn aber wenig berührte. Das wichtigste Ergebnis dieser Jahre war seine Zusammenkunft mit John Lothrop Motley, einen jungen Amerikaner, mit dem er später einige Zeit zusammen eine Studentenbude bewohnte. Beide ergänzten einander wunderbar. John war auf den Tag genau ein Jahr älter, ein romantischer Literat, der sich vor allem für Geschichte und Politik interessierte. Und er, Otto von Bismarck, war ein kerniger Junker, der keinen Händel ausließ, sich aber auch für Shakespeare, Byron und Goethe begeistern konnte. Nicht umsonst hatte er seine große Dogge Ariel genannt. Unter den Mitstudenten galt er als der »tolle Junker«, was durchaus berechtigt schien und worauf er zudem stolz war. Er liebte das freie Burschenleben über alle Maßen. Die Farben seines Corps trug er mit einem wahren Kriegerstolz. Am wohlsten fühlte Bismarck sich, wenn er einem Studenten einer anderen Couleur auf dem Paukboden eine blutige Abfuhr verabreichte.

An einem kalten Herbstabend im zweiten Semester, das wie das erste in feuchter Fidelitas verlief, saßen John und er bei einer Terrine mit gutem Punsch zusammen in Bismarcks studentischer Behausung und sprachen über dies und jenes. Es war eine typische Bude. Der Fußboden des Zimmers war mit Sand bestreut, und an den Wänden hingen in schmalen Rahmen an die hundert Schattenrisse. Eine andere Wand schmückte gekreuzt aufgehängte Duellsäbel.

»Ich habe das Possenreißen für eine Weile satt«, sagte gerade Bismarck zu John. »Das alles langweilt mich. Als ich im letzten Semester an die Universität kam, kannte ich niemanden. Dann bin ich in die beste Landsmannschaft getreten, habe dort die meisten öffentlich und in gröbster Weise beleidigt und mich mit jedem geschlagen, der es wagte, gegen mich anzutreten. Jetzt bewundert mich der ganze Club, ich habe die Oberhand über alle Konkurrenten. Und wenn sie sich wild und exzentrisch geben, bin ich gleich zehnmal so extravagant.«

John lachte.

»Wenn du so weiter machst, hast du bald 25 Mensuren ausgefochten. Nun, du bist wahrhaftig ein guter Kämpfer. Wie du die Terz nachziehst, das ist ein tadelloser Genuss. Aber deine Parade an sich ist mäßig. Doch die Art und Weise, wie du durch die Parade deiner Gegner brichst und immer attackierst, das hat einen schönen Stil!«

»Notfalls kann ich auch boxen«, erwiderte Bismarck. »Du hast es mir schließlich beigebracht.«

»Das war auch gut so«, sagte John. »Wenn du den Faustkampf beherrschst, wirst du dich auch im Leben tüchtig durchboxen können«, fuhr er fort. »Was willst du eigentlich werden, wenn du irgendwann mit deinem Studium fertig bist?«, fragte er.

Bismarck zuckte die Achseln. »Was weiß ich? Ich bin der geborene Hinterwäldler. In der Plamann'schen Anstalt und im Friedrich-Wilhelm Gymnasium spielten wir als Schüler im Tiergarten Trapper und Indianer. Ich war meist der Häuptling aller Rothäute. Nur ein Beruf ist das natürlich nicht. Mein Vater jedenfalls sieht mich als kommenden Landjunker, der sich um die Ernte, Pferde und Kühe kümmert. Meine Mutter dagegen will, dass ich mir geschliffene Manieren aneigne, ein gewiefter Diplomat werde und in der Politik oder am Hofe Karriere mache. Sag selbst, sehe ich wie ein geschniegelter, mit allen Wassern gewaschener Diplomat aus? Wie so ein Mensch, der elegant zu reden versteht und ebenso gewandt schwindelt und die Zuhörer kraft seiner Worte hineinlegt? Nein, sicher nicht. Ich werde kein Diplomat! Ich sicher nicht.« Der junge Student griff zum Glas und leerte es in einem Zug.

John Motley lächelte. »Bei dir kann man kann nie wissen. Ich traue dir alles zu. Weißt du, bei einem Diplomaten ist das Lügen nicht unbedingt obligatorisch, sondern oft nur ein fakultativer Bestandteil seiner Arbeit. Minister Talleyrand war so ein geschickter Lügner, und er kam damit sehr weit. Aber William Pitt, der England vor Napoleon bewahrte, der jüngere Pitt, verbarg seine Gedanken selten. Und der wurde mehrfach Premierminister. Das scheint mir keine schlechte Karriere zu sein. Wäre das nicht etwas für dich?«

»Ich bin kein Engländer, der Premierminister ist somit ausgeschlossen. Aber vielleicht habe ich doch bereits das Richtige studiert«, bemerkte der junge Preuße mit einem Lachen. »Meine edle Wissenschaft ist das Saufen.«

»Was soll das für ein Studium sein und wozu soll es dir nützen?«

»Ganz einfach«, erwiderte Bismarck. »Früher tranken die Diplomaten sich feierlich gegenseitig unter den Tisch. Wer als Erster unten lag, von dem erpresste man die Unterschrift, von der er am Tag darauf nichts mehr wusste. Ich denke, die Technik beherrsche ich auf hoher Stufe. Außerdem konnte man früher seine Gegner fordern und so direkt außer Gefecht setzen. Das wäre heute ein feine Sache.«

»So wie du neulich den Bonner außer Gefecht gesetzt hast«, spottete John.

»Der Kerl hat mit seiner Reise nach Paris geprahlt und behauptet, nur dort herrsche ein feiner Ton. Dabei weiß jeder, es gibt nur eine Kaiserstadt, und das ist Wien.«

»Euer *Ton* war in der Tat sehr gehoben«, entgegnete der Amerikaner lächelnd. »Ich höre dich noch sagen, ›ich mag so einen Quatsch nicht hören, die Pariser sind alles Lausejungen‹ und die Entgegnung des Bonners, ›Sie, mein Herr sind ein Kalb.‹«

»Der wollte mich provozieren, der hat mich schon die ganze Zeit fixiert«, verteidigte sich Otto.

»Mag sein, aber das Ganze ist gehörig schiefgelaufen. Dein schneller Ausfall ist dir glatt misslungen, und du bekamst eins auf die linke Wange durch ein abspringendes Stück Klinge. Jetzt hast du einen Schmiss.«

»Der Schmiss stört mich nicht«, sagte Bismarck. »Ein Schmiss zeigt den echten Kerl. Weißt du«, spann er den Faden fort, »die Kampfesfreude liegt mir im Blut. Ich wurde nämlich im April 1815 geboren, als mit Napoleon und der ganzen Franzosenwirtschaft endlich Schluss war. Die Geschichte hat sozusagen auf mich abgefärbt. Ich habe einfach keinen Respekt vor der eingebildeten Bande in Paris. Schon wie man dort herumläuft, mit zierlichen Spazierstöcken, feinen Stoffen, Hütchen und Galanteriedegen. Da lobe ich mir den preußischen Husarensäbel und den Helm, beides aus echtem Metall.«

»Du übertreibst«, sagte John. »Du bist heute wieder ein recht hitziger Teutone.«

»Eher ein Borusse! Mir ist jedenfalls der ganze welsche Plunder ein wahrer Gräuel. Prost!« Bismarck nahm einen gewaltigen Schluck.

»Spüle deinen Ärger nur runter!«, prostete ihm John zu. »Du bekommst immer einen Heidendurst, wenn du über Franzosen sprichst und wie ein nordischer Berserker völlig in Rage gerätst.«

Bismarck lachte laut. »Ich bin eben ein echter Preuße, ein wahrer Hinterwälder aus Hinterpommern. Dort werde ich später, ganz in der Tradition meiner Vorväter, ehrsam Kartoffeln und meinen Kohl pflanzen. Ich werde mich um die Schafe und Kühe kümmern. Wenn du mich in zehn Jahren einmal besuchst, findest du einen fetten Landwehroffizier vor, der einen riesigen Schnurrbart trägt. Der schwört und flucht, dass die Erde zittert, der Franzosen hasst und seine Hunde und die Diener prügelt. Zu Königs Geburtstag werde ich mich hemmungslos besaufen und laut ›Vivat‹ brüllen. Kurz, ich werde glücklich sein im ländlichen Kreise

62

meiner Familie. Das ist meine Zukunft, nach der du vorhin gefragt hast, mon plaisir!«

»Ein Preuße, der Französisch spricht«, merkte der Freund spöttisch an.

Bismarck reagierte nicht. Er trank sein Glas leer, gähnte und streckte sich. »So, mein Lieber. Für heute ist es genug. Ich möchte noch bisschen in meinem Goethe lesen. Für die Mußestunden nach strenger Arbeit ist der ›Götz‹ das Beste.« Er erhob sich. »Schluss für heute!«

Bismarck fuhr aus seinen Gedanken hoch.

»Die Division Horn musste bereits zwei Bataillone auf Franseckys rechte Flanke senden. Er hat keine Reserven mehr. Die Österreicher fassen ihn schon in der linken Flanke«, hörte er Kriegsminister Roon sagen. Die Schlacht tobte weiter und wurde immer heftiger.

⁓◦⁓

Eduard fand die Erlebnisse seines Vaters und die des Onkels, die er in jenen Januartagen las, ungeheuer spannend. Sie schienen wahrhaftig dem Grafen Bismarck, dem Ministerpräsidenten des mächtigen Nachbarstaates Preußen, dem Feind Sachsens und Österreichs über Jahre hinweg begegnet beziehungsweise heimlich gefolgt zu sein. Offenbar hatte der Onkel den Auftrag, der ihm und Oberstleutnant d'Elsa durch Kriegsminister von Rabenhorst erteilt worden war, auch nach der Genesung des Oberstleutnants allein fortgeführt. Baron von Schmieden, wie Onkel Georg sich jetzt ausschließlich nannte, hatte in den letzten dreieinhalb Jahren ein sehr bewegtes Leben geführt. Er war von Bismarck nach Frankreich, England und auf seinen Reisen durch Frankreich gefolgt und hatte dabei Facetten des Preußen kennengelernt, die der Öffentlichkeit bislang offenbar weitgehend verborgen gewesen waren. Besonders der Bericht über Bismarcks Leben in seiner Londoner Wohnung in Grosvenorsquare, Parkstreet, und über seine südfranzösischen Abenteuer faszinierten beim ersten schnellen Lesen den jungen Mann. Er nahm sich vor, die Partien bei Gelegenheit genauer zu studieren. Manches hatte er nur überflogen, anderes aus Zeitmangel ausgelassen. Was wohl noch alles im Text verborgen sein würde? Graf Bismarck schien jedenfalls in seinen jüngeren Jahren ein wahrer Frauenheld gewesen zu sein. Aber auch die politischen Anmerkungen des Onkels fesselten seine Aufmerksamkeit, da sie die gegenwärtige Entwicklung, die offenbar auf einen neuen Krieg hinauszulaufen schien, deutlich vorweg sahen. Bismarck war für Georg von Sandersleben ein Mann, ›der den dürren Gaul des Legitimitätsprinzips bis zum Gehtnichtmehr geritten, ihn dann abgesattelt und endlich das runde preußische Interessenrösslein keck bestiegen hatte‹, so hatte er es eindrücklich formuliert. Ein Mann, der leichtsinnig mit dem Feuer des Krieges spielte und der Macht wegen vor Abgründen nicht zurückschreckte, obwohl alles, was er in der Politik tat, ansonsten kühl und berechnend erschien. Die jüngsten Ereignisse waren klare Belege für die richtige Einschätzung des Majors. Seit dem gemeinsamen Sieg der Bundestruppen im Kampf gegen Dänemark hatte der preußische Ministerpräsident versucht, einen Sonderweg zu gehen und die Österreicher sowie die mit ihnen verbündeten Sachsen um ihren Anteil am Sieg zu bringen. Schon dass alle Welt vom preußischen Sieg gegen die Dänen sprach, war eine Perfidie. Vor Helgoland hatte die österreichische Flotte unter Admiral von Tegetthoff heldenhaft gegen die Dänen gefochten. Auch das Königreich Sachsen war am Krieg beteiligt gewesen. Eine kombinierte sächsisch-hannoversche Division unter dem

Befehl eines sächsischen Generals war in entscheidenden Situationen zum Einsatz gekommen, Georg von Sandersleben selbst hatte damals ein Infanterie-Bataillon geführt. Weiteres kam hinzu. Seit der Niederlage Dänemarks und der Befreiung der Schleswig-Holsteiner von der Fremdherrschaft versuchte Bismarck die Nation zu spalten und den Norden des Bundes unter die preußische Knute zu bringen, schrieb der Onkel. Ein Krieg im Sommer oder Herbst des aktuellen Jahres hielt er für unvermeidlich, und Graf von Bismarck sei ein verantwortungsloser, politischer Hasardeur, der mit den Schicksal und dem Leben von Zehntausenden spiele – jetzt war der Krieg da, vor dem der Onkel nachdrücklich gewarnt hatte.

Ein lautes Geräusch ließ den jungen Reiter aus seinen Gedanken aufschrecken. Vor ihm ertönten zahlreiche Pferdehufe und das Tosen einer größeren Menschenmenge. Dann brach es aus dem Nebel hervor und ritt direkt auf sie zu: Preußische Ulanen, die offenbar im Vorfeld rekognoszierten. Premierleutnant von Sandersleben riss seinen Säbel aus der Scheide. »Attacke!«, rief er und stürmte auf den Feind los. Schreie wurden laut, Schüsse fielen. Von Sandersleben parierte einen Hieb und noch einen. Er befand sich nun direkt am Feind. Er schlug mit dem Säbel auf einen fremden Arm ein, der eine Lanze führte. Sah dann dicht neben sich das Gesicht eines Ulanen mit weit aufgerissenen Augen und gebleckten Zähnen. Plötzlich war er mitten unter lauter feindlichen Uniformen, tauchte knapp unter geschwungene Klingen hindurch und stieß den nächsten Angreifer in den Hals und vom Pferd herab. Direkt neben ihm hieb einer der eigenen Männer einem Gegner die Finger der Zügelhand ab, sodass dieser mit einem Schrei zu Boden stürzte. Wachtmeister Steiner schoss einen anderen vom Pferd. Auf einmal war der Premierleutnant allein am

Rand eines Wasserlaufes. Vor ihm zeigte sich ein feindlicher Offizier auf einem Rotfuchs. Der Offizier gab seinem Tier die Sporen und ritt mit erhobener Waffe auf Eduard zu. Die Klingen trafen aufeinander. Dann krachte es ohrenbetäubend.

⊷⊶

»Dort drüben steht Ihr Vetter Bismarck-Bohlen mit einer Reiterbrigade«, sagte Roon. »Der Kampf wird immer heftiger und der Schlachtenlärm scheint sich zu verdoppeln.«

Die magdeburgischen Regimenter wurden soeben von den frischen Brigaden Württemberg und Saffran des zweiten Korps Thun in das Innere eines Waldstückes zurückgedrängt und dort mit einem wahren Granathagel zugedeckt. Die Brigade Poeckh und Teile der Brigade Appiano drangen in die Südostspitze des Waldes ein. Schon war es elf Uhr und die kaiserlichen Bataillone stießen zügig weiter vor. Doch noch immer hielten sich die Truppen der 7. Division Generalleutnant Franseckys im Norden des Waldes. Dem Kommandanten wurde dabei das Pferd unterm Sattel weggeschossen. Er sprang rechtzeitig ab und leitete jetzt zu Fuß mit dem Säbel in der Hand inmitten der Granaten und Kugeln das unübersichtliche Gefecht aus der vordersten Linie weiter. Unmittelbar vor dem Standort des Königs fanden ebenfalls heftige Kämpfe statt. Adjutanten kamen herbeigaloppiert und verschwanden genauso schnell. Die Nachrichten klangen immer beunruhigender. Langsam wurde der Generalstab nervös, man sprach leise miteinander, betrachtete mit bedenklicher Miene durch die Gläser das Terrain. Moltke allerdings blieb völlig unbewegt. Nicht ein Muskel zuckte in seinem geradezu versteinerten Gesicht.

Es wurde immer klarer, dass die Divisionen nicht vorwärtskamen, weil überwältigendes Geschützfeuer sie zurückschmetterte. Die Artillerie der Österreicher bestrich die preußischen Stellungen am Rand des Holawaldes und die für den Nachschub wichtige Allee von Mokrovus nach Langenhof. Der Verlauf des Gefechtes machte auf den Betrachter einen verstörenden Eindruck, die Lage spitzte sich ersichtlich zu.

»Die Situation erinnert mich an die Lage der Schlacht von Torgau«, sagte Roon und nahm das Glas herunter. »Die Hügel drüben bei Chlum, wie das Dorf nach der Karte heißt, gleichen den Süptitzer Höhen. Ihr wisst, Herr von Bismarck, Feldmarschall Daun hatte sich dort mit dreiunddreißigtausend Mann und vierhundert Kanonen festgesetzt. Die zahlreichen Waldungen, Gräben, Teiche und Moräste sowie Verhaue machten den Angriff nahezu unmöglich und jedenfalls äußerst verlustreich. Zum Glück griff unser Zieten mit dem 4. Korps im Süden ein. Hoffen wir heute Ähnliches vom Kronprinzen!«

»Besser nicht«, erwiderte Bismarck. »Zieten griff zu früh an und sein früher, eigentlich voreiliger Angriff hätte beinahe in die Katastrophe geführt, wenn König Friedrich nicht auch die Höhe attackiert hätte, obwohl sich seine Truppe noch nicht vollständig vor Ort befand.«

»Nun, derzeit sind die Kräfteverhältnisse sehr ungleichmäßig. Ich würde mich jedenfalls sehr freuen, wenn jetzt der Kronprinz als neuer Zieten auftauchte«, sagte Roon. »Der Sieg damals kam leider erst spät am Abend zustande, so lange können wir heute nicht warten.«

Otto von Bismarck nickte nur. Der Sieg bei Torgau Anfang November 1760 war teuer bezahlt worden. Friedrich der Große hatte mehr als ein Viertel seiner Soldaten, an die siebzehntausend Männer verloren, und die Österreicher rund fünfzehntausend, ein wahrer Pyrrhussieg. Mitunter siegte man und verlor dennoch, und manche Niederlage entpuppte sich später als eine Art Sieg. Der Graf verließ den Beobachtungsplatz sowie die Generalität und begab sich zur Seite. Im Augenblick konnte er wenig tun, es herrschten die Stunden des Militärs. Er setzte sich in den Schatten eines Baumes. Sieg und Niederlage, beide Phänomene lagen auch im normalen Leben mitunter eng beieinander. Wenn er an den Beginn seiner beruflichen Laufbahn dachte, das war damals sicher der Fall gewesen. Er erinnerte sich an das Jahr 1836 …

Nach vielem Hin und Her war er endlich nach Aachen versetzt worden. Bismarck fuhr zunächst nach Baden, wovon er niemandem erzählte, um sein Glück in der Spielbank zu versuchen. Dort traf er vor allem Russen an. Darunter war ein gewisser Nikolaj Gogol, ein verrückter Literat und Spieler, der ihm Geschichten über Aachen erzählte, das er vorher bereist hatte. Besonders schwärmte der Russe über die dortigen Frauen, die schlank und elegant seien und viel offener als ihre süddeutschen Schwestern. Über dem Gespräch vergaß Bismarck völlig, weshalb er die Spielbank eigentlich aufgesucht hatte. Anschließend fuhr der junge Assessor die rheinische Bergstraße hinauf und machte dabei in der Nassauerischen Residenz Wiesbaden Station, wo er sein Glück beim Roulette versuchen wollte. Als er das Kasino betrat, konnte er sich zunächst nicht dazu entschließen, sich am Spiel zu beteiligen. Das dichte Gedränge am Tisch kam ihm geradezu abstoßend vor. Er hielt es auch für lächerlich, vom Roulette zu viel zu erwarten. Anderseits, dachte er, während er noch zögerte, warum sollte das Spiel schlechter sein als irgendein anderes Mittel, mit dem man Geld erwarb, wie die Landwirtschaft, das Handwerk oder

der Handel? Es kam neben dem Können oft auf das Glück an, ob die Ernte gut war, Waren gebraucht wurden oder ob der Kaufmann beim Handeln Erfolg hatte. Warum sollte er heute Abend kein Glück haben? Ein Versuch konnte nicht schaden, obwohl Bismarck am liebsten wieder weggegangen wäre. Das Herz klopfte stark, und er hatte das Gefühl, nicht genügend kaltblütig, sondern viel zu nervös zu sein. Andere schienen sich dagegen in ihrem Element zu befinden. Bismarck beobachtete aufmerksam ihr Tun, vielleicht konnte er derart das eine oder andere lernen. Auf den ersten Blick erkannte er zwei Arten, Roulette zu spielen: Die des wahren Gentlemans und eine zweite, unfeine und geradezu pöbelhafte Variante. Ein echter Gentleman setzte seine Taler nur um des Amüsements willen. Roulette war für ihn lediglich ein legerer Zeitvertreib. Der Herr von Adel spielte einzig und allein aus Wissbegierde und aus der Freude am Tun, aber nicht aus dem Wunsch heraus, Geld zu gewinnen. Alle Übrigen besaßen keinen Stil. Sie bangten und zitterten um ihren Einsatz. Ganz anders ein älterer Herr, wohl ein Offizier, ein Oberst oder gar General. Er näherte sich mit klarem, exaktem Schritt dem Roulettetisch, zog bedachtsam seine Börse hervor, entnahm ihr einige Goldstücke, setzte sie auf Rot und gewann. Den erzielten Gewinn ließ er einfach liegen. Der »Oberst« gewann erneut und sogar ein drittes Mal. Beim vierten Mal blieb die Kugel auf Schwarz liegen, und er verlor alles, worauf der Herr mit einem feinen Lächeln im Gesicht den Tisch verließ. Eine Haltung, die eines echten Gentlemans würdig war. Bismarck war beeindruckt.

»Ich sehe Sie als einen nachdenklichen Betrachter, mein Herr«, sprach ihn jemand an. Es war ein jüngerer, hoch gewachsener Mann von soldatischer Prägung, ungefähr im gleichen Alter wie Bismarck.

»Gestatten, Oberleutnant Graf Baseno im Dienst des Königs von Sardinien und Herzogs von Savoyen. Sie beobachten nur und wagen selbst nichts? Ein Gentleman spielt, so sagt man doch?«

Bismarck stellte sich seinerseits vor.

»Ich denke«, erwiderte er, »das Ziel ist, dass man gewinnt, alles andere erscheint mir im höchsten Grade albern zu sein. Wenn ich schon spiele, dann will ich gewinnen, natürlich viel gewinnen.«

»Dann wünsche ich Ihnen viel Erfolg und vor allem das Talent, zum richtigen Zeitpunkt auszusteigen«, sagte der Italiener mit einem Lächeln und verbeugte sich. »Bitte entschuldigen Sie mich, ich werde mein Glück bei den Karten versuchen.« Der Offizier ging weiter.

Die Karten kamen für Bismarck nicht infrage, auch in seiner Militärzeit hatte er sie gemieden. Er betrachtete noch eine Weile den Roulettetisch und das dortige Geschehen. Schließlich überwand er seine Ängste und setzte zwanzig Gulden auf Impair. Das Rad drehte sich, die Kugel rollte und rollte. Ein endloses Warten; die Kugel klickte, es kam die Acht, er hatte verloren. Nochmals setzte er zwanzig Gulden, diesmal auf Schwarz und gewann, der Verlust war wettgemacht. Er wechselte auf Rot, und es kam Rot, ein weiterer Gewinn. Ermutigt durch den Erfolg fuhr er fort – und verließ am späten Abend das Kasino mit mehr als siebzehnhundert Talern Verlust. Bei seinem Abgang begegnete er erneut dem sardischen Offizier, der ihm fröhlich zuwinkte.

»Ich habe einiges gewonnen«, rief dieser. »Wie steht es mit Ihrem Glück?«

Bismarck verbeugte sich nur und eilte, ohne dem Mann Antwort zu geben, davon. In der Nacht schlief er wenig, siebzehnhundert Taler waren ein kleines Vermögen, und er wusste nicht, wie er dies zu Hause erklären sollte. Roulette war offenbar gefährlicher, als er gedacht hatte.

Ziemlich verstimmt suchte er sich am nächsten Tag mit einem Spaziergang durch den blühenden Kurgarten abzulenken. Zahlreiche Besucher waren unterwegs, darunter viele ältere Herren, meist ehemalige Offiziere und pensionierte Beamte, die von ihren Gemahlinnen begleitet wurden und gemessenen Schrittes umherspazierten. Da und dort flanierten stattliche Damen mit ihren Töchtern im Backfischalter. Man unterhielt sich, sah und wurde gesehen und hielt nach jüngeren Herren im Heiratsalter Aussicht. Auch Bismarck wurde als möglicher Kandidat eingehend beäugt. Während er durch den Park promenierte, da und dort den Hut zog und grüßte, sah er plötzlich, wie einer vornehm gekleideten englischen Dame der Fächer zu Boden fiel. Er hob ihn auf und reichte ihn mit einer galanten Verbeugung der Schönen. Sie nickte kurz und ließ ein knappes »Thank you« hören. Bevor sie weitergehen konnte, machte er ihr rasch ein Kompliment. Die Dame und ihre jüngere Begleitung hielten inne.

»Sie sprechen überraschend gut Englisch, Sir. Dem begegnet man selten hierzulande. Bei uns zu Hause glaubt man, alle in Deutschland würden perfekt Englisch sprechen. Doch das trifft allenfalls bei den Hoteliers und dem dortigen Personal zu. Im Eigentlichen spricht der Deutsche der höheren und gebildeten Stände außer Französisch keine andere Sprache.«

»Nun, Gnädigste«, antwortete Bismarck mit einer weiteren kavaliersmäßigen Verbeugung. »Französisch zu lernen ist notwendige Pflicht, Englisch dagegen für mich eine überaus angenehme Liebhaberei.«

»So schätzen Sie das Englische und die englische Kultur sehr?«

»Gewiss«, versicherte er mit einem Lächeln und verbeugte sich erneut. »Wie könnte ich auch anders?«

»Dann sind Sie ein Gentleman, ein Herr aus guter Familie und von Bildung?«

Die Dame prüfte, ohne sich zu genieren, seine Erscheinung durch ihr Lorgnon. Dann nickte sie, Bismarcks Äußeres schien ihr zuzusagen.

Er wartete amüsiert die Begutachtung ab und ergriff dann das Wort. »Pardon, meine Damen. Ich vergaß im Eifer ganz mich vorzustellen. Otto von Bismarck.«

»Ich bin Miss Russel«, erwiderte die ältere Dame, »und dies ist meine Nichte Laura.«

Das junge Fräulein neben ihr errötete.

»Wir sind auf der Durchreise, besuchen Wiesbaden und Baden-Baden, eventuell auch Karlsbad. Anschließend plane ich, mit meiner Nichte nach Italien zu reisen, wo Lord Russel uns erwartet. Waren Sie schon in Italien? Ihr Goethe schwärmt so wunderbar von diesem Land! Sie erinnern sich gewiss an die ›blühenden Zitronen‹?«

»Nein, Miss Russel, das Land, wo die Zitronen blühen, besuchte ich bislang noch nicht. Italien sparen wir uns in Deutschland eher für die Hochzeitsreise auf, was bei mir noch Zeit hat«, erwiderte er und lachte. »Darf ich die Damen bei Ihrem Parkgang ein Stück begleiten?«

Es war ein wahres Vergnügen, an der Seite der schönen Engländerinnen zu schreiten und geistvoll zu parlieren. Bismarck überbot sich in Bonmots, lustigen Geschichten und unterhaltsamen Erzählungen aus der Berliner Gesellschaft. Er musste ihnen gefallen haben, denn die Damen verabredeten mit ihm, am folgenden Tag einen Ausflug in den Taunus zu unternehmen. Gemeinsam durchwanderte das Trio die grüne Waldlandschaft, kehrte in einem ländlichen Wirtshaus nahe dem Örtchen Hofheim ein und nahm dort mit Behagen ein einfaches Mahl zu sich. Bismarck plauderte mit beiden Damen gleichermaßen und genoss es, sowohl Miss Russel als auch ihre hübsche Nichte Laura aufs Angenehmste zu unterhalten, wobei er es an Galanterien nicht fehlen ließ. Abends ließ sich Laura erweichen, am Piano mit süßer Stimme englische Lieder zu singen. Auch Bismarck gab mit tiefer Bassstimme einige Schubertstücke zum Besten. Allzu rasch verging die Zeit und schließlich trennte man sich, wobei Bismarck der Abschied von den beiden Schönheiten nicht leicht fiel. Ein wenig schwermütig fuhr er weiter nach Aachen, um dort seinen neuen Dienst anzutreten.

Die stets wiederkehrende Routine des Aktenlesens und Schreibens von Berichten langweilte und ermüdete ihn bald. Er suchte in allerlei Zerstreuungen Abstand von seinen eintönigen Pflichten zu gewinnen. Auch hier in Aachen schloss sich der Junker gern Engländern an, zu deren Sitten und Auftreten er sich, besonders nach der Wiesbadener Begegnung, stark hingezogen fühlte. Sein Englisch war durch den engen Kontakt mit seinem Studienfreund und einigen Englandreisen ausgezeichnet und akzentfrei. Die Kurgäste hielten ihn auf der Promenade sogar für einen britischen Lord.

Eines Tages erhielt er eine Einladung eines wahrhaftigen Lords, des Herzog von Cleveland, der ihm versicherte, er sei im Auftreten und Benehmen eigentlich ein natürlicher Engländer. In der folgenden Zeit war Bismarck häufig in der Wohnung des Herzogs zu Besuch. Man dinierte zusammen, unterhielt sich, und er schien diesem, wenn auch beide mitunter heftig über Politik stritten, sehr angenehm zu sein. Anlässlich eines Abendessens lernte er schließlich die Herzogin kennen und war, als er sie das erste Mal erblickte, ziemlich überrascht. Die Herzogin von Cleveland war niemand anders als die Dame aus Wiesbaden, die sich mit als »Miss Russel« vorgestellt hatte. Ein Inkognito, wie sie ihm mit einem Lächeln erklärte. Auf Reisen wisse man nie, sagte die Herzogin, wem man begegne, sodass sie sich angewöhnt habe, als Tante den Namen ihrer Nichte anzunehmen. Auch Laura traf er wieder, die ihn verheißungsvoll anlächelte. Er konnte sein Glück kaum fassen und verliebte sich täglich mehr und mehr in die englische Schöne. Sie schien ihm ebenfalls sehr gewogen, Zeichen gab es dafür genug. Als sie einmal bei Tisch saßen, der Herzog hatte Bismarck eingeladen, ließ Laura ihre Serviette fallen. Sie bat ihn um sein Tuch, und als er es ihr höflich reichte, drückte sie ihm durch das Tuch verstohlen die Hand.

Doch eines Tages waren die Clevelands überraschend abgereist, ohne ihn vorher in Kenntnis zu setzen. Bismarck verstand die Motive dieses plötzlichen Aufbruchs nicht. Er lief die nächsten beiden Wochen in höchster Melancholie umher, trank einiges und konnte durch nichts aufgeheitert werden, bis ihn ein Brief der Herzogin erreichte.

›Sehr geschätzter, lieber Herr von Bismarck!

Wir erinnern uns gern der netten und überaus abwechselungsreichen Begegnung mit Ihnen in Wiesbaden wie besonders auch in Aachen. Auch mein Gemahl hat Ihre Gesellschaft genossen. Er spricht sehr freundlich von Ihnen und glaubt, dass Sie gewiss günstige Aussichten auf eine glänzende Laufbahn hätten. Wir würden Sie gerne wiedersehen, sollten Sie daher zu einem kleinen Abstecher ans Meer Gefallen finden können und Lust haben, uns zu begleiten, freuten Laura und ich uns sehr, wenn Sie mit uns führen. Gewiss können Sie in der Ferienzeit Urlaub nehmen. Der Herzog musste, überraschend für mich, nach London reisen, wo er an einer Oberhaussitzung teilzunehmen hat. Nun denken wir daran, ein wenig kreuz und quer zu reisen und durch Belgien und Frankreich zu fahren oder uns durch die Schweiz nach Italien zu wenden. Wenn Sie der Urlaub nach

Zürich führte, könnten wir uns dort treffen und wiedersehen. Sowohl Laura, die Ihnen sehr freundliche Grüße sendet, als auch ich würden darüber sehr beglückt sein. Machen Sie uns unbedingt die Freude und besuchen Sie uns. Laura vermisst Sie sehr und mich schmerzt es, das Kind leiden zu sehen. Es grüßt Sie von ganzem Herzen, Ihre …‹

Der Brief und die geäußerte Bitte schienen Bismarck deutlich. Die Nichte des Herzogs von Cleveland sehnte sich nach ihm, Laura vermisste ihn! Kinder hatten der Herzog und die Herzogin nicht, wie sie einmal während eines Gespräches hatten einfließen lassen. Laura, ihr Nichte, sei wie eine Tochter für sie. Die Clevelands hatten Grundbesitz und besaßen Millionen. Das Vermögen sollte sich, wie Bismarck in Erfahrung gebracht hatte, ohne die Ländereien auf fast zweiundzwanzig Millionen Taler belaufen. Eine unvorstellbare Summe, seine ganzen finanziellen Probleme würden durch eine Heirat mit einem Schlag behoben sein – und schön war Laura obendrein. Was wollte er mehr?

Entschlossen packte er die Koffer, erbat sich von Graf von Arnim-Boitzenburg Urlaub auf unbestimmte Zeit und fuhr los. Während er in Richtung Schweiz reiste, gingen ihm allerlei Bilder durch den Kopf. Es war überhaupt gut, dass er für eine Weile von Aachen fortkam. Die Langweile dort war tödlich und das Volk und sein religiöses Gehabe missfielen ihm sehr. Erst kürzlich war er in eine unangenehme Situation geraten. Bei einem Spaziergang hatte eine Prozession seinen Weg gekreuzt. Als Protestant hielt er es für überflüssig, den Hut zu ziehen, da ihn der katholische Ritus nichts anging.

»Verdammter Ketzer, wirst du wohl den Hut ziehen?«, schrie ihn plötzlich von der Seite ein feister Bürger ins Ohr und versuchte, ihm diesen vom Kopf zu schlagen. Doch im nächsten Augenblick hatte Bismarck den Kerl gepackt und zu Boden geschleudert. Kleinlaut erhob er sich aus der Gosse und eilte hinkend davon. Die Volksmenge murrte laut, wagte sich aber nicht an den groß gewachsenen Junker heran. Freilich musste ihn jemand erkannt haben, denn seinem Vorgesetzten wurde der Vorfall gemeldet. Graf von Arnim-Boitzenburg hatte ihm am nächsten Tag einen Verweis erteilt und gesagt, er habe die Würde eines Regierungsbeamten verletzt, sonst hatte der Graf die Sache auf sich beruhen lassen. Eine wirklich dumme Situation, die unter Umständen seine beruflichen Aussichten hätte beeinträchtigen können. Zum Glück hatte der Herzog von Cleveland seine Qualitäten erkannt und würde, da er mit dem Graf von Arnim-Boitzenburg befreundet war, für ihn sicher ein gutes Wort einlegen, vielleicht ihn sogar fördern. Mit Karriereaussichten und seinem alten Adel im Hintergrund war er auch für die Clevelands im Hinblick auf Laura eine gute Partie. Die Einladung schien ihm das wenigstens zu verdeutlichen. Er würde seine Chancen nutzen, dachte der junge Mann. Laura gefiel ihm außerordentlich, und er konnte sich eine Zukunft mit ihr gut vorstellen.

Nach einigen Tagen in der Kutsche kam er in der Schweiz an. Das Wiedersehen mit Laura war in der Tat verheißungsvoll. Das junge Mädchen errötete über und über und begrüßte ihn mit großer Herzlichkeit.

»Herr von Bismarck, wie freue ich mich, Sie endlich wiederzusehen!«, sagte sie und überließ ihm sogar ihre Hand. Die Reisegesellschaft, in der sich die Damen befanden, war allerdings etwas gemischt. Briten, Franzosen und Belgier waren darunter, die alle kein Wort Deutsch sprachen oder sprechen wollten. Andererseits unterhielten sich alle blendend. Es wurden Geschichten aller Art erzählt, die Herren versuchten einander in Bonmots zu übertreffen, man dinierte vorzüglich, spielte und trank; kurz, kein Tag war wie der andere. Unter den Mitreisenden fiel ihm besonders ein junger Schotte mit dem historisch klingenden Namen James Hepburn Earl of Bothwell auf. Der Earl war stets guter Stimmung und steckte voller lustiger Geschichten; auch erschien er sehr belesen und gebildet.

»Sie stammen aus Pommern, Herr von Bismarck? Wir haben dort entfernte deutsche Verwandte, die Rochows. Ist die Familie Ihnen bekannt?«, fragte er.

Bismarck nickte, die Rochows waren eine der ältesten märkischen Adelsfamilien und lebten auf dem Gut Plessow bei Potsdam. Sie unterhielten sich ein wenig über das Leben auf dem Land und über die Jagd. Bothwell war ein sympathischer Gefährte, fand der junge Preuße. Nur, wie sich eines Abends zeigte, schien er am weiblichen Geschlecht nicht interessiert, weshalb sich Bismarck von ihm rasch zurückzog. Bothwell reagierte auf das veränderte Verhalten scheinbar nicht. Doch die finsteren Blicke, die er ihm schenkte, sprachen eine gänzlich andere Sprache, was Bismarck wenig störte.

Die Gruppe reiste in den nächsten Wochen ziellos umher, machte da und dort Rast und blieb an manchen Orten länger. Die luxuriöse Lebensweise kostete viel Geld, aber das war Bismarck weniger wichtig. Er war jung und das Leben lag in seiner ganzen Breite mit all seinen Möglichkeiten vor ihm, was bedeuteten da fünfhundert oder tausend Taler. Die Zukunft würde rosig sein, wenn er es nur richtig anpackte. So nutzte er die Zeit, um Laura nach allen Regeln der Kunst den Hof zu machen. Er ließ Blumen sprechen, versuchte sich im Dichten, wiewohl ihm das wenig lag, und ließ seinen Charme spielen. Beide wurden immer vertrauter, und er steuerte mit allen Kräften auf sein Ziel zu, seinen blonden Engel für immer zu gewinnen. Einem Ziel, dem er sich ganz nahe glaubte.

Da war der Abend am Lac des Quatre Cantons gewesen. Beide hatten sich von der Gruppe getrennt und spazierten Arm in Arm am Kai von Luzern entlang. Ein herrlicher Augusttag lag hinter ihnen. Noch immer war es angenehm warm, der blaue Himmel verfärbte sich im Westen zu den fantastischsten Rottönen und auf dem Wasser des Sees glitzerten die abendlichen Sonnenstrahlen wie im stillen Feuer. Das junge Paar sprach, er wusste später nicht, wie sie auf das Thema gekommen waren, von ihrer Zukunft, ihren Hoffnungen und Wünschen. Dabei erzählte Bismarck seiner Begleiterin auch von der eigenen heimischen Gegenwart und Vergangenheit, von Pommern und dem Familiengut Schönhausen.

»Du lebst tatsächlich in einem alten Schloss?«, fragte Laura.

»Nun, die Burg meiner Väter«, entgegnete der jungen Mann, »ist ein bisschen eigen, als Schloss im Stile des Prachtbaus des Sonnenkönigs in Versailles würde ich es nicht gerade bezeichnen. Die Mauern stammen noch aus dem Dreißigjährigen Krieg und sind mehr als vier Fuß stark. Nur wenige Zimmer sind zum eigentlichen Wohnen eingerichtet. In den Kaminen heult im Herbst und Winter der Wind. Die Tapeten sind vom Alter verfärbt. Mein Schlafzimmer zum Beispiel blickt direkt auf den Friedhof, eine vorzügliche Aussicht.«

»Ist deine Familie etwa verarmt?«, hakte sie bestürzt nach und blickte ihn forschend an.

»Nein, nein, wir sind durchaus mit Gütern gesegnet«, erklärte er rasch. »Von meinem Fenster sehe ich auch anderes als den Kirchhof. Der Blick ist weit, nordwärts liegt ein altertümlicher Garten aus der Rokokozeit mit Taxushecken, steinernen Bassins, schattigen Laubengängen und einer Vielzahl von Steingöttern. Im Süden reicht der Blick bis zur Stadt

Tangermünde, im Westen bis nach Stendal. Und in den erhaltenen und genutzten Zimmern findest du herrliche Tapeten von Damast, Leder und Leinwand, die allerlei Jagdszenen und idyllische Landschaften zeigen. Überall an Decken, Kaminen und Türeinfassungen siehst du fein ausgearbeitetes Stuckwerk. Dazu steht in den Räumen das passende Mobiliar in Eiche und Samt, gediegen und nutzbar. Der großen Eingangshalle folgen ein großes Gartenzimmer, der weiß tapezierte Speisesaal und das grüne Wohnzimmer, kurz wir haben jede Menge Platz und Raum nach unseren Bedürfnissen.«

»Eure *Burg* ist also ein wirklicher Herrensitz, etwas schadhaft, aber vornehm«, stellte Laura befriedigt fest. »Das lasse ich mir gefallen. Aber was machst du den ganzen Tag, wenn du zu Hause bist? Sicher auf die Jagd gehen und Gäste empfangen, Bälle und Feste geben, sonst stirbt man auf dem Lande vor Langeweile.«

Beinahe hätte er geantwortet, man müsse sich um die Ernte und die Leute kümmern und habe zu arbeiten, besann sich jedoch und schilderte die lauschigen Plätze des heimischen Parks. »Es gibt vieles, was ich gern tue und womit ich mir die Zeit vertreiben kann. Unser Park lädt geradezu ein, sich in ihm zu ergehen. Unterhalb der oberen Terrasse haben bis zur Erde niederhängende Lindenzweige eine schattige Laube gebildet, wo es sich gut sitzen, lesen und sinnieren lässt. An der Terrassenmauer wachsen wilde Rosen.«

»Wie romantisch«, seufzte sie.

»Dann gibt es eine künstlich angelegte Insel, auf der ein einsamer Pavillon steht. Die rechte Herberge für die Liebste meines Herzens«, rief er aus und ergriff ihre Hand. Sie überließ sie ihm, lächelte hold und sagte nichts.

»Geliebte«, sprach er, all seinen Mut zusammennehmend, »oh wenn wir beide doch dort in diesem verwunschenen Paradies leben könnten!«

Er zog Laura an sich und küsste sie im Schatten eines Baums voller Leidenschaft und sie ließ es sich wohl gefallen. Bismarck fühlte sich wie im siebten Himmel. Besonders, als ihn am späteren Abend ein rosafarbenes Billet von ihrer Hand erreichte, das ihn bat, zu ihr zu kommen. Diesmal gewährte sie ihm fast alles, was er sich wünschte und begehrte.

Sie reisten weiter bis zum Lago Maggiore. Dort erreichten Bismarck Briefe aus Aachen und der Heimat. Auch der Herzog stieß zur Reisegruppe und mit ihm ein älterer Oberst, der bei Waterloo einen Arm verloren hatte. Der glücklich Liebende achtete nicht auf den alten Soldaten, obwohl dieser umgehend damit begann, Laura den Hof zu machen. Das Werben des Alten, der Oberst war bereits fünfzig, nahm er nicht ernst, genauso wenig wie den energischen Brief seines Vaters.

»Du kneifst vom Amt aus«, schrieb dieser. »Das ist eine Desertion. Graf von Arnim-Boitzenburg teilte uns mit, du wollest dich durch deine Reisen bilden. Dagegen ist im Prinzip nichts einzuwenden, doch deine ›Bildungsreise‹ dauert nun schon einige Zeit. Und ich fürchte, du wirst anschließend etliche Rechnung präsentieren, obschon ich deine Zuschüsse bereits verdoppelt habe. Wir hörten, du bemühtest dich um ein englisches Fräulein. Komm uns nur nicht noch mit einer Verlobung, ohne dass wir Näheres über die Verhältnisse dieses Fräuleins wüssten, sonst könnten deine Mutter und ich ernstlich böse werden.«

Bismarck erzählte dem Lord von dem Schreiben, ohne dabei allerdings den letzten Satz zu erwähnen. Cleveland gab zu bedenken, dass es nicht klug sei, seine Eltern und seinen Vorgesetzten allzu sehr zu verärgern, das führe nur zu unnötigen Komplikationen.

»Mir ist nur wohl«, erwiderte der junge Mann, »wenn

ich keine Vorgesetzten habe, denen ich gehorchen muss. Das Befehlen und Kommandieren überlasse ich gern anderen, die dergleichen lieben.«

»Das sind keine guten Voraussetzungen für eine Karriere im Staatsdienst«, sagte der Lord scharf. »Wer nicht gehorchen und nicht befehlen will, was kann aus dem werden?«

»Das weiß ich selbst noch nicht, Mylord. Ein Dasein als einsamer Gutsbesitzer auf dem Land halte ich jedenfalls nicht aus. Aber der verknöcherte Formelkram des Beamten- und Staatslebens würde mich auf die Dauer krank machen. Akten und Urkunden, Papiere über Papiere. Dabei ist des Lebens Strom so vielseitig und bunt, wie Goethe schreibt. Ich gebe zu, derzeit treibe ich ein wenig willenlos dahin. Ich sage Ihnen ehrlich, Mylord, wo mich die Flut irgendwann ans Ufer wirft, ist mir im Augenblick verflixt gleichgültig.«

»Nein, mein Bester, ich denke, Sie irren sich mit dem, was Sie sagen«, rügte ihn Cleveland. »Gleichgültig scheint mir nur zu sein, was aus jenen Menschen wird, die sich halt- und ziellos, ja zerfahren treiben lassen, bis sie irgendwo stranden.«

Für den Rest des Tages ruhten die Gespräche, und die Stimmung schien ihm verändert. Laura, mit der er eigentlich einen Spaziergang geplant hatte, ließ sich, ohne Gründe zu nennen, plötzlich entschuldigen. Während des Abendessens hielt sie Distanz, plauderte dafür umso intensiver mit dem Oberst. Auch für den kommenden Mittag sagte sie ihm ab, und Bismarck war zu seiner Überraschung gezwungen, allein in der bestellten Gondel zur Isola Bella zu fahren. Kurz vor dem Ablegen wurde ihm ein Brief Lauras zugestellt. Überrascht öffnete er das fliederfarbene Kuvert – und fand einen Abschiedsbrief vor.

›Geehrter Herr von Bismarck!

Ich muss Ihnen gestehen, dass wir mit unseren Plänen etwas voreilig waren. Eine Zukunft, sagt mein Onkel, Lord Cleveland, muss auf einem guten Fundament errichtet sein. Ihren Worten nach sind Ihre Eltern unduldsam bei pekuniären Unannehmlichkeiten. Auch in den Staatsdienst wollen Sie nicht zurückkehren. Wovon sollten wir leben, wenn Sie sich mit jedermann überwerfen? Von meiner Mitgift? Nun, mein Onkel gestand Ihnen zu, nette Manieren zu haben und aus gutem Hause zu sein. Sicher würden Sie keine Versorgung in reicher Ehe suchen, doch der Gedanke, eine gut situierte Engländerin mit großer Mitgift zu heiraten, könnte, so sagt er, angesichts Ihrer finanziellen und beruflichen Situation durchaus eine Rolle spielen. Kurz, er als Vormund könne seine Einwilligung zu einer Verlobung oder gar Eheschließung nicht geben. Dagegen sei der Colonel of a very good family and highly-connected; zudem ist er im Besitz von jährlichen dreitausend Pfund nebst einem herrlichen Land. Ich muss Ihnen auch gestehen, dass ich für Kriegshelden schwärme, wie überhaupt uns Frauen gesetzte Männer im Allgemeinen mehr zusagen als noch grüne, romantisierende Jünglinge. Zudem ist der Oberst noch immer ein schöner Mann, der mir wohl gefällt. Ich bin sicher, dass Sie unsere kleine Schwärmerei der letzten Tage und Wochen nicht überbewerten. Wie Sie selbst zu sagen pflegen, liegt Ihre Zukunft noch vor Ihnen. Wenn Sie also vom Ausflug zurückkehren, werden wir abgereist sein. Ich wünsche Ihnen von Herzen alles Gute.

Laura Russell‹

Bestürzt eilte Bismarck zurück zum Hotel. Dort war alles abgereist und sein blonder Engel verschwunden. Der derart in allem Verratene und zutiefst Beleidigte überlegte, ob er sich in den See stürzen und seinem Leben ein Ende machen solle. Oder sich am besten erschösse. Nein, dachte Bismarck dann, das waren Lauras Worte nicht. Den Brief hatte sie gewiss nach einem Diktat ihrer Tante oder des Lords geschrieben. Sicher liebte sie ihn noch immer. Aber, wenn sie sich derart drängen ließ, war sie es nicht wert, dass er sich ihretwegen umbrachte. Nein, die Angelegenheit lohnte einen Selbstmord nicht. Er nahm also Abstand von derartigen Streichen und reiste, mit Melancholie im Herzen, eilig ab.

Er kehrte fast reumütig nach Aachen zurück. Dort fand er alles vor wie gehabt, die Bürokratie ging ihren geordneten Gang. In den Kollegien gab es eine Vielzahl von Sekretären und Beamten, die schon vor über zwanzig Jahren und damals noch unter der französischen Verwaltung tätig gewesen waren. Sie entsprachen nicht den Idealen, die ihm vorschwebten, und noch weniger taten dies die laufenden Amtsgeschäfte. Die alten Regierungsbeamten zeigten sich oft pedantisch und durch ihre Arbeit am grünen Tisch dem wirklichen Leben und seinen Erfordernissen entfremdet. Und dann die Bürokratie selbst. Akten blieben liegen oder schwollen durch Eingaben, Stellungnahmen und Kommentare der verschiedenen Bearbeiter zu wahren Bergen an. Er hatte den Eindruck, dass zumeist das Ganze das verbrauchte Papier nicht wert war und dass vieles mit dem vierten Teil der aufgewandten Arbeitskraft hätte erledigt werden können. Allerdings war daher das tägliche Arbeitspensum für ihn sehr gering und er erlebte seine Abteilung als eine wahre Sinekure. So hatte er viel Zeit für amüsantere Dinge.

Im folgenden Januar lernte er eine reizende Französin kennen und verliebte sich erneut. Die Dame hatte dunkel lockiges Haar, das ihr, wenn es offen war, bis auf die Hüften fiel.

Claire, so wollte sie von ihm genannt werden, war eine erfahrene Frau von wunderbar weiblicher Erscheinung. Schlank und gut gewachsen wusste sie mit ihren sechsunddreißig Jahren weitaus mehr vom Leben als der junge Referendar. Sie trafen sich heimlich, unternahmen herrliche Ausflüge und Schlittenfahrten durch die winterliche Landschaft. Sie weihte ihn tief in die Geheimnisse der Liebe ein, von denen er, trotz Laura, bisher wenig gewusst hatte. Mitunter störte ihn allerdings ihre große Geheimnistuerei. Claire entwickelte immer neue Formen der Tarnung, in deren Schutz sie sich verdeckt begegnen und Nächte miteinander verbringen konnten. Sich zum Beispiel als Frau zu verkleiden, was sie als einen köstlichen Scherz bezeichnete, lehnte er ohne Wenn und Aber ab, was sie nicht verstand. Je näher der Frühling kam, umso abenteuerlich wurde das Ganze und umso gereizter erschien ihm Claire, wenn er auf ihre Pläne nicht eingehen wollte. Ende März schließlich beendeten beide ihre Beziehung im gegenseitigen Einverständnis, da Madame nach Paris und, wie sie sagte, zu ihrem Gatten heimreisen musste. Bismarck glaubte ihr Letzteres nicht, hatte aber genug von ihren Kapriolen und Extravaganzen und ließ die französische Dame frohen Herzens ziehen.

Doch schon im Sommer des gleichen Jahres trafen ihn Amors Pfeile erneut. Er lernte im Juli die siebzehnjährige Engländerin Isabella Loraine-Smith kennen, Tochter eines englischen Geistlichen und – verrückterweise – Freundin der ungetreuen Laura. Wieder glaubte er, die große Liebe gefunden zu haben und begann alsbald neue Pläne für die Zukunft mit Isabella zu schmieden. Er verlobte sich Hals über Kopf mit der Schönen, reiste mit ihr und ihren Eltern kreuz und quer durch die deutschen Lande – und verlor wegen der mehrwöchigen Überschreitung eines vierzehntägigen Urlaubs endgültig sein Referendariat. Sein Vorgesetzter, der bis dahin sehr nachsichtige Graf von Arnim-Boitzenburg, bescheinigte ihm, sein Verhalten sei für einen Beamten, der eine Karriere anstrebe, wenig angemessen und empfahl ihm dringend, sich beruflich neu zu orientieren.

Bismarck scherten diese Worte nicht. Er hatte den Eindruck, eine strahlende Zukunft mit Isabella läge vor ihm und alles entwickle sich in hervorragender Weise. Alles früher Erlebte hatte nur auf fatalen Irrtümern basiert. Auf ihrer Reise besuchte die »Familie«, wie er sie bezeichnete, auch Straßburg. Aus einem Gasthaus schrieb er an seinen Freund, den Assessor Scharlach, der in Harzburg wohnte, er danke für dessen Einladung zur Jahrhundertfeier der Georgia Augusta und habe fest vor, nach Göttingen zu kommen. Er wisse aber nicht, ob er den Winter in Neapel oder in Paris zubrächte. Im Frühjahr, wahrscheinlich Ende März, müsse Scharlach sich aber unbedingt als Brautzeuge bereithalten, um ihm beim Eintritt in den Stand der Ehe behilflich zu sein: »Ja, bester Freund, nun ist es sicher: Ich heirate Isabella!«

Seine Braut suchte er mit Champagnerdiners und nächtlichen Kutschfahrten im Mondschein, Gedichten und Rosenbuketts zu beeindrucken. Doch irgendwie, er wusste nicht warum, ging auch diese geplante Verbindung in die Brüche. Vielleicht, weil die Loraine-Smiths und die Clevelands miteinander eng befreundet waren. Dazu musste er zu seinem Verdruss feststellen, dass Laura, die er wiedersah und die ihm, als ob nie etwas zwischen ihnen geschehen wäre, völlig unbefangen entgegentrat, Isabellas beste Freundin war. So war er oft mit zwei jungen Damen zusammen, was er wiederum durchaus genoss. Natürlich gefiel ihm Isabella deutlich besser als Laura, die etwas fülliger geworden war und bisweilen kränkelte. Mitunter lächelte sie schmerzhaft, wenn sie ihn ansah, war jedoch meist recht fröhlich. Vom Oberst erzählte sie nichts, als hätte das Verlöbnis nie stattgefunden. Beiden Frauen schienen seine Gesellschaft und Aufmerksamkeit durchaus angenehm. Doch irgendwann gewann er den Eindruck, dass sie ihn offenbar nicht ganz ernst nahmen. Sie zogen sich auch von ihm zurück. Isabella äußerte sich plötzlich sehr zurückhaltend, was die gemeinsame Zukunft betraf und meinte, er solle sich gedulden, ihr Vater wolle erst einmal mehr über ihn erfahren, bis er einer möglichen Verbindung zustimmen könne. Schließlich reiste die ganze Gesellschaft nach München. Da sein Pass abgelaufen war und ihm die preußische Gesandtschaft ohne schriftliche Urlaubsgenehmigung keinen neuen ausstellen wollte, blieb der Zweiundzwanzigjährige enttäuscht zurück. Isabella verschwand ebenso rasch aus seinem Leben, wie sie in diesem aufgetaucht war. Es blieb eine gewisse Leere zurück, aber auch die Erkenntnis, sich in Sachen Gefühlen künftig vorsichtiger zu verhalten. Wieder machte er sich auf den Heimweg, doch wollte er nicht mehr nach Aachen. Seine Taschen waren nahezu leer, er stand am Rande des Bankrotts. Wiesbaden, wo sich die Loraine-Smiths und die Clevelands am längsten aufgehalten hatten, war ein überaus teures Pflaster. Zudem stieg der Pfarrer von Passenham nur in den teuersten Hotels ab und pflegte einen sehr gehobenen Lebensstil. Er speiste in den besten Restaurants und beschäftigte mehrere Londoner Schneider, Handschuh- und Hutmacher. Bismarcks Börse erlitt aufgrund dieser Gesellschaft eine solche Baisse, er war sozusagen pleite, dass er sich in Frankfurt als Reisebegleiter eines älteren Herrn anwerben ließ.

»Arm am Beutel, krank am Herzen, schleppe ich meine müden Tage, und die Geister, die ich rief, lassen mich dummen Zauberlehrling nicht mehr los. Gegen unglückliche Liebe gibt es Universalheilmittel: Spielen, Saufen, Schulden, Reisen. Doch bei mir sind Liebe und Hass gleich unglücklich, beide ins Herz getroffen«, schrieb er, Goethe zitierend, anschließend einem Studienfreund. »Mein Vertrauen ist verraten, mein Stolz bis aufs Blut gekränkt, die wahrste Empfindung wurde leichtfertig misshandelt, ohnmächtiger Zorn, nicht mal der Rache fähig, solche Erinnerung werde ich mein Lebtag wiederkäuen. Und dies kaltschnäuzige, hochnäsige Britenpack belächelt meinen Hass wie der Mond den bellenden Köter. Bah, leeres Strohdreschen der Amtsstreberei wird mir zuträglich sein wie mechanisches Holzhacken.«

Ja, dachte Graf von Bismarck, das waren zwei wilde Jahre und eine harte Lehrzeit gewesen. Der fest geglaubte Sieg hatte sich zweimal in eine bittere Niederlage verwandelt und ihm deutlich gezeigt, wie wankelmütig das Schicksal und natürlich auch Frauenherzen sein konnten. Darüber hinaus – aber nein, das war Unsinn. Er erhob sich aus dem schützenden Baumschatten, schüttelte alle Gedanken an früher ab und kehrte in die Gegenwart der Schlacht zurück.

~ひ~

Ein Schuss streifte Eduards Schulter und hinterließ einen brennenden Schmerz. Doch schon traf sein Säbel den ungeschützten Hals des Gegners. Dieser, tödlich getroffen, ließ seine Waffe los, kippte nach hinten und stürzte rücklings vom Pferd. Da war der Premierleutnant an ihm vorbei und ritt weiter. Dumpf klangen die Hufe, merkwürdig matt, als berührten sie kaum den Boden. Dann verstummte auf einmal schlagartig aller Lärm, als ob der Frühnebel jedes Geräusch aufgesaugt hätte. Eduard von Sandersleben zügelte sein Ross und blickte sich um. Niemand war zu sehen und nichts zu hören. Fast schien es, als sei er völlig allein in dieser kalten und grauen Welt der frühen Dämmerung …

So interessant und spannend die Berichte seines Onkels Georg auch gewesen waren, eine ganz andere, unerwartete Entdeckung hatte sein Leben völlig verändert und ihn aus der Bahn geworfen. In einer der Tagebuchkladden des Onkels fand Eduard bei seiner Lektüre einen Brief, dessen Inhalt er weder beim ersten noch beim zweiten Lesen verstand. Der Brief steckte in einem verblichenen, ursprünglich wohl blauen Umschlag. Das Papier selbst war vergilbt und brüchig. Es handelte sich um ein amtliches Schreiben, das mit einem Stempel und einer unleserlichen Unterschrift versehen war. In diesem ging es um einen Antrag, das, wie es hieß, Findelkind Eduard – Nachname unbekannt –, geboren am 7. Dezember 1837 in Aachen, an Kindes statt anzunehmen. Das war ja sein eigener Vorname und der 7. Dezember 1837 sein Geburtstag. Ein fürchterlicher Verdacht stieg in ihm auf. Er verließ eilig die Wohnung des verstorbenen Majors und eilte nach Hause. Dort suchte er in den Hinterlassenschaft der Mutter oder besser der Frau, die er Mutter genannt hatte, nach Hinweisen, was der Brief bedeuten solle. Doch vergeblich, er fand nichts. Noch in der gleichen Nacht warf ihn ein heftiges Fieber aufs Krankenlager, von dem er sich erst zwei Wochen später im Januar des neuen Jahres erholte.

Schon länger hatte er geahnt, dass mit seiner Vergangenheit etwas nicht stimmte, dass die Dinge nicht so waren, wie man es ihm immer glauben machen wollte. Es gab gewisse Ungereimtheiten in den Erzählungen seiner Mutter, die er sich nicht erklären konnte. Aber er forschte nicht weiter nach, schob alles von sich und lebte sein Leben weiter, ohne unnötige Fragen zu stellen. Dabei wäre es wohl geblieben, hätte er nicht diesen Brief entdeckt, der alles für ihn veränderte. Wenn er nicht Eduard von Sandersleben war, wer war er denn? Vielleicht ein Findling, ein Kind armer Leute oder gar ein Bastard?

Sobald es ihm möglich war und er sich wieder gesundheitlich dazu in der Lage fühlte, brach er nach dem in Brief genannten Aachen auf, um seinen Verdacht, er sei dieses Findelkind, nachzugehen, wobei er weiterhin hoffte, er könne sich irren. Er fuhr mit der Eisenbahn über Leipzig, Erfurt und Kassel bis nach Aachen, um vor Ort mit seinem Nachforschungen zu beginnen. Die Fahrt auf den zum Teil neuen Strecken ging rasch voran, sodass er zwei Tage später am Ziel war. Zuerst lenkte Eduard seine Schritte zum Armen-Kinderhaus, das »auf dem Seilgraben« lag und auf das sich das gefundene Schreiben bezog. Es regnete ununterbrochen, und als er am Tor des Hauses läutete, war er, trotz Paletot und Hut, sehr durchnässt. Eduard musste mehrfach läuten und schließlich sogar pochen, bis die Tür mit einem unangenehmen Quietschen aufging. Ein alter, sehr gebückt gehender Mann mit schlohweißem Haar, wohl das Faktotum des Hauses, öffnete. Mit einiger Mühe konnte Eduard dem Alten, der fast taub schien, begreiflich machen, was er wollte. Ob der Alte nun verstanden hatte oder nicht, er führte ihn in einen großen Raum, der seiner Einrichtung nach eine Bibliothek sein musste. Mit einer Geste zu einem Sessel hin und der gemurmelten Aufforderung, er solle Platz nehmen, der Hausvogt komme gleich, schlurfte der Alte davon. Eduard blickte sich erstaunt um. Im Kamin brannte ein helles Feuer und gab dem Raum zusätzlich zu der Petroleumlampe auf dem Schreibtisch ein eigenartig flackerndes Licht. Überall an den Wänden befanden sich große, dunkle Regale, in denen Hunderte, ja wahrscheinlich sogar Tausende von Büchern in dichten Reihen aufgestellt waren. Eine Bibliothek in einem Waisenhaus, das hatte er nicht erwartet. Der junge Mann legte den Mantel ab, trat an eines der Regale und studierte aufmerksam die Titel auf den Buchrücken. Es handelte sich zumeist um lateinische und griechische Werke zu medizinischen, historischen und philosophischen Themen. Da entdeckte er zwischen den Folianten ein dünnes Bändchen. Neugierig zog er es hervor: ›Manifest der Kommunistischen Partei‹ stand auf der Außenseite, veröffentlicht im Februar 1848. Er nahm es mit, schob den Sessel näher ans Feuer, schlug das schmale Heft auf und begann zu lesen:

Ein Gespenst geht um in Europa – das Gespenst des Kommunismus. Alle Mächte des alten Europa haben sich zu einer heiligen Hetzjagd gegen dies Gespenst verbündet, der Papst und der Zar, Metternich und Guizot, französische Radikale und deutsche Polizisten. Wo ist die Oppositionspartei, die nicht von ihren regierenden Gegnern als kommunistisch verschrien worden wäre, wo die Oppositionspartei, die der fortgeschritteneren Oppositionsleuten sowohl wie ihren reaktionären Gegnern den brandmarkenden Vorwurf des Kommunismus nicht zurückgeschleudert hätte? Zweierlei geht aus dieser Tatsache hervor. Der Kommunismus wird bereits von allen europäischen Mächten als eine Macht anerkannt.

Ein seltsamer Text, dessen Inhalt ihn geradezu bedrohlich vorkam und gleichermaßen faszinierte. Was steckte hinter den Worten? Hinter ihm öffnete sich, von ihm unbemerkt, langsam die Tür …

⚘

»Der Feind hat offenbar seine Geschützreserve vorgezogen«, sagte soeben Roon. »Unsere Artillerie arbeitet mit größter Anstrengung aus der Tiefe gegen die Höhenzüge. Bis jetzt mit geringem Erfolg. Sehen Sie, Bismarck, dort drüben«, rief er plötzlich, »da gehen unsere Batterien zurück!«

Der Ministerpräsident versuchte, im vor ihm liegenden Wirrwarr eine Ordnung wahrzunehmen. Unten am Fluss, auf der mit Munitions- und Ambulanzwagen verstopften Brücke, herrschte größtes Durcheinander, wie er deutlich erkennen konnte. Rechterhand wichen ein halbes Dutzend Batterien, die sich verschossen hatten, aus der Front. Ein Reiter brachte die Nachricht, dass die Pommern bei Dohalitz sich kaum mehr halten konnten. Auf der anderen Seite gingen die Brandenburger vor, die bislang in der Reserve geblieben waren.

»Das ist ein schlechtes Zeichen«, kommentierte Roon die Bewegung. »Prinz Friedrich Karl hält es offenbar für nötig, die vorderen Linien zu stützen.«

Wieder setzte eine fürchterliche Kanonade ein und zwang die Beobachter, rasch Deckung zu nehmen. Bismarck spürte, dass die Entscheidung nahte. So oder so. Während er sich hinter einem eilig aufgeworfenen Erdwall niederkauerte und sich von dem todbringenden Lärmen um ihn herum abzulenken suchte, fiel ihm erneut das Geschehen der frühen Jahre ein. 1839 und die folgenden Vierzigerjahre waren bewegte Zeiten gewesen. Auch damals hatte es tief greifende Entscheidungen gegeben, die sein Leben prägen sollten …

Nach dem ganzen Hin und Her in Aachen und einem gescheiterten, neuen Versuch, in Berlin im Staatsdienst zu reüssieren, hatte Bismarck von allem genug. Er hängte kurzerhand seine Beamtenkarriere an den Nagel und zog sich ins Märkische zurück. Er war jetzt 24 Jahre alt und begann nun, sich ganz der Landwirtschaft zu widmen. Ungestüm stürzte er sich auf die neue Arbeit, plante, schrieb, lenkte und überwachte die Wirtschaft vom frühen Morgen bis tief in die Nacht, sodass man in der Nachbarschaft den »tollen Junker« von einst etwas wohlwollender zu betrachten begann. Aber in Wirklichkeit scherte ihn das äußere Ansehen nicht im Geringsten. Bald ging ihm die Arbeit routiniert von der Hand, auch überließ er vieles dem Verwalter und wandte sich wieder mehr den Vergnügungen zu – gleichgültig gegen Lob und Tadel. Er jagte, lud den einen oder anderen Kumpanen zu Trinkgelagen ein und führte ein echtes Lotterleben. Bei all diesem wilden Treiben kümmerte er sich wenig um die Außenwelt, hatte Appetit wie ein Auerochse und schlief wie ein Dachs.

Ja, er genoss die Freiheit des Landlebens in vollen Zügen. Der Weinkeller wurde geradezu zum Allerheiligsten. Im Tempel des Dionysos brachte er täglich kleine und oft auch größere Trankopfer. Seinem wilden Wesen entsprach auch sein extravaganter Reitstil, der bald zum Gespräch des ganzen Landkreises wurde, und ihn kreuz und quer über Wiesen und Felder führte.

An der Damenwelt, von der er in Aachen so stark in den Bann geschlagen worden war, schien der junge Gutsherr völlig das Interesse verloren zu haben. Er ließ sich weder bei einem Tee noch bei ländlichen Adelsfesten blicken. Völlig abhold war er dem Weiblichen allerdings nicht; natürlich fasste er ab und zu mal einem Bauernmädchen um die breite Hüfte oder entführte auf dem Tanzboden einem dörflichen Rüpel die Tanzpartnerin. Aber das war sein gutes Herrenrecht und nicht vergleichbar mit den bereits in Aachen und Wiesbaden erlebten Leidenschaften. Vor allem aber liebte er die Jagd. Aus Naugard und Stolpe lud er sich Offiziere zur Begleitung ein, Männer, die als Teufelskerle galten und auch bei seinen Gelagen mithalten konnten. Die Runde jagte durch die Wälder, trank den Wein aus großen Humpen, schoss und soff oft tagelang weiter. Die Standesgenossen schnitten immer bedenklichere Gesichter. Sein »schlimmer« Lebenswandel brachte die gesamte Verwandtschaft, Vetter wie Basen, in helle Aufregung. Die adligen Damen konnten ihren Unmut kaum verbergen, dass ein so stattlicher junger Herr nicht auf Freiersfüßen ging und sich nicht einmal um die Gesellschaft kümmern wollte und derart verluderte. Einige entfernte Kusinen suchten ihn daher auf, um Bismarck aus seinem rauen Junggesellendasein zu lösen und ihn auf den Pfad der Tugend zurückzuführen. Er schien ihr Kommen geahnt zu haben und empfing sie überaus freundlich und mit vollendeter Höflichkeit. Bismarck geleitete sie in sein Empfangszimmer, ließ sogleich Tee servieren und hörte ihren Ermahnungen mit demütiger Miene zu. Die überraschten Damen, durch die Bank weg alte Jungfern, tauten sichtlich auf und blickten immer wohlwollender auf den – wie es schien – reuigen Sünder. Auf einmal, mitten im beschaulichen Gespräch über des Pastors letzte Sonntagspredigt, öffnete sich die Tür des Salons und zwei gezähmte Füchse, die Bismarck hielt, stürmten mit gefletschten Zähnen herein. Seine großen Wolfshunde folgten und ein wildes Gebelle und Gekläffe hob an. Die Damen schrien vor Angst, ließen Tassen und Teller fallen und waren der Ohnmacht nahe. Schließlich flüchteten sie nach draußen in ihre Kutsche. Junker Bismarck verbeugte sich mit einem Grinsen im Gesicht, als die Damen unter einem wüsten Geheul der Tiere eilig das Weite suchten.

»Damen sollten sich eben nicht in meine Wildnis wagen«, sagte er seinem Freund Marwitz, als dieser ihm mit einigen anderen Bekannten am nächsten Tag besuchte und ihm Vorwürfe wegen seines rohen Verhaltens machte. Bäche von Champagner schwemmten am Abend die Kritik davon und die fröhliche Runde tagte bis weit nach Mitternacht. Doch den Gastfreunden bereitete er am folgenden Morgen ebenfalls eine Überraschung. Pünktlich zum Sonnenaufgang weckte er sie mit Pistolenschüssen vor ihren Schlafzimmern und wies die Geweckten darauf hin, dass Morgenstunde Gold im Munde habe.

In der Zeit erreichte ihn ein Brief, der ihm die Vermählung Isabella Lorain-Smiths mit einem Bankier anzeigte, wodurch sie zur Herzogin wurde. Die Nachricht berührte ihn sehr, und er hielt einige Tage in seinem wilden Tun inne. Bismarck fragte sich ernsthaft, warum Isabella ihn damals so schnöde verlassen habe und wie es um ihn stünde, wenn er sie, wie erhofft, geheiratet hätte. Unstet ritt er umher, lag stundenlang am Fischteich und starrte in den Himmel. Nachts schlief er unter den Bäumen auf dem Moosboden.

Ob er mit Isabella an seiner Seite ein besserer Mensch geworden wäre? Er fand keine Antwort darauf. Am dritten Tag seiner Askese kehrte er abends in sein leeres Haus zurück. Nach einem kräftigen Abendbrot, zu dem er eine Flasche Rheinwein trank, ließ er sich eine zweite bringen, dann eine dritte. Gegen Mitternacht wankte er endlich zu Bett und fiel in einen totenähnlichen Schlaf. Am nächsten Morgen nahm er sein wildes Leben wieder auf.

Eine Woche später traf ein weiterer Brief ein, diesmal aus Paris von der Französin Claire. Er öffnete den Umschlag, zog den rosafarbenen Bogen hervor und las die ersten Zeilen: »Liebster Otto…«, was ihn, er konnte nicht sagen warum, derart verstimmte, dass er das Schreiben, ohne weiterzulesen, ins Feuer warf. Die Vergangenheit sollte ihn gefälligst in Ruhe lassen!

ZÄHMUNG EINES WILDEN

Die in meiner Kindheit empfangnen Eindrücke waren wenig dazu angethan, mich zu verjunkern. In der nach Pestalozzi'schen und Jahn'schen Grundsätzen eingerichteten Plamann'schen Erziehungsanstalt war das ›von‹ vor meinem Namen ein Nachtheil für mein kindliches Behagen im Verkehre mit Mitschülern und Lehrern. Auch auf dem Gymnasium zum Grauen Kloster habe ich einzelnen Lehrern gegenüber unter dem Adelshasse zu leiden gehabt, der sich in einem großen Theile des gebildeten Bürgerthums als Reminiscenz aus den Zeiten vor 1806 erhalten hatte. Aber selbst die aggressive Tendenz, die in bürgerlichen Kreisen unter Umständen zum Vorschein kam, hat mich niemals zu einem Vorstoße in entgegengesetzter Richtung veranlaßt. Mein Vater war vom aristokratischen Vorurtheile frei, und sein innres Gleichheitsgefühl war, wenn überhaupt, nur durch die Offizierseindrücke seiner Jugend, keineswegs aber durch Überschätzung des Geburtsstandes modificirt.

Otto von Bismarck. Gedanken und Erinnerungen, Band 1. I. Kapitel

❧

Ob er nun vergangenen Liebschaften nachhing, trank, jagte oder schoss; Bismarck trieb es immer wilder. Er lebte, wie er selbst sagte, in brutaler Sinnlichkeit, das Herz verwildert und voller verdorbener Fantasie. Längst begnügte er sich nicht mehr damit, sein Herrenrecht bei Mägden auszuüben.

Ab und zu ließ der Gutsherr am Samstagmorgen anspannen und fuhr mit der Kutsche bis nach Berlin, wo er sich in den Kaschemmen des Scheunenviertels amüsierte. Wiederholt unternahm er auch Spritztouren in die pommerschen Seebäder. Dort traf er auf das typische Sommerpublikum. Das waren vor allem Damen, die sich der Vierzig näherten oder diese längst überschritten hatten, die mit ihren Gesellschafterinnen, meist jüngere, verarmte Verwandte, umherreisten und sich schrecklich langweilten. Manch eine von ihnen warf einen kaum verhüllten, begehrlichen Blick auf den jungen Heißsporn, der so anmaßend und elegant die Strandpromenade entlang zu spazieren vermochte. Eine solche Dame war die Fürstin Trubezkaja, bereits vierzig Jahre alt: eine, wenn man sie bei Kerzenlicht und im Glanz ihrer Toilette besah, durchaus jung wirkende, noch immer sehr schöne Frau, die ihrerseits über zahlreiche Kurmacher und Verehrer gebot, aber stets auf der Jagd nach neuen Abenteuern war. Auf einem der sommerlichen Bälle, den Bismarck ebenfalls besuchte, verstand sie es einzurichten, dass sie das ein und andere Mal nur mit ihm tanzte. Er erlebte die Situation als durchaus angenehm. Sie lag wie eine Feder in seinen Armen, dazu bestand ihr Kleid aus einem sehr leichten, nahezu hauchdünnen Seidenstoff. Der junge Gutsherr spürte beim Tanzen und Drehen jede ihrer Bewegungen, ja selbst das Spiel ihrer Muskeln. Dazu war die Fürstin, entgegen der Zeitmode, stark dekolletiert, was ihn faszinierte und gleichzeitig abstieß. Schließlich klagte die Dame über Hitze und ließ sich in eine Ecke führen, wo sie auf dem Polster malerisch niedersank und ihn um Champagner bat. Bismarck eilte, ihrem Wunsch zu entsprechen, und winkte einen Kellner herbei. Dieser brachte alsbald eine Flasche Champagner Veuve Clicquot. Der Junker dankte und schenkte der Fürstin eigenhändig ein.

»Mein bester Baron«, sprach sie, nachdem sie ihr Glas gierig geleert hatte, »seien Sie so gut und gießen Sie rasch nach, ich verdurste. Und wenn Sie das getan und sich selbst auch nicht vergessen haben, dann lassen Sie uns ein wenig plaudern. Ach, am unterhaltsamsten wäre es, wenn Sie mir ein wenig aus Ihrem Leben erzählten. Sie müssen wissen, ich bin schrecklich neugierig.«

Doch ehe er zu antworten vermochte, sprach Ekaterina, wie sie von ihm genannt werden wollte, weiter. »Man sagt, Sie hätten im Spiel und der Liebe gleichsam große Erfahrungen. Ist das wahr, Herr Baron?«, fragte sie und sah ihn aufmerksam an, während sie sich mit ihrem Fächer Luft zuwedelte.

»Ein wenig Kenntnis vom Spiel habe ich in der Tat«, erwiderte er ruhig, seinerseits neugierig, worauf die Dame hinauswollte.

»Dann begleiten Sie mich doch zum Spieltisch und seien Sie an diesem Abend mein Partner. Wer weiß, vielleicht haben Sie heute in beiden Bereichen Glück«, schloss sie mit einem schelmischen Lächeln.

»Ich habe häufig diesem Laster gefrönt, zu oft«, entgegnete er, »das Jeu allein ist langweilig. Aber wenn das Spiel zu einem angenehmen Abschluss führt, bin ich ihm nicht abgeneigt.« Er bot nach einem weiteren Glas der Fürstin den Arm und führte sie in den Spielsalon. Dort wurde um beträchtliche Summen gespielt, und Bismarck, der erst kürzlich in Norderney viel Geld verloren hatte, sodass er überstürzt abreisen musste, gewann heute in kurzer Zeit einen stattlichen Betrag und die Russin als seine Partnerin mit ihm. Aus den Augenwinkeln sah er, dass an einem anderen Tisch zwei ihm bekannte Personen ebenfalls ihr Glück wagten. Die eine war der frühere Oberleutnant und, wie Bismarck erfuhr, jetzige Major Graf Baseno im Dienst des

Königs von Sardinien. Neben dem Italiener saß der Earl von Bothwell. Beide waren so in ihr Spiel vertieft, dass sie ihn offenbar nicht wahrnahmen, was ihm sehr recht war, denn er wollte ungern von den Herren bemerkt oder gar angesprochen werden, zumal er gegen Bothwell eine große Abneigung empfand.

Gegen Mitternacht ließ sich die Fürstin von Bismarck in ihr Hotel geleiten. Dort bat sie ihn, mit in ihre Suite zu kommen. In dem von Dutzenden Kerzen in einen goldmatten Schein getauchten Räumen stand in einem Eiskübel eine weitere Flasche Champagner bereit. Ein bärtiger Diener, der auf die Rückkehr seiner Herrin mit der Geduld des Leibeigenen gewartet hatte, schenkte auf Befehl der Fürstin beiden ein und verließ alsdann den Salon. Eigenhändig reichte Ekaterina Bismarck den im Innern perlenden Kelch.

»Auf unseren Sieg, Otto«, sagte die Fürstin, »und den Preis des Sieges!« Dabei sah sie ihm tief in die Augen. Dann löste sie ihr leichtes Kleid, ließ es mit eleganter Geste zur Erde gleiten und stand vor ihm als lockende Eva. Das Licht spiegelte sich auf den festen Rundungen des schlanken Körpers und ihre Haut schimmerte golden. Direkt unter ihrer linken Brust leuchtete ein herzförmiges Muttermal.

»Worauf wartest du noch, du preußischer Bär?«, fragte sie mit heiserer Stimme, legte ihre nackten Arme um ihn und zog ihn an sich.

Erst gegen Morgen kehrte Bismarck müde von der Nacht in sein Hotel zurück. Die Fürstin indes reiste am gleichen Tag ab.

Auch bei anderen Damen fand der Junker da und dort wohlwollende Aufmerksamkeit, die er, besonders wenn diese unverbindlich blieb, gern und mit Freuden erwiderte. So vergnügte er sich längere Zeit und war kurz davor, völlig in einem grenzenlosen Hedonismus zu versacken.

»Otto«, sagte Bismarcks guter Freund Moritz von Blanckenburg, »wenn du so weitermachst, geht es mit dir immer weiter bergab. Du bist ein übler Sünder und missachtest ständig Gottes Gebote. Die Pastoren beklagen sich mit Recht über dich. In die Kirche gehst du kaum und wenn, dann nur der Form halber. Erst kürzlich hast du während der Predigt laut gegähnt und den Sonntag zuvor hast du sogar geschlafen. Besonders schrecklich ist aber das, was man alles über dich erzählt. Ich kann es kaum ertragen. Du bist das Gespräch zehn Meilen in die Runde. Mensch, reiß dich zusammen, meide den Trunk und vor allem die verflixten Weiber und lebe endlich wie ein Christenmensch!«

»Freund Moritz«, erwiderte Bismarck. »Lasse es sein, mich ändern zu wollen! Ich kann nicht aus meiner Haut. Ich kann kein Tugendbold sein. Lass mich wenigstens ab und zu trinken und das Leben begießen! Denn saufe ich nicht, so bin ich missgelaunt und komme nur auf dumme Gedanken.«

»Du wirst noch einen Knacks für dein ganzes Leben bekommen. Aber ich gebe die Hoffnung nicht auf, dass du dich änderst. Dafür bete ich täglich.«

Das würde nichts nützen, dachte der Getadelte. Von all dem Gebete und Gerede hielt er einfach nichts, und das galt auch für Pfaffen und fromme Betschwestern.

Trotz aller Ermahnungen blieb sein Leben weiter unstet. Er unternahm eine lange Reise und besuchte, man schrieb das Jahr 1842, York und Hull in England. Es gefiel ihm, endlich wieder Englisch zu sprechen und er lobte Land und Leute. Die englische Küche hingegen tadelte Bismarck, obwohl er aufgrund des Essens – jeden Tag standen Roastbeef, Hammel, Schinken, Speck, Lamm und Kalb schon auf dem Frühstückstisch – gewaltig zunahm. Schließlich kehrte er nach Deutschland zurück, wo er alles beim Alten fand und sich rasch wieder langweilte.

Da lernte Bismarck eines Tages Marie von Thadden-Trieglaff kennen. Sie war eine sehr religiöse Dame, seinem ersten Eindruck nach fast eine dieser »Betschwestern«. Trotz ihrer Frömmigkeit war sie aber eine Frau, die ihn in jeder Hinsicht begeisterte und mit der er sich, völlig von sich selbst überrascht, sogar eine Ehe vorstellen konnte. Aber Marie war bereits vergeben, denn sie war die Braut seines Freundes Moritz. Marie machte jedenfalls nicht viel Federlesens mit ihm und sprach bei seinen Besuchen in ihrem Elternhaus offen aus, dass sie sein Tun verwerflich finde und als unmoralisch verurteile. Überrascht lauschte er ihren Ermahnungen. Wer war dieses Frauenzimmer, das ihm so kräftig die Meinung sagte? Marie, erfuhr er, gehörte zu einem Pietistenzirkel, wie es in der Welt des pommerschen Adels zahlreiche Kreise dieser Art gab. Maries Vater Adolf von Thadden war ein führendes Mitglied der religiösen Erweckungsbewegung. Bismarck wusste selbst nicht, wie er in diesen Kreis geraten war, dessen Überzeugungen seiner eigenen Lebensführung derart fern lagen, obwohl ihn die konservative, antiliberale Haltung durchaus ansprach. Es musste wohl die besagte Langeweile gewesen sein, die ihn aufs Nachbargut gebracht hatte. In den ersten Gesprächen, die er mit der jungen Frau führte, machte er seinerseits keinen Hehl aus seinem Unglauben, worauf sie ihn mit ernster Stimme zurechtwies.

»Seien Sie nicht so voller Leere, Herr von Bismarck. Es ist nicht gut, derart durchs Leben zu wanken, wie Sie es tun. Einen Menschen, der solches tut, kann ich nicht achten.«

Dennoch ließ sie sich immer wieder auf Gespräche mit ihm ein, und bald gewann er den Eindruck, dass sie, trotz aller religiösen Bedenken, der verführerischen Kraft seines

Charmes nicht abgeneigt war. Und auch er verfiel mehr und mehr dem Zauber der Schönen. Ihren religiösen Bemühungen hielt er entgegen, er wisse nie, wo der Glaube aufhöre und die Heuchelei anfange.

»Ein gesunder Mann, liebe Marie, ist doch keine Betschwester.«

Andererseits spürte er eine gewisse Wirkung. Wenn es keinen anderen Weg gab, Marie zu gewinnen, dachte er auf dem Heimritt, dann musste er wohl ihren Ermahnungen nachgeben. Vielleicht war ja doch etwas am Glauben dran, immerhin bestand die Kirche seit über eintausendachthundert Jahren. Allerdings fühlte er sich seinem Freund Moritz verpflichtet und hielt sich, je stärker Maries Worte ihn berührten, mit seinem Werben um sie mehr und mehr zurück und löste sich schließlich ein wenig aus ihrem Bann.

Eines Tages nun traf er im Hause der Thaddens auf ein anderes junges Fräulein, das ihm ebenfalls gefiel. Sie war indes keine Schönheit wie Marie. Der Mund schien ihm etwas zu breit und die Nase leicht unregelmäßig. Doch ihr Kopf glich im Ganzen dem Abbild einer antiken Statue und hatte etwas sehr Weibliches. Ihr volles schwarzes Haar betonte ihr Gesicht und passte wunderbar zu ihren dunkeln Augen. Dazu ging von ihrer ganzen Erscheinung ein starker Reiz aus, der ihn sofort berührte. Es handelte sich bei dem Fräulein um die neunzehnjährige Johanna von Puttkamer, der besten Freundin Maries. Johanna sprach etwas in ihm an, das er in dieser Form seit Jahren nicht mehr gefühlt hatte. Und schon übertrug er seine Verehrung für Marie auf ihre Freundin und begann, dieser den Hof zu machen. Sie schien ebenfalls nicht abgeneigt, und war obendrein ungebunden, Bismarck machte sich Hoffnungen. Doch eines Tages bezog sie im Hinblick auf seinen bisher gezeigten Lebensstil die gleiche kritische Haltung wie Marie von Thadden-Trieglaff.

Bismarck hörte ihr aufmerksam zu und wusste, was ihm selten passierte, mitunter nichts Schlagfertiges zu entgegnen. Beschämt lauschte er ihr und verabschiedete sich bald. Irgendwie fühlte er sich an die Situation vor einiger Zeit erinnert, als er sich in eine entfernte Verwandte Johannas, Ottilie von Puttkamer, verliebt hatte und von der Mutter des Fräuleins wegen seines moralischen Unwerts abgewiesen worden war. Er fürchtete, ihm werde, wenn er sich an ihre Eltern wandte, Gleiches blühen, und zog sich wieder vorsichtig in sein einsames Junggesellenleben zurück.

Auf einmal erfasste ihn eine ungeheure Melancholie. Stundenlang ritt er durch die Felder, jagte sein Pferd quer durch das saftige Grün und entlang der Bäche und Teiche. Alles war frisch und grün, nur in ihm sah es düster und trübe aus. Es kam eine eigentümliche Schwermut voller träumerischer Versonnenheit über ihn. Das, was er sah, die Heidelandschaft, die Seen und Ackerfelder, kannte er seit frühester Jugend. Hier hatte er geborgen gelebt und fühlte sich dennoch unbehaust und allein. Unter manchem Baum hatte er als Kind gespielt und als Jüngling gelegen, jetzt empfand er nur Ödnis und Leere. Regen begann zu fallen und durchnässte ihn mehr und mehr.

Mein Gott, dachte er, die Jugend war längst vorbei und alles andere auch. Seine Begabungen, ganze Vermögen, die Gesundheit, so viel davon hatte er in den letzten Jahren vergeudet und verprasst. Was war aus ihm geworden? Nichts! Wohin hatte sein Tun geführt? Zu einem Dasein ohne Hafen, zur Reue über seine plumpe Genusssucht ohne wahres Genießen. Wer liebte ihn? Keine der Frauen, denen er bisher begegnet war. Nicht Laura, nicht Claire, nicht Isabella oder Ekaterina – oder eine der vielen anderen flüchtigen Bekanntschaften. Niemand also, und erst recht nicht Johanna von Puttkamer. Und wenn sie ihn liebte, er hatte diese reine

Liebe nicht verdient. Bismarck lachte bitter; am besten, er erschoss sich noch heute und alles fand sein Ende. Während er mit seinem Schicksal haderte und sich dunkelster Melancholie hingab, hatte sein Pferd den Weg zum Nachbargut eingeschlagen. Er schreckte aus seinen Gedanken auf, als er plötzlich das Herrengebäude vor sich erblickte, und wollte schon umkehren. Da wurde ein Fenster geöffnet und sein Freund Moritz winkte ihm heftig zu.

»Otto, schön, dass du dich mal wieder sehen lässt. Komm hoch, Marie wird sich über deinen Besuch gewiss sehr freuen.«

Auf diese Weise genötigt, fand er so rasch keinen Grund, sich zurückzuziehen. Er stieg also vom Pferd, überließ es einem Stallknecht und begab sich hinein, wo ihn Moritz bereits erwartete und mit ihm zusammen in den Salon ging. Dort fand er nicht nur Marie vor, sondern auch ihre Freundin Johanna, an die er in den letzten Tagen und eben erst so intensiv gedacht hatte. Auch andere gehörten zur kleinen Gesellschaft, so der örtliche Pastor und einige Tanten. Doch er achtete nicht auf die Geistlichkeit und die frommen Damen, sondern kümmerte sich nur um seine Nachbarin Johanna, neben der er – war es Zufall oder die Absicht seines Freundes Moritz? – saß. Sie sprachen über dieses und jenes und kamen, wie war es auf dem Lande anders möglich, auf die Ernte und das Leben als Gutsherr zu sprechen.

»Ich pflege meist nur Umgang mit Hunden, Pferden und Landjunkern«, erzählte Bismarck, »und bei Letzteren erfreue ich mich einiges Ansehens, da ich lesen kann und durchaus ordentlich gekleidet bin.«

»Ach, Sie können nie aufhören zu spötteln und sich über unser Leben hier lustig zu machen«, wies ihn Johanna zurecht.

»Das ist nicht richtig«, widersprach er. »ich schätze das Leben hier durchaus. So liebe ich es«, erklärte er, »liebe es geradezu über alle Maßen, durch die hiesigen Ländereien zu reiten. Welch ein Idyll, gnädiges Fräulein. Die weiten Felder im Sonnenlicht, das satte Gras und das Grün der Wälder. Das brauche ich, sonst kann ich mich nicht an das häusliche Wirtschaften machen, wo ich so viele Papiere mit Tinte begieße. All diese Tinte ist grau und mir das ganze Berichteschreiben und Notieren daher ein einziges Grauen.«

Johanna lachte. »Ich denke«, sagte sie, »dass ich richtig sehe. Tinte ist schwarz und nicht grau. Rabenschwarz sozusagen, ganz wie die Hölle!«

»Nein«, widersprach er. »Die dunkle Farbe ist nichts, das schlecht zu nennen wäre. Das Schwarze hat etwas Besonderes und Feierliches, Samtenes und Schönes, geradeso wie die Nacht. Ich könnte mir gut eine schwarze Sonne vorstellen, die am Himmel steht und weithin leuchtet.«

»Sie reden Unsinn! Die Sonne ist hell und strahlend, Schwarz als Farbe leuchtet nicht.«

»Erlauben Sie mir, Johanna, anderer Meinung zu sein«, sagte er und warf einen Blick auf ihre dunkle Haarpracht. »Schwarz leuchtet gewiss, denken Sie nur an das Märchen, in dem es heißt, ihr Haar war leuchtend wie poliertes Ebenholz.«

»Ich glaube, Sie zitieren ungenau, ich will aber Ihre Worte als Kompliment für uns Schwarzhaarige gelten lassen. Aber ist mein Haar so glatt und hart wie Holz?«

»Nein, gewiss nicht. Es ist weich und geschmeidig, fast möchte ich es streicheln.«

»Herr von Bismarck«, tadelte sie ihn. »Solche Komplimente gehen zu weit!« Sie presste die Lippen zusammen und sah ihn streng an. »Doch ich möchte Ihnen zugute halten, dass Sie das Poetische allzu sehr lieben und von Ihren Worten leicht davon getragen werden.« Dabei blickte sie ihn mit solcher Zärtlichkeit an, dass der zuvor geäußerte Tadel zurückgenommen schien. Vorsichtig ergriff Bismarck ihre Hand, die sie ihm kurz ließ, jedoch rasch wieder entzog, als sich Marie an sie wandte. Der Rest des Tages verging in allerlei Plaudereien, bei der sich ihre Blicke immer wieder begegneten. Als Bismarck am Abend nach Hause zurückkehrte, war seine tiefe mittägliche Melancholie wie weggeblasen und alle trüben Gedanken waren verschwunden.

Einige Zeit später traf es sich, dass er wegen Hypothekenangelegenheiten nach Berlin musste. Da er erfahren hatte, Marie von Thadden und Johanna befänden sich ebenfalls in der Hauptstadt, wusste er seinen Besuch so einzurichten, dass er die Damen in ihrem Hotel nahe dem Brandenburger Tor aufsuchte. Beide waren von seiner Visite angenehm überrascht, und insbesondere Johanna schien sich sehr zu freuen.

»Herr von Bismarck, wie überaus angenehm, Sie zu sehen«, begrüßte ihn Marie. »Wir wussten gar nicht, dass Sie auch in Berlin sind.«

»Ich fand ein Schreiben vor«, erklärte er, »das mich in Bankdingen hierher bat, und nahm den nächsten Zug. Da ich gehört hatte, Sie seien ebenfalls vor Ort, wollte ich den Damen meine Aufwartung machen. Wie wäre es, wenn wir uns gemeinsam auf einen Spaziergang in den Tiergarten begeben würden? Der Park ist mir wohl bekannt und es lässt sich dort prächtig flanieren und dabei das eine oder andere erzählen.«

Das Wetter war warm und angenehm, so stimmten Marie und Johanna zu, dass er sie in einer Stunde abholen dürfe. Beide junge Frauen nutzten die Zeit und kleideten sich in helle Frühlingsfarben, die ihnen sichtlich standen. Solchermaßen von einer dunklen und einer hellen Schönheit begleitet, schritt der märkische Junker sehr mit sich und der Welt zufrieden dahin. Die Sonne schien und die Luft war wie ein laues Bad. Überall schimmerten die Blumenbeete in roten und blauen Tönen.

»Schön ist es«, sagte Marie. »Das war ein guter Einfall, uns abzuholen.«

»Ihre Lieblingsfarbe Schwarz ist leider nicht zu sehen«, neckte ihn Johanna.

»Nun, ob sie meine Lieblingsfarbe ist, weiß ich nicht immer so genau«, entgegnete Bismarck. »Am liebsten ist mir die Farbenwelt des Frühlings, wenn alles richtig grünt und blüht und auch der letzte dunkle Winterschatten verschwunden ist. Aber sehen Sie selbst«, sagte er und deutete in den Park. »Manche Sträucher sind noch sehr hell im Grün, sonst steht alles im kräftigen Maienglanz.«

»Wie schön Sie die Natur beobachten und beschreiben«, lobte ihn Johanna. »Ich ahne, dass Sie eine ganz poetische Seele haben.«

»Ich habe die Augen offen für alles Schöne«, erwiderte er und blickte sie lächelnd an, worauf Johanna ein wenig errötete. »Auch in anderen Jahreszeiten findet sich Farbe in der Natur. Sehen Sie den großen Ahorn dort an der Brücke. Der ist im Herbst prächtig rot!« Er wies auf einen einzelnen Baum, der am Schwanenteich stand. »Kommen Sie, meine Damen, wir wollen uns auf die Bank dort setzen und den Schwänen zuschauen«, schlug er vor. Und mit der Betrachtung des Sees endete auch die Dreisamkeit, denn Freund Moritz, der im Hotel nach Marie gefragt hatte, stieß zu ihnen. Im Eigentlichen war Bismarck dies sehr recht, konnte er sich so auf Johanna konzentrieren. Sie sprachen nun über die Kunst und vor allem über die Musik, die beide gleichermaßen liebten.

Am Abend führte er sie in den Konzertsaal Gungl. Sie saßen im Freien und hörten still zu. Beim Abschied drückte er ihre Hand, da stellte sich Johanna plötzlich auf die Zehenspitzen und gab ihm einen Kuss auf die Wange.

Noch ganz beschwingt von dem Erlebnis kehrte er in sein Hotel zurück, wobei er auf dem Weg einer weiß gekleideten Dame in Begleitung einer jüngeren Frau, wohl ihrer Gesellschafterin, begegnete. Die Dame in Weiß winkte ihm, als er vorüberschritt, mit einer kaum wahrnehmbaren Bewegung ihrer Hand zu. Er erwiderte den Gruß, indem er den Hut zog, und lief weiter. Erst im Hotel fiel ihm ein, dass er die Dame kannte. Es war die Fürstin Trubezkaja gewesen, Ekaterina, und für einen Augenblick überkam ihn ein merkwürdiges Gefühl, das er nicht einordnen konnte. Dann vergaß er die Begegnung und konzentrierte sich ganz auf Johanna und den erhaltenen Kuss.

Johanna, dachte Bismarck und kehrte in die Gegenwart seines Ministerpräsidentendaseins zurück. Johanna war ganz anders gewesen als die Frauen davor, und es hatte viel Mühe und Zeit gekostet, bis er all ihren Widerstand und mehr noch den ihrer Familie überwinden konnte und sie sich verlobt hatten. Lang war es her, so viel war seit dem 12. Januar vor neunzehn Jahren geschehen.

»Ach, Johanna«, seufzte der Graf, nicht immer war er ihrer Liebe gerecht geworden. Überhaupt war die Liebe etwas Unberechenbares, geradeso wie der Krieg.

Sand spritzte auf und Holzsplitter flogen durch die Luft. Mit ungeheurem Getöse schlugen in der Nähe feindliche Kanonenkugeln ein und der Lärm und die Gefahren vertrieben alle romantischen Erinnerungen.

❧

Anderswo auf dem weiten Schlachtfeld von Königgrätz schien die Zeit ebenfalls stehen geblieben zu sein. Um Eduard von Sandersleben herum war noch immer nichts zu hören und zu sehen. Es war ihm, als sei er völlig allein in der weiten Landschaft. Alle Geräusche, das Bersten der Granaten, das Donnern der Kanonen und der Lärm des Kampfes schienen wie fortgewischt. Er musste warten, die Zeit für die Durchführung seines Auftrages war noch nicht gekommen. So saß der junge Offizier auf seinem Pferd und gedachte weiterhin des Gesprächs, das er seinerzeit im Aachener Waisenhaus geführt hatte:

»›Ich sehe, Sie habe sich die Wartezeit zu verkürzen gewusst«, sagte der eben Eingetretene zu Eduard von Sandersleben. Von Sandersleben fuhr aus dem Sessel auf und legte verlegen das Büchlein zu Seite.

»Lassen Sie sich von mir nicht in Ihrer Lektüre stören«, fügte der Herr mit einem ironischen Lächeln hinzu. »Aber ich nehme an, Sie sind sicher nicht wegen der hiesigen Bücher gekommen. Ich könnte Ihnen gewiss weiterhelfen, wenn Sie mir sagten, was Sie hier suchen.«

»Ich habe einen Brief im Nachlass meines Onkels gefunden« begann er und brach sogleich ab.

»Behalten Sie doch Platz«, sagte der Fremde und wies auf den Sessel, während er sich in einen zweiten setzte. Jetzt war es Eduard möglich, im Schein des Feuers den anderen genauer zu sehen. Es handelte sich um einen Mann, den er auf etwa fünfzig Jahre schätzte. Das volle Haar zeigte da und dort graue Strähnen und das Gesicht bestätigte durch ein Geflecht von Falten auf der Stirn und um die Mundpartie herum die Schätzung Eduards. Im Stehen war ihm der Mann groß und breit vorgekommen. Auch im Sessel wirkte seine Gestalt massig und imposant. Er streckte seine schlanken Hände dem Feuer entgegen und massierte sie, um sie zu wärmen.

»Bevor Sie weitersprechen, erlauben Sie mir, mich vorzustellen. Man nennt mich Giesecke, Regierungsrat Giesecke genau, aber belassen Sie es einfach bei meinem alten Kneipnamen, der mag genügen.«

»Sie sind nicht der Hausvogt?«, fragte Eduard überrascht. »Der Alte versprach, der Hausvogt werde kommen und sich um mein Anliegen kümmern. Sie sagten, Sie seien Regierungsrat, sind Sie wegen eines Kontrollbesuches hier? Und was meinen Sie mit ›Kneipname‹?«

Die Fragen schienen Giesecke nicht zu gefallen. Er winkte unwirsch ab. »Wer ich bin und was ich tue, gehört nicht zur Sache, mein Herr. Vielleicht stellen Sie sich erst einmal vor und erklären mir Ihre Anwesenheit. Das ist das für Fremde übliche Verfahren.«

Eduard errötete leicht. Der Regierungsrat hatte recht. Er war hier lediglich Gast, und Giesecke genoss offenbar einige Rechte, war vielleicht wirklich, wie er eben vermutet hatte, auf Inspektionsreise. Jedenfalls war es ein Gebot der Höflichkeit, sich vorzustellen, zumal der Herr dies bereits getan hatte.

»Eduard von Sandersleben«, sagte er. »Ich komme aus Berlin.«

»Aus Berlin?«, erwiderte der Regierungsrat. »Ich hätte eher auf Sachsen getippt.«

»Ich bin«, Eduard stockte, »in Dresden geboren«, wollte er sagen, aber dessen war er sich nicht mehr sicher, »ich bin in Dresden aufgewachsen.«

»Auch ein Kleinparis«, meinte Giesecke und zückte sein Zigarrenetui. »Darf ich eine leichte Havanna anbieten? Ich bekomme alle Vierteljahr ein Kästchen direkt über Bremen aus Kuba zugesandt.«

Eduard dankte, und mithilfe eines Holzspans entzündeten beide die Zigarre.

Eine Weile starrten die Männer ins Feuer und rauchten schweigend. Dann wandte sich der Regierungsrat wieder dem jungen Besucher zu. »Sie haben also einen Brief gefunden und sind nach Aachen gefahren. Worum geht es denn in dem Schreiben, dass Sie einen derartigen Weg auf sich nehmen?«

»Es ist an dem«, sagte Eduard langsam, »dass ich Grund zur Annahme habe, ich könnte ein Findelkind sein, welches hier in diesem Hause im Dezember 1837 abgegeben wurde.«

»Im Dezember 1837«, wiederholte Giesecke gedankenvoll, »ja, damals ist viel geschehen.«

Die Wochen und Monate ihrer Verlobungszeit waren für sie eine schöne, aber mitunter auch schwierige Zeit gewesen, dachte Bismarck. Johanna war völlig in ihren Brautfreuden aufgegangen, und er hatte jede Stunde, die er mit ihr verbringen durfte, genossen. Gefährlich allerdings war es geworden, wenn sie ihn hinsichtlich seiner Vergangenheit katechierte und fragte, wie oft er sich bereits verliebt habe. Bismarck konnte nichts anderes antworten, als dass sie die Erste und Einzige sei, wobei ihm nicht ganz wohl bei seinen Worten war, zumal er gewisse Erinnerungen zurückdrängen musste. Johanna mochte das spüren, denn sie entgegnete skeptisch: »Wer es glaubt. Ihr Männer seid oft sehr vergesslich.«

»Denkst du manchmal an unseren ersten Abend?«, lenkte er ab. »Ich sehe dich noch vor mir sitzen, sehe dein Gesicht, die heitere Stirn und die fröhlichen Augen.«

»Aber du hast mir gesagt, ich sei eine kühle Natur.«

»Nein, das hast du missverstanden. Ich bin sofort meiner schwarzhaarigen Schönheit zu Füßen gefallen, zumindest innerlich«, versicherte er seiner Braut.

Die Woche drauf musste er für längere Zeit nach Ber-

lin, da er im Nachrückverfahren im sächsischen Provinzi-
allandtag als Vertreter der Ritterschaft der Provinz Sachsen Mitglied des Vereinigten Landtags geworden war und
wichtige Gespräche und Verhandlungen anstanden. Bald
fiel er durch seine scharfen Äußerungen und sein keckes
Auftreten auf. Voll Engagement und Freude war er dabei;
die Leidenschaft der Reden und der politischen Kämpfe
ließen ihn zeitweise kaum zum Essen und Schlafen kommen. Nachts dachte er an Johanna, die er sehr vermisste. Sie
schickte fast täglich lange Briefe, in denen sie vom Land-
leben berichtete und schrieb, nichts freue sie mehr, da er
so fern sei, und ihr Herz wäre voller Trübsal. Um sie zu
trösten, versprach er, ihr aus der Stadt einen neuen Hut zu
schicken, was Johanna, ihrer Antwort nach, offenbar auf-
munterte. Zusätzlich sandte Bismarck ihr ein Paar roter
Pantoffeln mit der launigen Bitte, diese später nicht gegen
ihn zu verwenden. Endlich waren die Sitzungen vorüber
und er kehrte zu Johanna zurück.

Ihre Hochzeit fand am 28. Juli in Reinfeld statt, anschließend brachen sie zur Hochzeitsreise auf. Über Prag ging es
zunächst nach Wien. Dort wohnten die Bismarcks im Grünen Lamm, einem vorzüglichen Gasthof. Wien gefiel beiden sehr. Das Paar besuchte die Kaffeehäuser, den Stefans-
dom und auch den Prater, wo das elegante Wien zu flanieren
pflegte. Natürlich ließen die Jungvermählten Schönbrunn
nicht aus und bewunderten den herrlichen Schlosspark.
Von Wien nahmen sie ein Dampfboot nach Linz und fuhren von dort nach Salzburg. Nach der Mozartstadt ging es
weiter nach Süden, bis sie den Gardasee erreichten. Bismarck fühlte sich hier etwas unwohl, denn ihm traten die
Bilder seines letzten Aufenthaltes und die seiner englischen
Begleitung deutlich vor Augen. Laura hatte übrigens, wie
er erfahren hatte, vor drei Jahren den königlichen Gou-

verneur von Neu-Schottland, Queensland und Neusee-
land geehelicht, auf den eine brillante Karriere im Kolo-
nialdienst wartete. Dennoch musste er angesichts des Sees
an ihren Abschied und seine damalige Stimmung denken.
Zum Glück merkte Johanna nichts und plauderte fröhlich
über die vor ihnen liegende Landschaft. Sie reisten weiter und gelangten schließlich nach Venedig, der Stadt der
Jungvermählten und der alten Paläste, wo die Gebäude in
den Lagunen zu schwimmen schienen. Bismarck sah das
Geschehen noch deutlich vor sich. Eine Gondel trug sie
durch die Kanäle und über dem Rialto lag flammend das
Abendrot auf den Dächern der Häuser und erstreckte sich
bis zur Seufzerbrücke. Die Glocken erklangen vom Cam-
panile und die Tauben auf der Piazza von San Marco flat-
terten aufgeregt hin und her. Johanna lehnte sich eng an ihn
und um sie versank die Welt.

Nach dem Abendessen besuchten sie das Theater. Kaum
saß das Paar im Fenice, als sich zu ihrer Überraschung der
preußische König in seiner Loge zeigte. Johanna wies ihren
Mann auf dessen Anwesenheit hin. Bismarck dagegen war
ein anderer Herr aufgefallen, den er seit Jahren nicht mehr
gesehen hatte. In der Loge links von ihnen saß der Graf
Baseno in der Uniform eines Obersts, der Mann hatte Karriere gemacht! Und er selbst war bislang lediglich Mitglied
des Vereinigten Landtags.

»Hörst du nicht? Dort sitzt der König!«

Was hatte Johanna gesagt, Seine Majestät befinde sich
ebenfalls hier? Er wandte sich rasch in Richtung der königlichen Loge und verneigte sich. Der König musste Bismarck
ebenfalls bemerkt haben, denn in der Pause erschien sein
Adjutant, verbeugte sich höflich und fragte: »Herr Abgeordnete von Bismarck, nicht wahr? Seine Majestät erwarten
Euer Hochwohlgeboren morgen zur Tafel.«

Ohne eine Erwiderung abzuwarten, verbeugte er sich erneut und ging.

»Der König kennt dich«, freute sich Johanna, »und er ist in Venedig, was für ein glücklicher Zufall. Und er lädt dich ein.«

»Das ist wahrhaftig ein glücklicher Zufall«, erwiderte Bismarck, der ahnte, dass er die Einladung seinem Freund Major von Roon verdankte. »Leider habe ich keinen passenden Anzug dabei. Das ist sehr ärgerlich.«

»Es gibt Schneider in Venedig.«

»Mag sein, aber für meine Größe innerhalb so kurzer Zeit einen Hoffrack zu schneidern, ist absolut unmöglich.«

»Dann wirst du im normalen Anzug gehen müssen«, meinte Johanna unbekümmert, »der König möchte dich sehen und keinen Hoffrack.«

Als Bismarck sich am nächsten Tag dem König präsentierte und für seine einfache Kleidung entschuldigte, lachte dieser nur und versicherte ihm, der Anzug tauge allemal für ihre kleine Unterhaltung. Sie sprachen über die aktuelle Tagespolitik, das heißt im Eigentlichen dozierte Seine Majestät und Bismarck stimmte ihm zu.

Die Unterredung hinterließ einen tiefen Eindruck bei ihm. Er erzählte Johanna ausführlich von dem Gespräch und möglichen Karriereaussichten, die sich ihm eröffnen würden. Ihr stand allerdings nicht der Kopf nach Politik, sondern ihre Gedanken schweiften um die nächsten Etappen ihrer Reise.

Tage später fuhr das Paar durch das Salzkammergut in die Schweiz, wo sie die Berglandschaft tief berührte. Weiter ging es dem Rhein hinab bis Heidelberg; dort erkrankte Johanna leicht. Während sie sich im Hotel ausruhte, streifte ihr Mann durch die studentischen Kneipen. Er trank ein paar Gläser Bier und blickte belustigt auf das studentische

Treiben. Den jungen Leuten erschien er als ein bemoostes Haupt. Die alte Burschenherrlichkeit war vorüber und der wilde Junker, gelobte er innerlich Johanna, war für immer Geschichte.

Endlich kehrten sie in die Heimat zurück, wo sich der Zweiunddreißigjährige mit großem Enthusiasmus um die Politik zu kümmern begann. Es war Oktober, in Offenburg hatten sich im September die Demokraten getroffen und einen Forderungskatalog aufgestellt. Der Februar, in dem in Frankreich erneut die Revolution ausbrechen und sich im März nach Deutschland ausbreiten sollte, war nicht mehr weit. Ein einzelner Brief allerdings, den Bismarck im Dezember erhielt, beunruhigte ihn kurzfristig mehr als alles äußere Geschehen. Das Schreiben stammte aus dem Elsass, genauer aus der alten Reichsstadt Straßburg, der Absender war ihm unbekannt. Er öffnete ihn und las mit wachsender Befremdung und Verwirrung die auf Deutsch geschriebenen Zeilen. Der Inhalt schien ihm recht konfus. Ohne Anrede begann der Schreiber oder vielleicht auch die Schreiberin ein langes Lamento über die Schlechtigkeit der Welt. Bismarck korrigierte sich, den verwendeten Formen nach musste eine Frau den Brief verfasst haben, und zwar eine Frau, der die deutsche Sprache nicht in die Wiege gelegt worden war, was ebenfalls auf das Elsass hinwies. Sie klagte, wie übel es in der Welt bestellt sei, und kam dann auf eine Geschichte, die ihr eine andere Frau, wie sie behauptete, auf ihrem Sterbebett anvertraut habe. Er, und jetzt fiel erstmals Bismarcks Name (genauer: der Vorname Otto wurde genannt), wisse genau, wen sie meine, denn er habe jene Frau in ihrer Jugend vor zehn Jahren gut gekannt. Es sei jetzt an der Zeit, hieß es weiter, ihn über gewisse Dinge und Vorkommnisse in Kenntnis zu setzen, die ihm offenbar unbekannt geblieben seien. Derart ging es weiter im Stil unausgesprochener Andeutungen. Der Brief endete abrupt mit der Ankündigung, er werde demnächst Näheres erfahren. Dem Ganzen beigefügt war ein Schreiben seines alten Studienfreundes Gustav Scharlach. Dieser teilte ihm darin mit, jener Brief sei ihm über das Korps Hannoveria zufällig zugesandt worden. Weiter fragte er, ob Otto sich selbst um die Angelegenheit kümmern wolle oder ob er sich der Sache annehmen solle, er habe einen, freilich unbestätigten Verdacht, wer und was hinter dem Brief stecke. Bismarck schrieb dem Korpsbruder, er halte das Ganze für Unsinn, wäre aber froh, wenn Scharlach die Hintergründe klären könne und ihn bei Gelegenheit informiere, wofür er ihm im Voraus herzlich danke.

Der gute Scharlach, ein Freund aus den Tagen, die Bismarck als vergangen ansah, war ihm weiterhin verbunden geblieben. In ihrer Studentenzeit hatten sie einiges erlebt und jede Menge Torheiten begangen. Bei seinem Eintritt in die Korporation war ihm der aus Hannover gebürtige Kommilitone Gustav Scharlach, bereits im höheren Semester befindlich, offen und herzlich entgegen gekommen.

»Mein lieber Fuchs«, begrüßte er ihn. »Ich bin vier Jahr älter als du, aber du kommst aus Berlin, da gleicht sich's aus. Wir werden uns sicher gut vertragen.«

Bismarck schlug in die ihm entgegen gestreckte Hand ein und lud den anderen gleich zu einer Flasche Scharlachberger ein, denn er heiße ja Scharlach. Dieser Art folgten weitere Abende mit Bier und Göttinger Leberwurst. ›Scharlachberger‹ wurde kurzfristig Scharlachs studentischer Spitzname, dem später ein anderer folgte. In dem Kreis um Bismarck gab es viele solcher Namen wie ›Bierbaum‹, ›Säulein‹, ›Wiesel‹ und ›Türke‹, alles Bezeichnungen, die mit dem leichten und mitunter sehr feuchten Lebensstil der Herrn Studiosi zusammenhingen. Man tagte bis in die frühen Morgenstunden, wählte einen Biervater und Bierkanzler, die die diversen Trinkrituale zu organisieren hatten, und scherte sich nicht um die philiströse Zukunft. Bismarck erinnerte sich gut an den feierlichen Kommers, mit dem alle im Korps die Zahl Achtundzwanzig feierten, als er diesen Rekord in entsprechend vielen Mensuren geschlagen hatte. Sein Ruhm als unschlagbarer Kämpfer in den verschiedenen Korps reichte an diesem Abend weit über Göttingen hinaus; ja, er führte zu einer neuen Forderung des Seniorenkonvents in Jena, Bismarck solle sich mit dem besten studentischen Schläger ihrer Stadt messen. Einer derartigen Herausforderung musste Folge geleistet werden, und Bismarck machte sich, begleitet von seinen Sekundanten, auf nach Jena. Dort kehrte die Gesellschaft im Gasthaus Rose ein und besuchte dann in Wöllnitz den Bierstaat des Corps Franconia und in Jena selbst den burschenschaftlichen Burgkeller. Tagsüber zechten die Studenten auf dem Marktplatz von Jena, bis der Stadtrat die gesamte Göttinger Gruppe der Stadt verwies. Auch hatte das Rektorat der Göttinger Universität, das schon lange genug von Bismarcks Ungestüm hatte, ihm den Oberpedell hinterhergeschickt, der weitere Treffen verhinderte. Im Juli erhielt er drei Tage Karzer und ein Consilium wegen seiner Beteiligung an einer angeblich unerlaubten Paukerei. Am gleichen Tag kamen weitere vier Tage strenger Karzer und ein zweites Consilium wegen anderen Regelüberschreitungen hinzu. Diese Strafen saß er in Göttingen und im Karzer der Universität Berlin ab. Im März 1835 wurde er in Berlin exmatrikuliert und bestand im Mai des gleichen Jahres das Examen pro auscultatura, wodurch er zum Justizdienst zugelassen wurde. Damit waren die Studentenstreiche und die Studentenzeit wirklich vorüber gewesen, dachte Bismarck –

und vergaß bald den seltsamen Brief, und dass sich Scharlach um die Angelegenheit kümmern sollte.

✦

»Es war Anfang Dezember 1837, so um den 8. oder 9.«, erzählte Giesecke, »ich war Amtsauditor in Reinhausen und auf einer Reise, bei der ich Freunde hier in Aachen besuchte. Den Freund, dem eigentlich meine Reise galt, traf ich leider nicht an, denn er hatte seine hiesige Tätigkeit längst beendet. Doch das ist eine andere Geschichte. Jedenfalls verbrachte ich den Abend bei einem anderen Studienfreund, der hier im Armenwaisenhaus für kurze Zeit eine Verwaltungsstelle angenommen hatte; nicht wegen der Bezahlung, wie er versicherte, die übrigens damals herzlich schlecht war, sondern wegen der wunderbaren Bibliothek, in der wir uns eben befinden. Wir saßen also wie heute am Feuer. Draußen schneite es heftig, wir aber wärmten uns bei einer Punschterrine, die der Freund, ein echter Cerevisianer, wie sein studentischer Spitzname lautete, prächtig zuzubereiten pflegte. Wir sprachen über die alten Zeiten und, ich erinnere mich genau, über das Pistolenduell des Engländers Knight aus Cumberland gegen den Korpsbruder von Grabow im Januar vor damals vier Jahren, weswegen ein Mitkommilitone, nur weil er dolmetschte, zu zehn Tagen Karzer verurteilt worden war, da läutete es laut an der Außentür. Ihr habt sicher gemerkt, dass die Bibliothek im Verwaltungtrakt angesiedelt ist, der Bereich der Waisenkinder liegt auf der anderen Seite des Gebäudes. Die Glocke war und ist nur hier zu hören. Der Verwalter befand sich außer Haus, und so erhob sich der gute Theodor, um zu öffnen. Neugierig, wer denn um diese späte Stunde, es ging auf elfe zu, läutete, folgte ich. Wir fanden so schnell keinen Schlüssel für die normale Eingangspforte, die der Verwalter versperrt hatte. So schoben wir den Riegel beiseite und zogen es mit großer Mühe auf. Sonst gewährte man nur den Fuhrleuten mit ihren Kutschen Einlass in den Innenhof des Hauses. Es schneite nach wie vor und alles war wie mit einem kalten weißen Schneelaken zugedeckt. Draußen war niemand zu sehen, und wir wollten das Tor schon wieder schließen, da ließ uns ein klägliches Schreien innehalten. Wir sahen uns forschend um und entdeckten zu unserer Überraschung ein kleines Bündel, welches auf der Schwelle des normalen Eingangs abgelegt worden war. Es handelte sich um ein Kind, welches in guten Stoff eingewickelt war, sodass es zunächst nicht fror, es aber wohl hungerte.«

»Und dieses Kind war ich?«, unterbrach ihn Eduard von Sandersleben aufgeregt.

»Langsam, lasst mich zu Ende erzählen«, sagte Giesecke ruhig. »Es war so, dass jenes Findelkind in der Tat ein Junge war. An seiner Kleidung befand sich ein Zettel, der das Datum seiner Geburt und den Namen Eduard enthielt, weiter nichts. Wir brachten das Kind in den Waisentrakt, wo gerade die Frau des Verwalters entbunden hatte. Diese, ein kräftiges Weib, hatte genügend Milch, um beide Kinder, ihr eigenes und das gefundene, zu nähren. Diese wuchsen in kurzer Zeit zu gesunden Säuglingen heran. Das nun Folgende habe ich erst im nächsten Sommer erfahren, als ich auf einer Reise in Aachen Station machte und das Armenwaisenhaus erneut aufsuchte. Mein Freund allerdings hatte seine Stelle längst aufgegeben. Er ist heute als Kriegsrat im Hannoverschen Kriegsministerium tätig; aber das tut nichts zur Sache. Ich jedenfalls bekam bei meinem Besuch, als ich nach jenem Knaben Eduard fragte, die Geschichte des Findelkinds und seines Milchbruders erzählt. Otto, so hieß der

Sohn der Verwalterfrau, und Eduard waren gut ein halbes Jahr alt, als ihre Mutter und Ziehmutter von einer Kutsche überrollt wurde und starb. Der Verwalter, der einiges älter als sein Weib gewesen war, grämte sich derart, dass er seiner Frau binnen eines Monats ins Grab folgte. Jetzt zeigte sich, dass außer der Mutter und dem Vater keiner wusste, wer von den Kindern Otto und wer Eduard wäre. In den Papieren des Verwalters war nichts zu finden. Beide waren jedenfalls Waisen und blieben zunächst im Hause. Einer der Knaben wurde noch im gleichen Sommer von einem Paar aus Sachsen an Kindes statt angenommen. Das andere Kind blieb im Haus bis zu seiner Großjährigkeit, wie mir später berichtet wurde. Was dann aus ihm wurde, vermag ich nicht zu sagen.«

»Das bedeutet, ich könnte Otto, der Sohn des Verwalterpaares, oder eben jener Eduard sein«, sagte von Sandersleben leise. »Diese Auskunft ist mehr als nichts, aber leider ungenau.«

»Ich fürchte, selbst diese Deutung ist unsicher«, erwiderte Giesecke. »In dem infrage kommenden Zeitraum wurden mehrere Kleinkinder in Familien gegeben und es ist möglich, dass jenes sächsische Paar auch einen anderen Knaben an Kindes statt angenommen hat. Bei einem Brand vor ein paar Jahren sind etliche Unterlagen verloren gegangen, darunter sämtliche Urkunden aus den Jahren 1838 bis 1840.«

»Also könnte ich auch Heinrich, Friedrich oder Wilhelm heißen und von sonst wem abstammen!«, rief Eduard aus. »Doch sagen Sie mir, Herr Regierungsrat, woher wissen Sie das alles und warum haben Sie sich mit dem Thema beschäftigt?«

»Ich, nun, wie soll ich es erklären«, antwortete Giesecke und suchte sichtlich nach Worten, »ich hatte im Zusammenhang mit einer Mündelangelegenheit, über die ich mich nicht näher äußern darf, mit dem hiesigen Waisenhaus zu tun und kam dabei auf die besagte Urkundenlücke. Ein Kollege, welcher der hiesigen Justitia angehörte, erläuterte mir das eine oder andere genauer. Ob damit allerdings alles geklärt ist, kann ich nicht sagen.« Der Regierungsrat hielt inne und räusperte sich. »Das muss Ihnen genügen, Herr von Sandersleben.«

Eduard nickte. »Wenn ich nur wüsste, wie ich Klarheit über meine Abkunft bekommen könnte«, fuhr er halb zu sich fort. »Otto, nun, da wäre ich wenigstens ehrlicher Abkunft, wenn auch nicht von Adel. Wer aber weiß, wer die Eltern Eduards oder die der anderen Kinder gewesen sein mögen?«

»Sie sollten sich darüber keine Gedanken mehr machen, Herr von Sandersleben«, entgegnete ihm Giesecke. »Sie sind offenbar in einer guten Familie aufgewachsen. Alles andere muss Sie nicht kümmern; ob sich jemals das Geheimnis Ihrer Herkunft klären wird, liegt allein in Gottes Hand.«

Von Sandersleben verstand die Aussage als Verabschiedung. Er erhob sich, bedankte sich bei dem Regierungsrat für seine Auskünfte und verließ das Waisenhaus. Die kleine Schrift, in der er geblättert hatte, steckte Eduard dabei unwillkürlich in seine Tasche. In den nächsten Tagen nahm er Einblick in die Kirchenbücher der Jahre 1837 und 1838 und bemühte die städtischen Behörden; allein, er blieb erfolglos. Die Zeit drängte und er musste zurück nach Berlin, um sich wieder in der Gesandtschaft zu melden. So beschloss Eduard, den Rat Gieseckes anzunehmen und der Frage seiner wahren Herkunft vorerst nicht weiter nachzugehen. Zumindest so lange nicht, bis er auf neue Hinweise stoßen würde, die ihn zur Lösung des Rätsels führen konnten. Nach einem Abstecher über Dresden, wo er verschiedene Unterlagen des Onkels und vor allem dessen persönliche Aufzeichnungen einpackte, kehrte er Ende Januar zurück nach Berlin.

∽⊘∾

1848, das Jahr nach seiner Hochzeit, verlief für Otto von Bismarck äußerst turbulent. An einem der Märztage saßen er und Johanna im Zimmer. Beide lasen, sie in der Bibel, er in der Preußischen Staatszeitung. Finster zerknüllte er plötzlich das Zeitungspapier.

»Was ist, Otto?«, fragte sie besorgt. »Sind die Nachrichten so schlecht?«

»In Paris herrscht Revolution, und die Republik wurde ausgerufen. Ich fürchte, dass wir von dem französischen Aufruhr angesteckt werden.«

Und in der Tat, bald kam es überall zu Versammlungen, Petitionen und Demonstrationen. In den Residenzen Karlsruhe, Stuttgart, München und Hannover griff die Märzbewegung wie ein Feuerbrand um sich, selbst in Kassel stellte das Volk dem Kurfürsten ein scharfes Ultimatum. Dann gewann das Ganze mehr und mehr an Fahrt. Schwarz-Rot-Gold, die Farbe der Hambacher Burschenschaftler von 1832, wurde als Bundesfarbe proklamiert und eine Nationalversammlung nach Frankfurt einberufen.

»Die Leute lehnen sich gegen die gottgewollte Obrigkeit auf«, klagte Johanna. »Wer weiß, was noch geschehen wird? Ich fürchte, bald wird jegliche Ordnung zusammenbrechen wie zur Zeit des Terreurs in Paris des Jahres 1793, als Ludwig geköpft wurde.«

Aus Bismarcks Sicht wurde die Lage in der Tat täglich schlimmer. In den Kleinstaaten des Deutschen Bundes siegte die Revolution, und das alte Regierungssystem dankte überall ab. In Wien musste Fürst Metternich flüchten, und die

Nationalgarde der Bürger übernahm die Führung. Aber auch in Preußen, und vor allem in Berlin, gärte und brodelte es. Schließlich kam es am 18. März zum bewaffneten Aufstand. Die erste Kunde von den Märzereignissen in der Hauptstadt erhielt Bismarck im Haus seines Nachbarn, des Grafen von Wartensleben auf Karow, in das sich zahlreiche Damen der Berliner Gesellschaft geflüchtet hatten.

»In Berlin herrscht jetzt die Revolution!«, empfing ihn der Graf. »Es ist zu Straßenkämpfen gekommen, Soldaten und Bürger sind der Gewalt zum Opfer gefallen. Das sind Verhältnisse wie in Frankreich des Jahres 89, wie beim Sturm auf die Bastille. Nun haben wir den Salat!«

Dem Ton des Grafen entnahm Bismarck, dass die Dinge schlecht standen. Er hatte bereits das Gerücht gehört, fast täglich würden politische Versammlungen in der Hauptstadt stattfinden und allerlei lichtscheues Volk, Franzosen und Polen, politische Flüchtlinge und Sozialisten strömten in Berlin zusammen. Doch er glaubte zuversichtlich an die Stärke Preußens und baute auf die Festigkeit des Königs. Nun, dachte Bismarck, der König wird der Sache bald Herr werden.

Von Wartensleben erzählte weiter, das Volk sei vors Schloss gezogen, und als der König auf dem Balkon erschienen war, sei plötzlich geschossen worden. Danach seien die Barrikaden wie Pilze aus dem Boden gewachsen.

»Französische und polnische Revolutionäre begannen einen blutigen Straßenkampf, der bis zum andern Morgen dauerte. Besonders in der Jägerstraße kostete es den Truppen viel Blut, den Widerstand zu brechen. Aber sie haben unbeirrt ihre Pflicht getan und Straße um Straße gesäubert. Dann aber …«

»Was dann?«, fragte Bismarck gespannt.

»Seine Majestät erteilten den Befehl, die Truppen aus Berlin zurückzuziehen, und erließ eine Proklamation ›An Meine lieben Berliner‹, worin er sich unter den Schutz der Aufrührer stellt. Angeblich befindet er sich sogar in der Gewalt der Aufständischen!«

»Die Meute hat auch geplündert und sich an Frauen vergriffen«, behauptete eine der Damen.

»Die Großstädte sollte man vom Erdboden vertilgen, vor allem Berlin«, ereiferte sich eine andere. »Überall ungläubige Heiden und Demagogen.«

»Diese ganze demokratische Krankheit ist wie rote Ruhr«, sagte der Graf. »Gegen Demokraten helfen nur Soldaten.«

»Ich sehe die Lage nicht so schwarz«, erwiderte Bismarck, »der König wird schon Rat wissen, man muss ihn nur aus der Gewalt der Aufständischen befreien.«

Am Tag darauf meldeten ihm seine Bauern, es seien Abgesandte aus Tangermünde angekommen, die forderten, auf dem Kirchturm die schwarz-rot-goldene Fahne zu hissen. Ihm passte das ganz und gar nicht, und er stachelte die Bauern an, sich gegen die Fremden aus der Stadt zu wehren. Gleichzeitig ließ er eine weiße Fahne mit schwarzem Kreuz, die preußischen und christlichen Farben, aufziehen und bewaffnete vorsorglich die Einwohner. Langsam geriet er in Rage, dem einen oder anderen Sympathisanten der Berliner Erhebung drohte er, ihn, wenn er nicht schweige, notfalls niederzuschießen.

Sobald es Bismarck möglich war, fuhr er nach Potsdam, wo er an der Garnisonkirche auf ein Lager der Garde-Infanterie traf, die sich zum König bekannte, was ihn etwas beruhigte. Mit seinem Freund Roon besuchte er umgehend die Generäle von Möllendorf und von Prittwitz, um mit ihnen zu beraten, was gegen die Revolution getan werden könne.

Prittwitz lehnte eine von ihm vorgeschlagene Bauernbewaffnung ab und meinte, Bismarck solle sich nur um den Nachschub kümmern, dann könne er versuchen, mit seinen

Soldaten den König rauszuhauen, obwohl dieser befohlen habe, nicht zu kämpfen.

Bismarck war mit der Antwort nicht zufrieden und versuchte, allerdings vergeblich, zum Prinzen von Preußen zu gelangen. Prinz Karl schließlich gab ihm eine Legitimation in Briefform, um zum König selbst vorzustoßen, und Bismarck reiste mit der Bahn nach Berlin. Um nicht erkannt zu werden, rasierte er den Backenbart ab und setzte einen breiten Hut mit der schwarz-rot-goldenen Kokarde auf.

Am Schloss hielt ihn die Bürgerwache auf und fragte barsch, was er dort wolle. Wahrheitsgemäß antwortete Bismarck, er habe ein Schreiben für den König. Man verlangte den Brief zu sehen, und er zeigte ihn, da der Inhalt unverfänglich war, dennoch verwehrte man ihm den Eintritt. Nachdem er dem König eine Mitteilung geschickt hatte, in der er ihm eine Rettung vor den Revolutionären ankündigte, marschierte Bismarck in die Innenstadt, um sich die Spuren der Kämpfe anzusehen. Da und dort lagen Trümmer und Barrikaden. Die Straßen selbst waren weitgehend leer, kein Wagen fuhr; nur die Bürgertruppen patrouillierten. Er besuchte zahlreiche Freunde, Bekannte und Verwandte. Doch seine Versuche, mit ihrer Hilfe einen Widerstand gegen die Revolutionäre ins Leben zu rufen, scheiterten. Ein offener Kampf war den meisten zu gefährlich. Missmutig kehrte er nach Schönhausen zurück.

Am 25. schließlich konnte der König nach Potsdam reisen, wo er im Marmorsaal für die Offiziere des Gardecorps eine Rede hielt und betonte: »Ich bin niemals freier und sicherer gewesen als unter dem Schutze meiner Bürger.«

Nach der Rede reiste Bismarck bestürzt nach Schönhausen zurück. Der König hatte mit seinen Äußerungen dem Offizierkorps und dem Adel gleichermaßen vor den Kopf gestoßen. Der Junker war fest davon überzeugt, dass die

Situation durch die königliche Rede ins Gegenteil gedreht worden war. Der König stand nun nicht mehr an der Spitze seiner Truppen, sondern an der der Barrikadenkämpfer. Also an der Spitze derselben Massen, vor deren Bedrohung er zuvor bei der Armee Schutz gesucht hatte. Friedrich Wilhelm IV. hatte weichlich gehandelt, als er seinen Truppen befahl, auf den eben erlangten Sieg über die Aufständischen zu verzichten. Bismarck selbst aber würde nicht so schnell aufgeben!

In den nächsten Wochen und Monaten bemühte sich er weiter, der Revolution Paroli zu bieten, indem er gegen diese öffentlich agierte und Bündnisse schmiedete. Er scheiterte aber erneut, da ihn keiner unterstützen wollte. Im November jedoch zog General Wrangel an der Spitze seiner Truppen in Berlin ein und befreite die Stadt. Im Februar wurde Bismarck nach einer heftigen Wahlschlacht im Bezirk Zauche-Belzig-Brandenburg äußerst knapp ins das preußische Abgeordnetenhaus gewählt, alles in allem ein Sieg der Konservativen! Und als der König im April 49 die Kaiserkrone ablehnte, die ihm die Frankfurter Versammlung angeboten hatte, verschwand der ganze Spuk, wie Bismarck die Revolution nannte, endgültig.

Im Mai nun erhielt er ein Schreiben seines Freundes Scharlach aus Hannover, der ihn in Kenntnis setzte, ihm sei es gelungen, die Verfasserin des geheimnisvollen Briefes ausfindig zu machen, der ihm im Dezember 1847 zugegangen war. Bismarck musste länger überlegen, was Scharlach meinte, bis ihm das Ganze wieder einfiel. Er hatte längst nicht mehr an das Schreiben gedacht. Scharlach kannte also den Namen der Absenderin; schön, was sollte ihm das? Er hatte den Inhalt ohnehin nicht ernst genommen. Scharlach offenbar schon, denn er bat darum, ihn zu treffen, er könne Otto die Ergebnisse seiner Recherchen nur direkt anvertrauen. Da er selbst aufgrund gewisser Aufgaben Hildesheim derzeit nicht verlassen dürfe, bat er den Freund, ihn doch möglichst bald aufzusuchen. Bismarck schüttelte den Kopf. Für eine Reise nach Hildesheim hatte er wirklich keine Zeit. Er musste und wollte sich um seine junge Familie kümmern. Im letzten August ward Töchterlein Marie geboren, Johanna war erneut gesegneten Leibes und brauchte ihn an ihrer Seite. Auch beanspruchte sein persönliches Projekt, die Kreuzzeitung, die er mit den Brüdern von Gerlach und mit Hans Hugo von Kleist-Retzow ins Leben gerufen hatte, ebenfalls einen guten Teil seiner Zeit. Daher bedankte er sich bei Scharlach und teilte mit, er werde wohl erst im nächsten Jahr Gelegenheit finden, ihn aufzusuchen und sich anzuhören, was er herausgefunden hatte.

❧

Staub wirbelte auf. Premierleutnant von Sandersleben löste sich aus seiner Starre. Der Auftrag, Himmel, er hatte zu lange gewartet und der Feind hatte ihn entdeckt. Rechts vor ihm zeigte sich ein blau uniformierter Reitertrupp, der auf ihn zujagte. Gegen eine derartige Übermacht konnte er nichts ausrichten. Von Sandersleben gab seinem Tier die Sporen und galoppierte, wie er annahm, nach Süden davon.

❧

Auf dem Schlachtfeld selbst war der Ausgang nach wie vor offen. Die Truppen wogten hin und her, Rauchschwaden behinderten die Sicht und es herrschte ein scheinbar unauflösbares Chaos. Plötzlich zeichnete sich ein Wechsel ab. Gegen ein Uhr Mittag erhielt Roon im preußischen Lager die Meldung, dass Massen von Versprengten aus dem Holawald herausströmten. Versuche, die Divisionen auf Lipa durchbrechen zu lassen, wurden durch den schrecklichen Granat- und Schrapnellhagel vereitelt, der sogar bis in die Stellungen der Reserven an der Bistritz reichte. Eben kam Moltkes Adjutant zu General von Manstein und untersagte, die Brandenburger weiter auf den Holawald vorstoßen zu lassen. Er solle die Österreicher kommen lassen. Diese stürmten vor, und ihr Angriff zerschellte, wie geplant, im preußischen Schnellfeuer am Waldrand. Allerdings mussten die eigenen Truppen, die einen Gegenstoß führten, sich ebenfalls wieder rasch zurückziehen. Jetzt sah man aus den Ortschaften Nechanitz, Problus und Prim Rauch- und Flammensäulen gegen den Himmel schlagen. Dort stand die Elbarmee, die ebenfalls in heftige Kämpfe verstrickt war.

»Auch drüben scheint die Schlacht sehr in der Schwebe zu sein«, sagte Bismarck und zeigte in die Richtung. »Kämpfen da nicht die Sachsen?«

»Ja«, erwiderte Moltke knapp. Da hob er das Fernglas und starrte in Richtung Norden.

∞

Der Januar war längst vorüber und auch der Februar näherte sich seinem Ende, bis sich Eduard von Sandersleben wieder mit den Aufzeichnungen seines Onkels Georg beschäftigte. Anlass war eine Reise nach Dresden. Nach einem Besuch bei seiner Verlobten Luise hatte er abends alte Freunde getroffen. Bald entspann sich eine hitzige Diskussion über die aktuelle Politik der preußischen Regierung. Vor allem sein Freund Clemens Winkler, der von Leipzig gekommen war, wo er an der Universität als Chemiker arbeitete, und für ein paar Tage die Stadt besuchte, eiferte sich sehr über die Ziele des Königs und seines Ministerpräsidenten.

»In Berlin versucht man das Volk für weitere kriegerische Pläne zu gewinnen, indem man ihm vorschwindelt, dadurch würden die Militärlasten geringer werden. Das ist kompletter Unsinn«, wetterte Winkler gerade. Man saß in der ›grünen Bude‹ in der Dresdner Neustadt, trank, qualmte und diskutierte über Gott und die Welt und insbesondere über die Tagespolitik. »Es ist eine Torheit zu glauben, der König werde bei einer Vergrößerung des preußischen Territoriums nicht auch an eine Vergrößerung der Streitmacht denken, zumal die Armee im Zentrum seines Denkens steht«, fuhr er fort.

»Recht hast du, Clemens«, erklärte Joseph Leibinger, ein alter Freund aus Kindertagen, der wie sein Vater als Kaufmann tätig war. »Besonders die Pläne des Ministerpräsidenten im Hinblick auf Schleswig und Holstein sind haarsträubend. Wir alle haben den Krieg gegen Dänemark begrüßt, der mit dem Ziel geführt wurde, unsere nördlichen Provinzen zu befreien. Doch jetzt wollen sich die Preußen nach Norden hin arrondieren und sich Gebiete einverleiben. Das ist Verrat an der deutsche Sache!«

»Zumal die Gefahr eines Krieges mit Österreich, ja vielleicht sogar ein gesamteuropäischer Krieg droht«, übernahm Winkler erneut das Wort. »Oder siehst du das anders, Eduard, du lebst in Berlin und bist möglicherweise ganz ein Preuße geworden?«

»Ich habe mitbekommen, wie Bismarck mit dem Landtag umgegangen ist«, antwortete von Sandersleben. »Er hat das Recht des Volkes mit Füßen getreten und, schlimmer noch, die Verfassung gebrochen. Nein, ich kann den Mann nicht achten. Und Preuße bin ich als sächsischer Offizier schon gar nicht!«

»Auch 1848 hat er das Volk verraten und sich gegen den demokratischen Umbruch gestellt. Der Graf ist ein übler

Reaktionär, man sollte den Volksfeind beseitigen«, ereiferte sich laut der zweite Clemens in der Runde, Clemens Brockhaus, der Sohn des Professors Hermann Brockhaus. »Ihr wisst, dass Onkel Richard, der Bruder meiner Mutter, im Mai 49 mit auf den Barrikaden gegen die Unterdrücker kämpfte. Er hat die Revolution genau beschrieben.« Brockhaus zog eine Schrift aus der Tasche und begann mit glänzenden Augen aus ihr vorzutragen: »Ich bin das ewig verjüngende, das ewig schaffende Leben! Wo ich nicht bin, da ist der Tod! Ich bin der Traum, der Trost, die Hoffnung des Leidenden! Ich vernichte, was besteht, und wohin ich wandle, da entquillt neues Leben dem toten Gestein. Ich komme zu euch, um zu zerbrechen alle Ketten, die euch bedrücken, um euch zu erlösen aus der Umarmung des Todes und ein junges Leben durch eure Glieder zu ergießen.«

»Halt ein, halt ein, Clemens!«, unterbrach ihn Winkler. »Du bringst uns mit deinen Reden und den Texten deines Onkels noch alle ins Zuchthaus. Nimm auch Rücksicht auf Eduard, der Offizier und von Adel ist. Lass uns bei Bismarck bleiben. Er ist ein übler Mensch, und ich fürchte Schlimmes für Sachsen und die nahe Zukunft, wenn er seine Pläne umzusetzen vermag.«

Sie saßen bis tief in die Nacht, sprachen und tranken und debattierten heißen Blutes über die Lage Deutschlands. Eduard beteiligte sich kaum, denn ihm gingen die Worte, die Brockhaus verlesen hatte, nicht aus dem Kopf. Konnte es sein, dass Clemens' Onkel Richard Wagner ähnliche Worte verwendete wie jener Text, den er in der Bibliothek in Aachen gelesen hatte? Als sie aufbrachen, bat er sich von Brockhaus den Traktat Wagners aus.

In den nächsten Tagen studierte er ausführlich beide Texte, die ihn auf eine eigentümliche Art und Weise ansprachen. Beide Verfasser hatten recht, es gab derart viel Not und Elend in der Welt, dass sich etwas ändern musste. In den Vierteln Berlins hatte er genug davon gesehen. Aber das war nicht alles, es gab noch mehr Gründe, dass sich alles änderte und eine neue Zeit begann. Zumal er selbst nicht mehr wusste, wohin er eigentlich gehörte. Vielleicht war er sogar ein Kind des Volkes, stammte womöglich aus der untersten Schicht? Was hatte Wagner geschrieben?

›Wie ein ungeheurer Vulkan erscheint uns Europa, aus dessen Innerem ein beständig wachsendes, beängstigendes Gebrause ertönt, aus dessen Krater dunkle, gewitterschwangere Rauchsäulen hoch zum Himmel emporsteigen und, alles rings mit Nacht bedeckend, sich über die Erde lagern, während bereits einzelne Lavaströme, die harte Kruste durchbrechend, als feurige Vorboten alles zerstörend sich ins Tal hinabwälzen.‹

Ganz sicher, eine Umwälzung musste sich ergeben, Männer wie er, jung und unverbraucht und nicht angekränkelt von dem geistigen Unrat der Zeit und von Standesdünkel, würden diese herbeiführen. Man musste nur handeln, musste zum Beispiel verhindern, dass Pläne wie die des Grafen Bismarck verwirklicht wurden. Doch er wusste nicht, wie er dies bewerkstelligen könnte. Während er grübelte, griff Eduard wie ungefähr nach den Kladden mit den Aufzeichnungen seines Onkels, die in einem Regal steckten. Onkel Georg hatte sich über Jahre hinweg mit dem Preußen und seinem Leben befasst; vielleicht fand er in dessen Schriften Hinweise, wie er gegen den Grafen vorgehen konnte.

❦

Erst 1851 traf Bismarck seinen Freund Scharlach wieder und zwar in Frankfurt, wohin ihn der König als Bundestagsgesandter befohlen hatte. Von seiner Berufung erfuhr er zuerst aus der Voss'schen Zeitung. Schwarz auf weiß hatte dort gestanden: ›Sicherem Vernehmen nach wird Herr von Bismarck-Schönhausen als Gesandter zum Bundestag nach Frankfurt gehen.‹

Unmittelbar darauf hatte ihn Minister von Manteuffel zu sich bestellt.

»Mein bester Herr von Bismarck, es besteht allerhöchsten Ortes die feste Absicht, Sie diplomatisch zu verwenden. Rund heraus gesagt, Sie sind als Bundestagsgesandter vorgesehen; sagen Sie zu?«

Das war die Chance, beruflich aufzusteigen und Karriere zu machen, die Chance, auf die er lange gewartet hatte. Erfreut nahm Bismarck an. Am gleichen Tag folgte eine Audienz bei Seiner Majestät. Der König empfing ihn allerdings mit einer gewissen Zurückhaltung.

»Herr von Bismarck, ich verfolge seit Längerem Ihre parlamentarische Laufbahn. Sie zeigten stets ein warmes Interesse für den Bundestag, stehen auch mit der österreichischen Gesandtschaft gut. Das freut mich. Meine Anhänglichkeit an die alte Kaiserdynastie in Wien ist geschichtlich begründet und wird das Fundament unserer Staatskunst bleiben. Ich erwarte, dass Sie entsprechend handeln. Sind Sie in der Lage und mutig genug, diese Ihnen eigentlich fremde Aufgabe zu übernehmen?«

»Mut habe ich genug«, versicherte Bismarck. »Der Mut befindet sich aber eigentlich bei Eurer Majestät, mir ein so wichtiges Amt zu übertragen.«

»Nun, Präsident Senfft von Pilsach und General Gerlach schlugen Sie sogar für ein Ministeramt vor, dem ich derzeit nicht zustimmen kann. Auch sind Ihre hitzigen Kammergefechte nicht gerade ein Ausdruck der Diplomatie, aber ich bin überzeugt, dass Sie reifen. Ich brauche in

Frankfurt jemanden, auf dessen Treue und Redlichkeit ich mich unbedingt verlassen kann, und der bei meinem Verbündeten persona grata, also erwünscht ist. Deshalb fällt meine Wahl auf Sie. Ich habe Rochow, unseren Gesandten in Petersburg, beim Bundestag akkreditiert. Er ist ein gewiefter Diplomat. Er wird Sie einführen und anlernen und später auf seinen Posten in St. Petersburg zurückkehren. Sie sind zunächst als Legationsrat im Etat eingestellt. Doch, mein lieber Geheimrat, es besteht die Aussicht, dass Sie Rochow bald als Gesandter ablösen werden.«

Bismarck fuhr also nach Frankfurt, wo er zunächst Generalleutnant Rochus von Rochow aufsuchte. Dieser begrüßte ihn recht freundlich.

»Sie sind gerade eingetroffen, Herr Geheimrat von Bismarck? Ich bin gespannt, wie Sie sich schlagen werden, denn ob ich noch im nächsten Jahr in Frankfurt sitze, wird ganz von Ihnen abhängen.«

»Wie meinen Sie das, Exzellenz?«

»Machen wir uns doch nichts vor, mein Verehrtester. Der König hat Sie zum ersten Legationssekretär ernannt und zu meinem Nachfolger ausersehen. Aber sind Sie sicher, dass Ihnen Frankfurt zusagt? Die Diplomatie ist mitunter etwas dornig, und Sie sind ganz neu und mit allem wenig vertraut. Nun, der Posten ist jedenfalls gut besoldet, einundzwanzigtausend Reichstaler und dazu Unterstützung für die Einrichtung Ihrer Wohnung.«

Bismarck nickte, sagte sonst aber nichts.

»Sie werden übrigens bald erkennen, dass im Bundestag nicht viel zu machen ist, unter uns gesagt, eine wahre Erholung, eine echte Sinekure. Sie sind jung und sicher ehrgeizig. Ich wäre nicht abgeneigt, meinen Petersburger Posten mit Ihnen zu tauschen.«

»Ich gehe überall hin, wo unser König mich hinschickt«,

gab Bismarck knapp zurück. »Doch für St. Petersburg reicht meine Erfahrung noch nicht aus.«

»Das Leben am Hofe des Zaren strengt an«, bestätigte Rochow, »und die kalte Witterung Russlands ist wenig angenehm. Da lobe ich mir das Klima hier. In Frankfurt ist das Leben überhaupt sehr angenehm und mit den verschiedenen Höfen in Süddeutschland ist gut auskommen. Als Gesandter in Darmstadt hat man ein reizendes Leben und ist zugleich akkreditiert beim Herzogtum Nassau und in der freien Reichsstadt Frankfurt. Aber gut, das wird sich alles finden. Ich werde Sie erst einmal in die hiesige Gesandtschaft einführen, und am besten beginnen Sie damit, Ihre Antrittsvisiten zu machen.«

»Wie Exzellenz befehlen«, erwiderte der neue Legationsrat.

Am nächsten Tag begann er seine Besuche, die ihn zuerst zum österreichischen Gesandten Graf Thun und anschließend zum englischen Gesandten Lord Cowley führten. Darauf machte er noch Frau von Stallupin mit einem Empfehlungsbrief eine Visite, einer Russin, die in Frankfurt eine gewisse gesellschaftliche Rolle spielte. Er ward gut aufgenommen und zum nächsten Ball geladen. In der folgenden Woche stellte er sich der Reihe nach den Gesandten der deutschen Kleinstaaten vor. Diese betrachteten ihn mit großem Misstrauen, in der Vermutung, er habe eine besondere Mission. Man versuchte ihn auszuspionieren und sein Kammerdiener Hildebrand berichtete, dass Unbekannte ihn auszufragen suchten, was und wie viel sein Herr esse, wann er aufstehe und ob er ein starker Raucher sei, da er immer mit der Zigarre zu sehen sei. Auch seine ersten Gesellschaftsauftritte wurden sehr genau betrachtet und sein Verhalten akribisch analysiert. Eines Abends jedoch besuchte ihn in seinem Quartier im Englischen Hof sein guter Freund

Gustav Scharlach, eine erwünschte Abwechselung im diplomatischen Alltag. Bald saßen beide bei einer Flasche Wein und tauschten sich aus, was sie in den letzten Jahren erlebt hatten. Bismarck erzählte insbesondere von seinen neuen Frankfurter Erlebnissen.

»Frankfurt ist grässlich langweilig. Es sind lauter Lappalien, mit denen die Leute sich quälen, und diese Diplomaten sind mir schon jetzt mit ihrer wichtigtuenden Kleinigkeitskrämerei lächerlicher als die Abgeordneten der II. Kammer. Aber ich glaube, Gustav, ich habe mich gut verkauft. Vor allem die Damen scheinen an mir Geschmack zu finden. Lady Cowley ist eine echte Weltdame, geistvoll und wohlerzogen. Und sie schätzt mich offenbar, ich spüre bei ihr ein mütterlich-freundliches Verständnis.«

»Was wird Johanna zu diesem *Verständnis* sagen?«, fragte der Freund.

»Mach dir keine Sorgen, ich habe mir die Hörner längst abgestoßen, und ich bin glücklich verheiratet. Ich habe lediglich um ihre Sympathie für Johanna geworben, was mir wohl gelungen ist. Bei einer anderen Dame musste ich allerdings verflixt vorsichtig sein. Frau von Stallupin schwärmte derart von Puschkin und Gogol, dass sie sogar meine Hand packte, als ich erzählte, wie ich einst Gogol getroffen habe!«

»Eine gefährliche Situation, wie hast du reagiert?«

»Ich habe deutlich gemacht, dass mir die russische Literatur wenig zusagt und vorgegeben, ich halte überhaupt wenig von Autoren und Büchern. Da ließ sie meine Hand schnell los.«

»Hast du noch weitere derartige *Eroberungen* gemacht?«, spöttelte der Freund.

»Ich denke, meine Aufgaben hier sind andere«, gab Bismarck zurück. »Aber sage mir«, wechselte er das Thema. »Du hattest mir von deinen Nachforschungen hinsichtlich dieses Straßburger Briefes berichtet. Ich habe den Inhalt des Schreibens so ziemlich vergessen. Worum ging es dabei eigentlich und was wolltest du mir mitteilen?«

»Einiges«, erwiderte Gustav Scharlach. »Lass uns noch eine Flasche Wein bestellen, dann will ich dir alles erzählen, und ich empfehle dir, gut zuzuhören!«

ABENTEUERLICHE
BEGEGNUNGEN

Ich gestehe, daß ich mich, als ich (1842) meine erste Auszeichnung, die Rettungsmedaille, erhielt, erfreut und gehoben fühlte, weil ich damals ein in dieser Beziehung nicht
blasirter Landjunker war. Im Staatsdienste habe ich diese
Ursprünglichkeit der Empfindung schnell verloren; ich
erinnre mich nicht, bei spätern Decorirungen ein objectives
Vergnügen empfunden zu haben, sondern nur die subjective
Freude über die äußerliche Bethätigung des Wohlwollens,
mit welchem mein König meine Anhänglichkeit erwiderte
oder andre Monarchen mir den Erfolg meiner politischen
Werbung um ihr Vertraun und ihr Wohlwollen bestätigten.
(…) In Paris habe ich erlebt, daß unverständige Gewaltta-
ten gegen Menschenmassen plötzlich stockten, weil sie auf
»un monsieur décoré« stießen. Orden zu tragen ist für mich,
außer in Petersburg und Paris, niemals ein Bedürfniß gewesen; an beiden Orten muß man auf der Straße irgendein Band
am Rock zeigen, wenn man polizeilich und bürgerlich mit
der wünschenswerten Höflichkeit behandelt werden will.

Otto von Bismarck. Gedanken und Erinnerungen,
Band 1. IV. Kapitel

~⚬~

Auf dem Schlachtfeld von Königgrätz war hoher Mittag.
Eine seltsame Stille lag über allem, und es herrschte eine

bange, windstille Pause. Das österreichische Lager begann Mut zu schöpfen, gleichzeitig stieg bei der preußischen Führung die Nervosität. Sehnsüchtig hielt man dort nach dem Kronprinzen Ausschau. Doch dieser und seine Armee ließen sich einfach nicht blicken. Erst jetzt sah man von der Choteborekhöhe weit genug, um Truppenbewegungen zu erkennen. Fünfzig Schwadronen wurden erwartet, aber trotz hitziger Gewaltmärsche war von ihnen nach wie vor nichts zu sehen. Auch der Nachschub blieb fern, die Munition wurde knapp, es fehlte an Nahrung und Getränken. König Wilhelm, der trotz des ständigen Beschusses an Ort und Stelle ausgeharrt hatte, blickte sich suchend um.

»Mittagszeit, meine Herren. Ich gestehe, ich habe Hunger. Aber ich fürchte, niemand hat etwas zu essen dabei.«

Roon und Bismarck schüttelten die Köpfe. Eine Menage für den König mitführen, daran hatten sie wirklich nicht gedacht.

»Wenn Euer Majestät das genügt«, ein junger Offizier präsentierte dem König ein Stück Wurst, »ich gebe gern.« Ein Melder steuerte einen Becher Wein und ein Feldwebel gab ein Stück Kommisbrot hinzu. Der König dankte und bestand darauf, das karge Mahl mit den Soldaten zu teilen. Satt wurde niemand, aber die Geste berührte die Männer. Mittendrin setzte eine fürchterliche Kanonade ein und zwang die Beobachter, rasch Deckung zu nehmen. Die blutige Schlacht ging unvermindert weiter.

∾∾

Bei seiner Suche in den Aufzeichnungen seines Onkels, des sächsisch-königlichen Majors Georg von Sandersleben, nach Aussagen zum Grafen von Bismarck stieß Eduard bald auf eine weitere Überraschung. In einer der Kladden fand er ein

Heft, das aus lauter einzelnen, durch Fadenheftung verbundenen Blättern bestand, die in einer anderen Handschrift als die des Onkels geschrieben waren. Es handelte sich um eine schmale, fast weibliche Schrift, deren exakte Buchstaben auf unnötige Schnörkel verzichteten und besser als die des Majors zu lesen waren. Eduard erkannte verwundert, dass es sich bei den Blättern um Tagebucheintragungen seines angeblichen Vaters handelte, den der Onkel mehrfach zitiert hatte und der hier endlich selbst zu Wort kam. Eduard wurde ganz aufgeregt, vielleicht fanden sich in den Schriften Hinweise auf seine wahre Herkunft? Doch er wurde zunächst enttäuscht, denn die Aufzeichnungen handelten ausschließlich von weiteren Begegnungen mit Bismarck. Dennoch begann er mit einem gewissen Interesse zu lesen und war bald darauf gefesselt von der Lektüre.

Im Juni 1851 wurde ich mit einem Sonderauftrag nach Frankfurt zum Bundestag gesandt. Meine Mission war derart heikel und geheim, dass ich über diese hier weiter kein Wort verlieren möchte. Nur so viel sei gesagt, sie stand in Zusammenhang mit der geplatzten Erfurter Union und der im November des vorherigen Jahres zwischen Preußen und Österreich geschlossenen Punktation von Olmütz. Ich reiste also in die Freie Reichsstadt am Main und quartierte mich dort im Englischen Hof ein. Bei meiner Ankunft begegnete mir ein Herr, der mir sogleich bekannt vorkam, nur konnte ich ihn nicht ganz einordnen. Es handelte sich, wie mir ein anderer Gast eifrig erklärte, bei dem Herrn um den preußischen Legationsrat von Bismarck, also dem Namen nach um jenen früheren Studenten der Rechte und späteren Referendar, den ich vor Jahren in Göttingen und Aachen gesehen und getroffen hatte. Dieser war, wie mir versichert wurde, Mitglied der preußischen Gesandtschaft am Bundestag und aufgrund seines exzentrischen Auftretens stadtbekannt. Freiherr Prokesch von Osten, dem ich in Wien vorgestellt worden war, charakterisierte ihn mir gegenüber als jemanden, unter dessen zeitweiligem Gentlemanauftreten sich eine hochmütige, gemeine Natur voller Dünkel und Blasiertheit verberge. Er sei ohne gediegenes Wissen, ein gewandter Sophist und Wortverdreher und voller Neid und Hass gegen Österreich. Einen arroganten Außenseiter nannte ihn der österreichische Präsidialgesandte Graf Thun. Ich muss gestehen, dass mich die Urteile überraschten. Meinen Eindrücken nach war Bismarck ein fröhlicher, vielleicht auch etwas naiver, jedenfalls aber ehrlicher Landjunker. Allerdings wandeln sich die Menschen bekanntlich, und so war ich erpicht, ihm erneut zu begegnen, um mir selbst ein Urteil über den kommenden Gesandten, wie es hieß, machen zu können. Es sollte bald zu einem Treffen kommen. Dieses ergab sich zufällig an der Table d' hôte, wo wir gemeinsam speisten. Ich nickte Bismarck freundlich zu, und er betrachtete mich als seinen neuen Nebensitzer aufmerksam. Schließlich ging ein Erkennen über seine Züge. »Wir sind uns einmal in Aachen begegnet, nicht wahr?«

Ich bestätigte die Tatsache und nannte meinen Namen.

»Von Sandersleben«, wiederholte er nachdenklich, »aus Sachsen. Betreiben Sie hier für Wien oder Dresden Spionage?«

»Für beide Regierungen, lieber Legationsrat«, gab ich zur Antwort, »und natürlich noch für Paris, Petersburg und London« – eine Antwort, die ihn sehr erheiterte. So kamen wir rasch ins Gespräch, und Bismarck erzählte mir bereitwillig von seiner Arbeit und seinen Eindrücken.

»Von 7 Uhr früh bis zum Diner um 5 Uhr«, sagte er, »habe ich selten eine unabhängige Minute. Ich schreibe und schreibe und habe schon eine Vielzahl von wahren Leitartikeln ans Ministerium gesandt. Wenn der Minister mir später sagen kann, was in ihnen drinsteht, dann zahle ich ihm für jede richtige Aussage zehn preußische Taler. Was ist Diplomatie? Nichts anderes als eine Art Journalismus, insbesondere die Kunst, mit einem Wortschwall nichts zu sagen und damit zu verdecken, dass man eigentlich von der Materie, die man beschreibt, nichts weiß.«

»Das überrascht mich«, wandte ich ein. »Ich glaubte, in Frankfurt werde sozusagen das Schicksal des Bundes verhandelt.«

»Nein, mein Lieber! Wer weiß nicht, dass hier, wie überall auch, nur mit Wasser gekocht wird. So eine dünne, salzlose Suppe wie die Frankfurter ist mir allerdings noch nie vorgesetzt worden.«

»Aber kann es nicht sein, dass man hier in Frankfurt tiefere Einblicke gewinnt?«

»Einblicke? Worin? In den Klatsch der besseren Gesellschaft? Der Bankier Rothschild weiß mehr von hoher Politik als wir.«

So ging unser Gespräch hin und her, und ich gestehe, mir gefiel die offen polternde, dann wieder feinsinnige und mitunter sehr geistvolle Art, wie Herr von Bismarck ein Bild der Stadt, des Bundestags und der hiesigen Gesellschaft zeichnete. Wir wurden bald, wenn nicht Freunde, dann so etwas wie gute Bekannte, die sich regelmäßig trafen und trefflich miteinander plauderten und über die Gesandten der diversen Kleinstaaten fröhlich lästerten.

❧

Gustav Scharlach brachte Bismarck rasch auf den aktuellen Stand. Nachdem er in Straßburg Nachforschungen hinsichtlich des Absenders angestellt hatte und das erste Ergebnis, ein

Frauenname, sich als falsch herausgestellt hatte und sonstige Recherchen erfolglos geblieben waren, erlebte er eine geradezu bizarre Überraschung. Ein weiterer Brief wurde an die von ihm benutzte Adresse des Corps Hannovera geschickt, der ähnlich krauses Zeug enthielt. Aber trotz aller Verwirrung schien der Schreiber oder die Schreiberin durchaus in der Lage, wie der Inhalt verriet, selbst Informationen einzuholen und sogar auf seine Nachforschungen zu reagieren. Dennoch war es seltsam, dass sich der Brief der Anschrift nach korrekt an Otto von Bismarck richtete, jedoch nicht nach Schönhausen versandt worden war, sondern den Hinweis ›zu Händen Herrn von Bismarck. Corps Hannovera, Göttingen‹ trug und auf diese Weise Scharlach erreicht hatte. Warum das der Fall war, wusste er nicht. Seit ihrem ersten Kontakt in dieser Angelegenheit Ende des Jahres 1847 waren ihm so gut ein Duzend Briefe zugegangen, berichtete der Freund.

»Ich denke, Otto, wir müssen etwas unternehmen, denn der Tonfall wird immer drohender und in der Sache bedenklicher.«

»Worum geht es denn?«, fragte Bismarck erneut. »Ich gestehe, ich kann mich an den ersten Brief nicht mehr erinnern. Hattest du nicht gesagt, du kennst die Absenderin?«

»Ich hatte einen Verdacht, der sich leider als falsch herausstellte. Ansonsten steht viel Wirres in den Schreiben. Seit einem Jahr aber finden sich in stets neuen Varianten die Behauptungen, du wärest ein Bigamist oder du hättest dich vielfach verlobt und den jeweiligen Fräulein allerlei Versprechungen gemacht, die du gebrochen hättest. Neulich las ich sogar die Aussage, dass aus einer der Beziehungen ein uneheliches Kind hervorgegangen sei. Dafür gebe es handfeste Beweise. Diese und andere Tatsachen werde man dem König und deiner Frau mitteilen und, so der neueste Brief, im Bundestag publizieren.«

»Infame Lügen!«, rief Bismarck, der sichtlich erblasste. »Da will sich jemand rächen, wofür auch immer, oder mich erpressen. Sag, weißt du mehr über den Verfasser?«

»Wie man's nimmt. Der letzte Brief kam aus Wien und fordert, du solltest dich dort binnen Jahresfrist einfinden. Ein geheimes Gericht werde über deine Verfehlungen urteilen und du habest dich diesem Urteil zu unterwerfen und öffentlich Buße zu leisten. Das Ganze war umgeben von religiösen Zitaten aus der Apokalypse und garniert mit düsteren Drohungen und Flüchen.«

»Also ist der Schreiber von Sinnen?«, fragte Bismarck erleichtert.

»Ich denke schon, aber ich würde es nicht darauf ankommen lassen. Er weiß zu viel von dir, erwähnt Namen wie Laura, Claire, Ottilie und Isabella.«

»Isabella«, wiederholte Bismarck betroffen. »Das ist doch ewig her und die Damen sind, soviel ich weiß, längst vermählt. Das sind Intrigen, um mich vom Ministerium fernzuhalten!«

»Ich gebe dir recht, aber sich zu ereifern hilft uns nicht weiter. Wir sollten nach Wien reisen, möglichst begleitet von einem fähigen Mann, der sich mit den dunklen Seiten des politischen und diplomatischen Lebens auskennt und weiß, wie gegen den Erpresser vorzugehen ist.«

Beide Männer schwiegen.

»Ich kenne unter Umständen jemanden«, sagte schließlich Bismarck, »der helfen könnte. Es handelt sich um einen Herrn von Sandersleben. Er ist in sächsischen Diensten, zuständig für spezielle Aufträge, und untersteht, soviel ich herausbekommen habe, direkt dem Generalstabschef Generalmajor von Treitschke. Ich habe ihn per Zufall als Referendar in Aachen kennengelernt und ihn erst kürzlich in Frankfurt wiedergetroffen. Wir sind uns sympathisch, vielleicht kann ich ihn für die Angelegenheit gewinnen.«

»Ein Sachse?«, fragte Scharlach skeptisch. »Die Interessen Sachsens und Preußens waren selten identisch.«

»Es geht nicht um Staatsinteressen, sondern schlicht darum, einen oder mehrere Erpresser auszuschalten«, entgegnete Bismarck. »Ich werde mit ihm sprechen, am besten noch heute. Die Uhr ist noch nicht zehn, von Sandersleben wird noch bei der Arbeit sein.«

～◌◌～

Eines Abends jedoch gegen zehn, berichtete Karl von Sandersleben, *Bismarck hatte seine Wohnung jetzt in der Hochstraße 45, kam dieser unerwartet ins Hotel und suchte mich in meinem Zimmer auf.*

»'n Abend, Sandersleben, entschuldigen Sie die späte Störung, aber ich muss dringend mit Ihnen sprechen.«

»Ich saß noch in meinem Arbeitszimmer«, erwiderte ich, »was ist es denn, das Sie um diese Zeit zu mir treibt?«

Bismarck blickte sich wie prüfend um, dann schüttelte er den Kopf. »Ich will nicht hier darüber sprechen. In einem Hotel haben die Wände Ohren. Der Abend ist warm, lassen Sie uns ein wenig am Mainufer spazieren gehen.«

Einige Zeit später standen wir am Main und blickten auf das träge fließende Wasser.

»Sie, Herr von Sandersleben, sind, soviel ich weiß, in verschiedenen, nicht offiziellen Missionen unterwegs«, begann er unvermittelt zu sprechen. »Welcher Art diese sind und was Sie genau machen, das vermag mit Bestimmtheit niemand zu sagen«, fügte er mit einem schlauen Lächeln hinzu. Ich erwiderte nichts, denn ich hatte den Eindruck, dass der Legationsrat mich auszuforschen versuchte; zumindest verfügte er über gewisse Informationen hinsichtlich meines Aufgabenfeldes, sonst hätte er sich niemals zu einer solchen Bemerkung

*hinreißen lassen. So wartete ich ab, dass Bismarck das dip-
lomatische Geplänkel beenden und zu seinem eigentlichen
Anliegen kommen werde. Dieser sprach noch ein wenig hin
und her über das hiesige Doppelspiel der einzelnen Diplomaten, ereiferte sich über von Manteuffel, seinem vorgesetzten
Minister, der sein Gehalt ohne jede Erklärung um dreitausend Taler gekürzt habe und keine Mittel zur Einrichtung
einer standesgemäßen Residenz bereitstelle.*

*»Ich räume ein«, sagte er, »dass man mit achtzehntausend
Reichstalern gut und elegant leben kann. Aber ich brauche
einen Ort für meine Familie, einen Garten und ein Haus mit
großen Zimmern.« Kurz schwieg er, schien einen Augenblick
zu überlegen, bis er dann auf sein eigentliches Thema zu
sprechen kam. »Sie haben mich«, sagte Bismarck, »wenn Sie
sich erinnern, in meiner zugegebenermaßen wilden Jugend
kennengelernt und womöglich das eine oder andere Gerücht
über die Zeit in Aachen gehört. Nun, manches mag stimmen,
vieles, was erzählt wird, entspricht jedoch nicht der Wahrheit, auch wenn es wie diese klingen mag. Mein Verschulden
ist allerdings, dass ich damals einen Gefallen daran hatte,
mit allerlei Geschichten und Erzählungen bestimmte Eindrücke wenn nicht selbst hervorzubringen, dann doch zu
verstärken. So hatte ich wie jeder junge Mann eine gewisse
Anzahl von Begegnungen mit der Damenwelt, über die ich
als Kavalier natürlich schwieg und noch immer schweige,
welche aber wohl nicht unbeobachtet blieben. Kurz und gut,
man dichtete mir ein gutes Dutzend Affären an, was ich aus
jugendlichem Leichtsinn heraus mit einer gewissen Selbst-
gefälligkeit genoss. Die Zeit und meine Jugendstreiche sind
lange vorbei; ich bin heute ein Mann von sechsunddreißig,
glücklich verheiratet und stolzer Vater prächtiger Kinder und
vertrete die Interessen meines Königs im Bundestag. Doch
vor etwa vier Jahren erhielt ich, gerade von der Hochzeits-*

reise zurückgekehrt, einen merkwürdigen Brief, der, wie ich annahm, von einer Frau stammte, obwohl ich mich in dieser Hinsicht unter Umständen getäuscht haben könnte. Jedenfalls wurden in diesem Brief seltsame Beschuldigungen erhoben, die mich trotz aller Wirrnis derart beunruhigten, dass ich meinen alten Freund Gustav Scharlach bat, sich der Angelegenheit anzunehmen. Dies tat er. Dabei gewann er den Eindruck, der Brief und insbesondere seine Absenderin sollten ernster genommen werden, als ich dies getan habe. Er forschte nach der Schreiberin und gelangte dabei zu höchst beunruhigenden Ergebnissen, über die er mit mir nur persönlich sprechen wollte, was vor Kurzem geschehen ist. Wir kamen dabei zur Ansicht, dass sich nun ein Dritter, dem ich vertrauen könne und der in dem schwierigen Metier der inoffiziellen Nachrichtengewinnung zu Hause sei, mit der Klärung des Falls beauftragt werden solle. Ich möchte nun Sie für diese Aufgabe gewinnen, wobei ich Ihnen gleich sagen muss, dass ich klare Vorstellungen hinsichtlich des Vorgehens haben und erwarte, dass Sie mir darin zustimmen. Verstehen Sie, ich muss vorsichtig sein. Ich habe viele Feinde und Neider, als diplomatisches Ziehkind muss ich mich vorsehen, meine Gegnern nicht auch noch mit zusätzlicher Munition für ihre Angriffe auszustatten.«

»Sie sprechen vom Grafen von der Goltz?«, konnte ich mich nicht enthalten zu fragen. Goltz verachtete, wie ich wusste, Bismarck aus tiefstem Herzen. Er sah sich als einen natürlichen Kandidaten für den Posten des Außenministers und hielt den Legationsrat für einen überaus lästigen Konkurrenten, den er liebend gern losgeworden wäre. Als Antwort auf meine Frage ließ Bismarck eine Art drohendes Knurren hören, fing sich aber rasch und wurde konkret.

»Es handelt sich, wie gesagt, um einen Brief. Scharlach hat mir versichert, die Schreiberin oder der Schreiber halte sich *mittlerweile in Wien auf und tue dort alles, um mir, meiner Karriere und meiner Familie zu schaden. Kurz und gut, ich reise nach Wien, ich muss dies aus gewissen Gründen ohnehin tun, und Sie begleiten mich und versuchen gemeinsam mit mir denjenigen, der den Brief verfasst hat, zu finden und den direkten Kontakt mit mir herzustellen, damit das Ganze ein für alle mal ein Ende hat.«*

»So viel Aufwand wegen eines Briefes?«, fragte ich.

»Ihre Frage verrät, dass Sie die Antwort vorhersehen«, brummte Bismarck. »Gut, es geht um mehr. Bislang sind ein gutes Dutzend Briefe eingetroffen, zum Glück gingen sie aufgrund einer Adressverwechslung alle an Scharlach. Doch durch meine hiesige Tätigkeit bin ich bekannt geworden, und ich muss befürchten, ein Brief könnte an meine Privatadresse gelangen. Ich möchte nicht, dass meine liebe Frau mit derartigen Unannehmlichkeiten in Berührung kommt. Also, willigen Sie ein? Sie haben ohnehin häufig in Wien zu tun, und ich bin bereit, Sie das eine oder andere Mal über gewisse diplomatische Vorgänge bevorzugt zu informieren.«

Daher wehte also der Wind, dachte ich. Der Legationsrat hielt mich für einen Spion und wollte sich meine Dienste für ein Billiges zu eigen machen, indem er mir die Möglichkeit, mich mit Informationen zu versorgen, als Köder vorhielt. Der Inhalt dieser Schreiben schien gleichfalls nicht ohne zu sein, wenn Frau von Bismarck sie nicht zu Gesicht bekommen sollte. Solches äußerte ich natürlich nicht, sondern willigte voller Neugier in sein Angebot ein, zumal ich in der Tat in absehbarer Zeit nach Wien reisen wollte, wobei ich im Hinblick auf die Modalitäten meiner Unterstützung klare Forderungen stellte.

Eduard hielt verblüfft im Lesen inne. Das sah so aus, als wäre auch sein Vater Karl von Sandersleben im gleichen Metier tätig gewesen wie später dessen Bruder Major Georg von

Sandersleben. Dies erklärte auch die Bemerkungen Oberst von Brandensteins über Vater und Onkel. Eduard seufzte. Immer noch dachte er an Karl von Sandersleben als seinen Vater und an dessen Bruder Georg als sein Onkel. Jedenfalls hatte er sie stets so genannt, fügte Eduard bitter hinzu. Denn wer er wirklich war und von wem er abstammte, wusste der junge Mann nicht. Vielleicht verbargen sich in den Aufzeichnungen hilfreiche Hinweise, dachte er, wiewohl die Tagebücher seines Vaters auf den ersten Blick nichts mit ihm zu tun hatten. Aber zur Biografie des Grafen Otto von Bismarck schienen sie bis dato unbekannte Aspekte zu bieten und damit ungeahnte Angriffsflächen zu ermöglichen.

Die nächsten Eintragungen seines Vaters erfüllten Eduards von Sanderslebens Erwartungen jedoch nicht. Die gemeinsame Reise nach Wien war offenbar verschoben worden. Dafür beschrieb der Vater ausführlich, dass Bismarcks Familie ebenfalls nach Frankfurt gezogen war und das Ehepaar sich um die Frankfurter Diplomatengesellschaft bemühte. Das Haus sei allen Besucher gegenüber sehr offen und gastfreundlich, Portwein, Sodawasser, Bier, Champagner und Burgunder wurden stets gereicht. Die Schilderungen der Empfänge, der Kleidung und der Orden langweilten Eduard, zumal er nicht verstand, warum sein Vater diesen Dingen überhaupt Beachtung geschenkt hatte. So erzählte er zum Beispiel von einem Gespräch eines Freiherrn von Holzhausen, Vertreter von einem Halbdutzend Kleinstaaten, mit dem Württembergischen Bundesgesandten von Reinhard. Die Herren sprachen über Bismarck, Karl von Sandersleben musste, seinen Notizen nach, zufällig Zeuge ihrer Unterhaltung geworden sein.

»So ein halbwilder Junker von jenseits der Elbe muss geduckt werden, der Mann hat keinen echten Adel«, meinte Freiherr

von Holzhausen. »*Unsereins stammt aus uraltem Frankfur-*
ter Patriziergeschlecht, wir waren immer reichsunmittelbar.«
   »*Aber Bismarck tritt vehement für die Adelsrechte ein*«,
widersprach Reinhard. »*Ich persönlich schätze den Mann.*
Er versteht einiges von der Jagd und ist ein flotter Tänzer!«

Man befand sich auf dem Ball der Lady Cowley, eine glänzende Veranstaltung. Hunderte von Spiegeln warfen die
farbenfrohen Bilder der Gäste zurück, als die Diplomaten
zum Kotillon antraten. Österreich tanzte, auch der belgi-
sche Gesandte Graf Briey und Lord Cowley selbst schwan-
gen das Tanzbein. Bismarck, heute allein, da seine Frau sich
nicht wohl fühlte, verfolgte etwas abseits das Geschehen.

»*Schauen Sie nur, Sandersleben*«, *meinte er und wies auf*
einen französischen Marquis. »*Der Mann wird sich noch die*
Knochen brechen, wenn er weiter so herumspringt. Frank-
reichs alter Adel war schon immer ein Vorbild.«
   Ich stimmte ihm zu, schrieb der Vater, *und lobte vor allem*
den Grafen Thun. »*Die Österreicher sind unverwüstlich‹*
sagte ich, ›nie nagt an ihnen der Zahn der Zeit.«

Der Ball dauerte bis vier Uhr morgens, und die übrigen
Schilderungen bezogen sich auf gewisse Kapriolen einer der
Töchter der Herzogin von Cambridge mit einem Herrn aus
Italien. Dieser hatte beim Tanzen derart innige Blicke auf
die tiefe Dekolletierung des jungen Fräuleins gerichtet, dass
diese ganz verwirrt wurde und seiner geflüsterten Aufforderung, mit ihm sogleich den Garten zu besuchen, beinahe
nachgekommen wäre. Doch die Herzogin, der das Geschehen aufgefallen war, folgte ihnen und griff beherzt ein. Mit
einer Backpfeife brachte sie das holdselige Töchterlein tränenreich auf den Pfad der Tugend zurück.

Eduard von Sandersleben blätterte ungeduldig weiter und entdeckte endlich Aufzeichnungen, die sich auf die geplante Reise des Vaters nach Wien bezogen. Er war schließlich ohne Bismarck aufgebrochen, den familiäre Angelegenheiten aufhielten. Nach einer umständlichen Schilderung der Zugfahrt kam der Berichterstatter ziemlich überraschend auf den Besuch eines Theaterballs im Theater an der Wien zu sprechen. Ein Besuch, der offenbar der Kontaktaufnahme mit einem Mittelsmann in Sachen Brief dienen sollte:

Im Raum herrschte ein großes Durcheinander. Damen in rauschenden Seide- und Brokatgewändern, mit Perlen und Juwelen geschmückt, flanierten, gleichsam umhüllt von betäubenden Düften, durch die Räume. Überall sah ich wangengerötete Gesichter im Feuer frischer Jugend, aber auch welche, die Spuren ihrer Jahre trugen und diese unter Puder und Schminke zu verdecken suchten. Über all diesem Hin- und Herwogen lag der helle Schein Hunderter von Kerzen. Stimmengewirr, durchbrochen durch lautes Lachen oder Zurufe und unterlegt von den Tönen eines Orchesters, bildete einen dichten Klangteppich. Ich stand an der Seite, nahe einer Nische, die den Hauptsaal von einem Nebenraum trennte, und sah gelassen dem bunten Treiben zu. Da fiel mir eine schlanke Gestalt auf, die in einem schwarzen faltenreichen Domino gekleidet war und das Gesicht mit einer dunklen Samtmaske verhüllt hatte. War das die Person, deren Nachricht mich hierher bestellt hatte? Ich sah, wie die Gestalt sich im Saal suchend umblickte. Eine Weile bewegte sich ihr Kopf hin und her, bis die Maske offenbar denjenigen entdeckte, nach dem sie Ausschau gehalten hatte. In nervöser Ungeduld schob sich der Domino in die entsprechende Richtung. Ich folgte seiner Bewegung. Offenbar galt sein Blick einer sehr jungen Frau, die eben am Arm eines älteren

Mannes langsam hinausging und sich dabei lächelnd Küh-
lung zufächelte. Sie trug ein raffiniert geschnittenes Kleid
aus blaßroter Seide, bei dem der Hals und ihr Nacken unbe-
deckt blieben und das Linien vollendeter Schönheit ahnen
ließ. Die zarte, helle Haut war von blendendem Schimmer,
ähnlich den Blüten, die sie auf ihrem Dekolleté trug. Ihre
Bewegungen wirkten träumerisch und weich, ihr Auftreten
dagegen stolz und selbstbewusst. Der Domino folgte ihren
Bewegungen mit lauerndem Blick. Der Begleiter der Dame
war weniger auffällig, aber ebenso elegant gekleidet. Beide
waren in ihr Gespräch vertieft und wandten sich, während
die Mehrzahl der Paare den Erfrischungsräumen zustrebte,
dem seitlich gelegenen Palmgarten zu. Die maskierte Gestalt
eilte ihnen nach, und, ich weiß nicht warum, ich folgte allen
dreien in einer solchen Entfernung, dass mir ein unauffälli-
ges Beobachten möglich war. Oben verschwand das Paar im
sogenannten japanischen Zimmer, der Domino glitt in den
daneben befindlichen Raum. Unten setzte die Musik wieder
mit einem Walzer von Strauss ein. Alles strebte zurück in den
großen Saal und in allen Räumen entstand ein Drängen und
Hasten. Auch aus dem japanischen Salon eilte man wieder
nach unten. Ich dagegen begab mich hinein und sah mich im
Raum aufmerksam um. In einer der Nische, die am Rande
des Salons lagen, saß das Paar. Sie schienen sich vor etwai-
gen Lauschern und unerbetenen Zuhörern sicher zu fühlen,
denn ihre Stimmen waren laut, ja erregt, und ich konnte an
der Seite, wo ich Platz gefunden hatte, jedes Wort verste-
hen. Die junge Frau sprach eben: »Mich hat niemand gese-
hen oder gar erkannt«, beteuerte sie. »Du irrst«, entgegnete
scharf ihr Begleiter. »Du bist mit Sicherheit erkannt worden,
du warst es, die jenen Mann im Prater traf.« Einen Augen-
blick schien es, als zögere die Frau mit ihrer Antwort, dann
aber erwiderte sie, wobei sie voller Leidenschaft von ihrem

Sitz aufsprang. »Wer das behauptet, irrt sich oder er lügt. Ich war gestern den ganzen Abend zu Hause. Und damit genug. Lass uns zurück in den Saal gehen, ich bin zum Tanzen, nicht zum Streiten hier!«

Jetzt erkannte ich die junge Frau, das heißt im Eigentlichen erkannte ich ihre Stimme. Kurz nach meiner Ankunft war mir im Hotel ein Billet überbracht worden, auf dem ich am folgenden Abend um acht Uhr in den Prater bestellt wurde. Dort angekommen, fand ich auf einer Bank eine ganz in Schwarz gekleidete Frau sitzen, deren Gesicht von einem Spitzenschleier verhüllt war. Sie sagte, sie habe mich wegen gewisser Briefe zu sprechen. Ich bat um eine genauere Erklärung und gerade wollte sie mir diese geben, da stand sie plötzlich auf. »Bitte folgen Sie mir nicht!«, bat sie mit von Schreck verstörter Stimme und entfernte sich in der anbrechenden Dämmerung. Am Tag darauf erhielt ich ein weiteres Schreiben, das mich zum Theaterball einlud. Aufgrund der schwarzen Kleidung hatte ich den schlanken Domino für die Unbekannte gehalten. Bei unserem Treffen waren wir also beobachtet worden, ich war gespannt, wie sich die Dame weiter aus der Affäre ziehen würde. Der Mann jedenfalls gab sich mit ihren Worten nicht zufrieden. Er packte ihre Hand und presste diese derart schmerzhaft, dass die Frau aufschrie. »Ich will die Wahrheit wissen«, stieß er zwischen den Zähnen hervor. »Gestehe, dass ich richtig gesehen habe. Ich selbst habe dich beobachtet! Jetzt antworte! Wer war der Mann? Ich habe ein Recht auf Antwort! Sprich!«

Als ich sein gewalttätiges Vorgehen mitbekam, erhob ich mich rasch, um die junge Frau zu beschützen. Doch inzwischen war der schwarze Domino unbemerkt in den Raum getreten. Ich sah, wie er sich leise dem streitenden Paar näherte. Gerade entgegnete die Frau trotzig ihrem Partner: »Du kannst mich nicht durch rohe Gewalt zwingen.

Wenn ich nicht will, gebe ich keine Auskunft!« Ihr Gegenüber hob schon die Hand, um sie zu schlagen, da zückte der Maskierte einen Revolver und drückte ab. Der Schuss krachte, der Mann hielt in der Bewegung inne, drehte sich zur Seite und brach tot zusammen. Wie erstarrt blickte die Frau auf den Liegenden, dann wandte sie sich langsam dem Maskierten zu. Nun geschah das für mich Unerwartete. Der Schwarzgekleidete zielte kurz in ihre Richtung und schoss erneut. Die Frau schrie auf, fasste sich an die Brust, auf der sich ein dunkler Fleck abzuzeichnen begann. Sie betrachtete ungläubig das Blut auf ihrer Hand und stürzte dann mit einer gleitenden Bewegung zu Boden. Ich rannte, ungeachtet der Gefahr, hinzu. Der Domino warf mir einen tückischen Blick zu, hob wieder die Waffe und drückte ab. Der erste Schuss traf knapp über mir einen der von der Decke hängenden Leuchter, der klirrend zersprang und alles mit Kristallsplitter übersäte. Beim zweiten Schuss versagte zum Glück die Waffe. Schon war ich bei dem Kerl und ergriff seinen Arm. Der Schütze warf den nutzlosen Revolver weg, riss sich los und rannte davon. Ich wollte ihm nach, doch ein Stöhnen der Liegenden ließ mich innehalten. Der Mörder nutzte mein Zögern und verschwand nach draußen. Ich eilte zu der jungen Frau und kniete neben ihr nieder, um ihr zu helfen. Vergeblich versuchte ich mit einem Tuch, die Blutung zu stillen. Während ich mich bemühte, öffnete sie den Mund und sagte etwas, das ich nicht verstand. Ich beugte mich vor. »Die Briefe«, hauchte sie, »die Briefe«, dann verstummte sie für immer. Ich schloss sachte ihre Augen und erhob mich. Vor mir lag das schöne Weib im blassroten Seidenkostüm und den weißen Blüten auf der mit Blut gefärbten Brust, das Gesicht seitwärts gewandt. Von unten klangen die Töne der Musik, die Kapelle spielte weiterhin fröhliche Walzer, niemand schien die Schüsse mitbekommen zu haben. Dann *endete im Saal die Musik, gleich würden die Tänzer aus dem Saal strömen. Es war an der Zeit für mich zu verschwinden, wollte ich nicht verdächtigt werden. Denn wenn mich jemand hier mit den Toten und der Waffe entdeckte, würde er sogleich glauben, ich hätte beide erschossen. Ich eilte aus dem Salon und hinab in das Foyer und von dort hinaus auf die Straße, wo in einer Seitengasse meine Kutsche wartete. In den nächsten Tagen forschte ich vergeblich nach der jungen Frau und ihrem Begleiter. In den Zeitungen suchte ich die Tat, ohne eine Zeile über diese zu entdecken. Dabei hätten doch die ersten Seiten von den geheimnisvollen Theatermorden berichten müssen. Auch zu den Namen der Opfer konnte mir niemand eine Angabe machen; fast war es, als wären die Morde nie passiert. Meine Versuche, dem Domino auf die Spur zu kommen, blieben ebenfalls ohne Erfolg, und missmutig reiste ich endlich nach Frankfurt zurück.*

Hier endeten die Aufzeichnungen seines Vaters.

Karl von Sandersleben war in Wien gewesen und hatte in der Stadt nach der Verfasserin der Briefe geforscht. Als der Sachse nach Frankfurt zurückkehrte, gab er noch am gleichen Tag Bismarck einen Bericht über seine dortige Suche und was er dabei erlebt hatte. Auf den ersten Blick hatte von Sandersleben nichts erreicht, dachte der Legationsrat. Doch dann hatte der Offizier diese seltsame Geschichte von dem Doppelmord im Theater und dem Fehlen jeglicher Nachricht über das Geschehen in der Wiener Presse und in den Protokollen der Polizei erzählt. Konnte es sein, dass der Dresdener einem Trug aufgesessen war? Aber irgendetwas musste Sanderslebens Auftreten bewirkt haben, denn seit dessen Wiener Reise waren weder ihm noch Scharlach neue Briefe zugegangen. Bismarck legte die Angelegenheit innerlich zu den Akten. Anderes hatte Vorrang. Noch vor der Reise des Sachsen waren Johanna und die Kinder nach Frankfurt gezogen. Sie bezogen eine komfortable Wohnung in der Bockenheimer Chaussee 40, weit draußen im Gartenviertel, und richteten sich häuslich ein. Bismarck gefiel die Villa, in der schon Rothschild und der Reichsverweser Erzherzog Johann gewohnt hatten. Die Empfangszimmer lagen auf der Vorderseite und ein gelb tapeziertes Zimmer diente ihm zur Arbeit. Die Rundvisiten wurden zu ihrer Zufriedenheit absolviert und Johanna lebte sich gut ein. Karl von Sandersleben besuchte ihn ein paar Mal, bevor er ihn für längere Zeit nicht mehr traf. Die Angelegenheit mit den Briefen trat wieder in den Hintergrund, bis Bismarck sie schließlich gänzlich vergaß.

Im Frühjahr dann, nach dem plötzlichen Tod des Fürsten Schwarzenberg, fuhr er selbst als Gesandter nach Wien. Gleich in den ersten Tagen seines Aufenthaltes merkte er, dass er hier eigentlich überflüssig war. Zwar wurde er überall überaus freundlich empfangen, und die Österreicher traten ihm durchaus liebenswürdig, wenn auch mit einem gewissen Dünkel entgegen. Aber er erkannte bald, dass der Anlass seiner Sendung, mit der neuen Regierung über wirtschaftliche Annäherungen zu sprechen, aufgefasst wurde, als habe Preußen das Bedürfnis, sich mit Österreich zu arrangieren. Daher reagierten die zuständigen Stellen auf die angebotene Zollunion sehr zurückhaltend. Und dies, obwohl er wusste, dass Wien regelrecht nach einer gemeinsamen Zollunion gierte. Am Abend wurde er zu einem halb privaten, halb offiziellen Ball eingeladen. Das Essen war wienerisch mit vielen Schmankerln und delikat, der gereichte Wein exquisit. Bismarck trank viel und genoss ausgiebig das Mahl. Aber die

Gesellschaft selbst langweilte ihn sehr. Katzbuckelnde Hof- und Legationsräte, zweitklassige Diplomaten und Kammerherrn. Dazu herausgeputzte Weiblichkeiten; die Fürstin Schönburg und Fürstin Bretzenheim, geborene Schwarzenberg, Schwester des verstorbenen Premierministers. Damen, die sich gegenseitig als ›Peppi‹, ›Jugerl‹, ›Wigerl‹ bezeichneten, darunter auch die bekannte Salonnière Frau von Meyendorff sowie ihre junge Freundin, die Baronin Rechberg. Man tratschte, klatschte, hechelte die Toilette der Damen durch, lästerte und stellte ihm indiskrete Fragen über das Befinden Johannas, die wieder schwanger war. Bismarck schätzte derartige Intimitäten wenig und verabschiedete sich, sobald es ihm möglich war. Beim Hinausgehen begegnete ihm, zu seiner Überraschung, der sardische Graf Baseno in bester Paradeuniform.

»Exzellenz, welch Freude Euch mal wieder zu sehen«, begrüßte dieser ihn, als ob sie alte Bekannte wären. »Ich hörte schon, Ihr wäret in Wien. Wie ist Euer Befinden und das Eurer werten Gemahlin? Ihr müsst mich einmal in meinem Haus besuchen und ein Spiel wagen.«

»Ich pflege nicht mehr zu spielen«, erwiderte Bismarck kühl, dem das Getue des Grafen zuwider war.

»Ja, ich hörte schon, Ihr würdet neuerdings ganz auf dem steinigen Pfad der Tugend wandeln«, entgegnete Baseno lachend. »Nun, jeder nach seinem Plaisier. Aber jetzt entschuldigt, dort sehe ich eine alte Bekannte, die Baronin Rechberg. Ich muss sie unbedingt sprechen. Ich hoffe, Sie dann einmal bald in meinem Hause zu begrüßen. Vielleicht finden Sie doch wieder Freude am Spiel.« Der Italiener eilte davon.

Bismarck sah dem unverschämten Kerl nach. Worauf hatte der Bursche mit seinen Worten über die ›Tugend‹ nur angespielt? Kurz überlegte er, ob er ihn fordern solle, ließ dies dann im Hinblick auf seinen Diplomatenstatus sein, zumal der Anlass beim ruhigen Besinnen banal war.

Einige Tage später reiste Bismarck im Dampfer von Gran nach Budapest zum kaiserlichen Hoflager, wohin er geladen worden war. Hier überreichte er dem jungen Kaiser, Franz Joseph war gerade zweiundzwanzig Jahre alt, mit einer tiefen Verbeugung sein Beglaubigungsschreiben. Der Kaiser begrüßte ihn mit einem freundlichen Nicken. Er schickte den Minister des Äußeren und alle Diener hinaus und gewährte Bismarck eine private Unterredung, eine hohe Auszeichnung. Franz Joseph, der älteste Sohn von Erzherzog Franz Karl und Prinzessin Sophie von Bayern, trat wie immer in Uniform auf. Während der Unterhaltung zuckte ein eigentümliches Mienenspiel um seine Lippen und ab und zu strich er über seinen Schnurrbart. Das Gespräch selbst war offen und freundlich. Dem Kaiser schien sehr an Gemeinsamkeiten gelegen zu sein.

»Nur keine Differenzen, lieber Herr von Bismarck. Wir deutschen Länder, allen voran Österreich und Preußen, müssen zusammenhalten, wenn uns das Ausland bedroht!«

Es folgten weitere Fragen zur Politik in Frankfurt und in Berlin; ja, Franz Joseph erkundigte sich sogar nach Johannas Befinden. Seitens des Kaisers war dies eine besondere Ehre.

Der Audienz schlossen sich ein Essen am Hof und ein Ausflug ins Gebirge an. Nach einem ländlichen Abendbrot gab es einen richtigen Operneffekt, man unternahm einen Fackelzug zu Pferde durch den dunklen Wald. Während der Preuße so im rot flackernden Licht dahinritt, links und rechts einen Fackelträger an der Seite, gesellte sich ein anderer Reiter zu ihm, ein Hauptmann, der Uniform nach ein Angehöriger eines ungarischen Husarenregiments. »Exzellenz gestatten, Baron Edelsheim«, stellte sich ihm der Offizier vor. »Ich stehe Ihnen, sollten Sie Fragen haben oder etwas benötigen, zur Verfügung.«

»Danke, derzeit habe ich keine Wünsche!«

»Dann vielleicht später in Wien? Ich soll Eure Exzellenz zunächst nach Ungarn und dann zurück nach Wien begleiten. In Wien wie auch in Ungarn bin ich gleichsam zu Hause.«

Die »Begleitung« klang eher nach einer Aufsicht als nach einem Adlatus. Aber wenn der Mann sich in Ungarn auskannte, umso besser. Der Baron hatte auch Wien erwähnt; Bismarck wusste nicht, was ihn zu seiner nächsten Frage veranlasste. Er wollte sich erst zurückhalten, erkundigte sich dann doch nach dem Mord im Theater, von dem ihn Sandersleben berichtet hatte. Überraschenderweise reagierte der Baron völlig unbefangen.

»Die beiden Toten im Theater an der Wien im letzten Jahr, meinen Exzellenz? Das war eine scheußliche Angelegenheit. Die Polizei vermutet, es handle sich um einen doppelten Liebesselbstmord. Der männliche Part, ein Graf Stallburg, übrigens mit guten Beziehungen zum Hof, hielt den Revolver noch mit seiner Rechten fest umklammert. Die Tote, ein Fräulein aus Ungarn, einige Zeit Gesellschafterin einer russischen Fürstin, war wohl seine Geliebte gewesen. Vielleicht hatte sie eine Heirat erhofft, was aus Familien- und Standesgründen natürlich unmöglich gewesen wäre. Um einen Skandal zu vermeiden, verhängte Justizminister von Bach, der Stallburg gut gekannt haben soll, sofort eine Nachrichtensperre und ordnete an, die Polizeiakten aus dem allgemeinen Kanzleiverkehr zu entfernen. Aber, wenn ich fragen darf, Exzellenz, warum interessiert Sie der Fall und woher wissen Sie von dem Geschehen?«

Bismarck gab zur Antwort, als Gesandter gäbe es vieles, was man wisse, höre und erfahre, aber da es sich um eine

Liebestragödie gehandelt habe, sei der Fall für ihn nicht weiter wichtig. Sie wechselten das Thema und ritten plaudernd weiter.

Teufel auch, dachte er später für sich. Sanderslebens Bericht hatte einen realen Hintergrund. Ihm schien, als wäre die Angelegenheit noch lange nicht erledigt. Dahinter steckte etwas ganz anderes, warum sonst hatten sich höchste Stellen derart bemüht, den Fall zu vertuschen? Und wer hatte dafür gesorgt, dass dem Opfer der Revolver in die Hand gesteckt worden war? Zudem hatte sich das Fräulein einige Zeit im Dienst einer Fürstin befunden. Standen die erwähnten Briefe damit im Zusammenhang? Er nahm sich vor, nach seiner Rückkehr nach Wien unauffällig weitere Erkundigungen einzuholen.

Zunächst aber ging es weiter nach Ungarn, zuerst nach Budapest, zur Burg von Ofen und dann nach Irsa, begleitet von einem Trupp galizischer Ulanen als Schutz gegen die Petyaren, Räuberbanden, welche das Land unsicher machten. Sie fuhren nach Keskemet über die weite, flache Grasebene. Am Horizont sah er galoppierende Wildpferde und immer wieder die Silhouetten von Mühlen und Ziehbrunnen. Am Himmel prahlten Scharen von Wildgänsen und Wildenten mit ihren Formationen. In Szolnok, einer Stadt an der Theiß, herrschte ein wahres Völkergemisch von Madjaren, Slowaken, Juden und Walachen. Alles lief bunt durcheinander, die Weiber trugen Kleider in den grellsten Farben und in der Luft lag der Geruch nach Feuer, Vieh und Dung. Bismarck fühlte, er war gänzlich im Balkan angekommen. Abends wurden Schweine am Spieß gebraten, dazu Mais mit Krebsschwänzen, Paprika und Schafskäse sowie feuriger Wein kredenzt. Der Wein stieg ins Blut und mit ihm die Laune. Die Bauern lärmten fröhlich, man erzählte alte Geschichten und die ungarischen Offiziere begannen, Volkslieder und allerlei Nationales zu singen. Bismarck war das Gelärme und Durcheinander schließlich zu viel und er zog sich in den anliegenden Garten zurück. Während er sich die Beine vertrat und den Duft der Blumen und der Sommernacht einatmete, trat plötzlich aus einem Pavillon ein junger Mann auf ihn zu. Der Preuße wich überrascht zurück, fasste sich aber schnell. Der Fremde war gut gekleidet und sicher kein Räuber, auch schien er unbewaffnet. Offenbar war er aus bestimmten Absichten hierher gekommen. Bismarck ging einen knappen Schritt auf ihn zu und hielt abwartend inne.

Der Mann kam vorsichtig näher. Im Licht des Mondes konnte Bismarck sein Gesicht erkennen. Es war sehr eben und jung, er schien ihm kaum älter als siebzehn Jahre zu sein.

»Was wünschen Sie, mein Herr?«, fragte der Preuße.

Der Jüngling antwortete in einer Sprache, die Bismarck nicht verstand, es mochte wohl ungarisch sein. Dann wechselte er plötzlich ins Französische.

»Es geht um meine Schwester, Herr«, sagte er mit schwerem Akzent. »Sie war Gesellschafterin bei der Fürstin Trubezkaja und ging mit ihr nach Wien. Das war im letzten Frühling. Und dann ist Dorina ermordet worden.«

»Wie kann ich Ihnen helfen?«, fragte Bismarck. »Ich bin nur ein Gast.«

»Sie sind ein vornehmer Herr aus Preußen, Sie können helfen. Ich will Gerechtigkeit für Dorinas Tod. Sie war die Ältere und hat mich nach dem Tod der Eltern aufgezogen. Ich bin es ihr schuldig, dass ihr Mörder bestraft wird.«

»Und die Polizei? Warum gehen Sie nicht zur Polizei? Einen Mörder zu suchen gehört zu ihren Aufgaben.«

»Nein, die hiesige Polizei vertuscht alles. Die wollen den wahren Mörder nicht finden. «

»Wer soll denn Ihre Schwester getötet haben?«

Da wurde die Verandapforte geöffnet und ein Trupp lachender Menschen kam nach draußen. »Helfen Sie!«, bat der Jüngling noch und verschwand so rasch wie er gekommen war. Bismarck blieb im höchsten Grade nachdenklich zurück. Ihm fiel das Gespräch ein, das er kürzlich mit Baron Edelsheim geführt hatte. War Dorina etwa die Tote aus dem Theater? Die Fakten klangen danach. Seltsam das Ganze, doch was ihn am meisten irritierte, war der Name der Fürstin. Er erinnerte sich der Begegnung mit der Fürstin Trubezkaja. Gut ein Dutzend Jahre war das nun her. Eine ganz eigene Begegnung, dachte er, wunderbar und berauschend. Aber den Namen Trubezkaja gab es häufiger im weiten Reich des Zaren. Nein, jene Dame, die er einst in seiner wilden Zeit an der Ostsee getroffen und mit ihr eine feurige Nacht verbracht hatte, und die genannte Fürstin waren sicher nicht identisch.

Bald kehrte er nach Frankfurt zurück. In Sachen Dorina unternahm er nichts, auch vergaß er bald die nächtliche Begegnung. Die folgenden Ereignisse bewirkten zudem, dass Bismarck sich mit anderen Themen beschäftigte. So reiste er im September 1853 nach einer Badekur in Norderney nach Hannover. König Georg V. hatte ihm angeboten, in seiner Regierung Minister zu werden. Er wurde überaus höflich empfangen und in der Nähe des Königs untergebracht. Was er sah, erfreute Bismarck wenig. Vor allem entsetzte es ihn, wie schlecht sich die Dienerschaft um den blinden König kümmerte. Das königliche Zimmer wurde äußerst nachlässig gereinigt, sein Schreibtisch war die reinste Ablage und auch sonst sorgten sich die Lakaien herzlich wenig um die Majestät. Bismarck nahm Abstand von einem Leben in Hannover, das ihm sehr einem Zerfall entgegenzustreben schien.

∞

Eduard bedauerte sehr, dass die weiteren Aufzeichnungen seines Vaters, wie er ihn weiterhin nannte, fehlten. Er hätte gern mehr über dessen Kontakte zu Bismarck erfahren. Aber auch so schienen ihm die vorliegenden Unterlagen sehr aufschlussreich zu sein. Wenn er die Fakten zusammenfügte, entstand durchaus ein deutliches Bild. Der Gesandte am Frankfurter Reichstag Otto von Bismarck war offenbar durch gewisse Briefe erpresst worden. Nur fragte sich Eduard von Sandersleben, inwieweit die beiden Wiener Toten mit dem Geschehen in Verbindung zu bringen waren. Die junge Frau hatte, nach Angaben des Vaters, mehrfach von »Briefen« gesprochen. Welche Briefe waren gemeint? Was hatten sie beinhaltet? War sie wegen ihnen ermordet worden? Wenn ja, von wem? Welche Rolle hatte der Maskierte, der sogenannte Domino, gespielt? Nein, dachte er, es sind einfach zu viele Fragen offen, auf die sich keine Antworten finden lassen; ich muss weiter forschen. Wo sollte er anfangen? Wo eventuell Zeugen der Ereignisse finden? Das schien unmöglich, zumal so viele Jahre vergangen waren.

Eduard kam vorerst nicht weiter. Er konnte sich einige Wochen nicht den Nachforschungen widmen, zu viel war in der Gesandtschaft aufgrund der allgemeinen Lage zu tun. Inzwischen wurde es Frühling, und die politischen Spannungen im Deutschen Bund, insbesondere zwischen Preußen und Österreich, nahmen immer mehr zu. Eduard merkte, wie sich in ihm ein eigenartiger Hass auf den vermeintlichen Verursacher des Geschehens, auf den preußischen Ministerpräsidenten Graf von Bismarck entwickelte. Dabei war dieser mit seinem Vater offenbar gut bekannt gewesen. Vielleicht aber erzeugte deswegen alles, was er von dem Mann hörte und las, in ihm eine geradezu irrationale Wut. Eines Tages verschaffte er sich sogar einen Revolver und schwor, den abscheulichen Tyrann, sobald es ihm möglich sei, eigenhändig zu töten.

Es war an einem Sonnabend. Er war wie im Rausch gewesen, hatte getobt und gebrüllt. Erst am nächsten Tag kam Eduard wieder zu sich und schämte sich für sein exaltiertes Verhalten. Um Buße zu tun, besuchte er die Messe und fastete den ganzen Sonntag über. Am Montag darauf kam ihm beides, sein Toben wie seine Buße, unangemessen vor. Abends traf er einige Freunde; man trank, rauchte Pfeife und diskutierte. Dem Kurs des Ministerpräsidenten stimmten die meisten zu und lobten ihn als eine lautere, unbestechliche Persönlichkeit, die genau wisse, was sie tue und was der deutschen Sache nützlich sei. Vorzeitig verließ er die Runde und eilte verärgert und doch voller Zweifel durch die nächtlichen Gassen Berlins in seine Wohnung nahe der Gesandtschaft. Dort holte er die Aufzeichnungen Onkel Georgs hervor. Er hoffte, in ihnen neue Munition für seinen Zorn zu finden. Tatsächlich stieß er in den Unterlagen auf die Wiedergabe eines Berichtes eines weiteren Treffens seines Vaters mit Otto von Bismarck im Spätsommer des Jahres 1854. Es handelte sich sozusagen um einen Text aus zweiter Hand, den der Onkel, wohl aus dem Original zitierend und im Gespräch mit dem Vater, erstellt hatte. Zum Zeitpunkt des ursprünglichen Berichts herrschte Krieg auf der Krim zwischen Russland einerseits und einer Allianz von Frankreich und England andererseits, zu der auch das Osmanische Reich gehörte. Für Bismarck stand dieses Thema naturgemäß im Mittelpunkt seiner politischen Arbeit. Dennoch schien er, den Aufzeichnungen nach, Zeit gefunden zu haben, sich mit dem mittlerweile schon mehr als zwei Jahre zurückliegenden Mordfall zu beschäftigen.

In der Öffentlichkeit war allerdings der Krimkrieg in aller Munde. Im Juli 1853 waren russische Truppen in die von Konstantinopel regierten Donaufürstentümer Walachei und Moldau einmarschiert. Nachdem alle diplomatischen Versuche zur Beilegung des Konflikts gescheitert waren, erklärte die Hohe Pforte, die türkische Regierung in Konstantinopel, Russland den Krieg, und es kam zu ersten Kämpfen. Im November griff die russische Schwarzmeerflotte den osmanischen Hafen Sinope an. Sie schossen sämtliche dort liegende türkische Schiffe in Brand. Bereits im Juni hatten Frankreich und Großbritannien ihre Mittelmeerflotten zu den Dardanellen gesandt, und diese beobachteten das Geschehen. Im März 1854 schließlich erklärten die Großmächte Russland ihrerseits den Krieg. Im folgenden Monat beschossen die alliierten Schiffe das russische Odessa und ein blutiges Gemetzel begann.

Das Treffen zwischen Bismarck und Karl von Sandersleben fand im folgenden August statt. Die Männer hatten sich lange Zeit nicht mehr gesehen; ob sie miteinander korrespondiert hatten, war aus dem Bericht nicht zu ersehen. Der Gesandte, so die wiedergegebene Darstellung des Vaters, empfing den Sachsen diesmal bei sich zu Hause. Die Herren aßen zu Abend und begaben sich anschließend in den Rauchsalon. Zunächst stand die aktuelle Tagespolitik, vor allem die Lage auf der Krim auf dem Programm.

»Was hält man in Berlin vom Krieg im Osten?«, fragte Sandersleben den Hausherrn.

»Die Frage der Moldaufürstentümer und der Walachei geht uns nichts an«, erwiderte Bismarck. »Preußen wird sich zurückhalten, wir lassen uns nicht in einen Feldzug gegen Russland ziehen.«

»Aber der Druck von England, dass wir in Deutschland seitens des Bundes mit in den Kampf eingreifen, wird immer stärker«, wandte der Gast ein.

»Man muss die Westmächte und Österreich hinhalten. Wir haben kein Interesse daran, eine Verschiebung des europäischen Gleichgewichts zu fördern. Die Österreicher wollen uns zu ihrem Nutzen in eine äußerst faule Sache hineinziehen. Mit dem ersten Schuss gegen Russland machen wir uns zum Prügelknaben der Alliierten, tragen die Hauptlast des Krieges und lassen uns später von Frankreich und Russland den Frieden vorschreiben. Nein, wir warten besser ab. Das schafft durchaus Vorteile. So sind wir heute eindeutig die Herren der politischen Situation. Alle bemühen sich um Preußen und die Mittelstaaten, also auch um Bayern, Sachsen, Hannover und Württemberg. Aber lassen Sie uns von der anderen Angelegenheit sprechen«, wechselte Bismarck den Gesprächsgegenstand. »Ich bin des Themas müde. Sind Sie mit Ihren neuen Nachforschungen weitergekommen?«

»Nun«, sagte von Sandersleben, »das eine Thema hängt aus meiner Sicht durchaus mit dem anderen zusammen. Ich bin mir sicher, dass wir hinsichtlich der Briefe und alles, was damit zu tun hat, erst zu neuen Erkenntnissen kommen, wenn geklärt ist, was die Fürstin Trubezkaja über die Angelegenheit weiß. Bei ihr war das tote Fräulein Dorina, ihr Familienname lautet übrigens Radványi, fast drei Jahre tätig war.«

»Was soll die russische Fürstin schon wissen?«, entgegnete Bismarck und in seiner Stimme glaubte der in Beobachtung geübte Sachse eine leichte Unsicherheit zu spüren.

»Das liegt doch auf der Hand, Exzellenz«, antwortete von Sandersleben. »Die Radványi war bei ihr Gesellschafterin. Sie erwähnte Briefe, wahrscheinlich hat sie der Fürstin private Korrespondenz oder gar dienstliche Schreiben ihres Mannes entwendet, die sie zu Geld machen wollte. Fürst Trubezkaja hat im Außenministerium eine hohe Position inne. Er wird vermutlich alles getan haben, um einen Skandal zu vermeiden, der durch die Veröffentlichung geheimer Papiere entfacht worden wäre. Wenn die Briefe politisch von Bedeutung sind, würde dies auch erklären, warum das

Fräulein sich brieflich an Sie beziehungsweise bei meinem Aufenthalt in Wien direkt an mich gewandt hat.«

»Wenn sie wirklich die Urheberin der Briefe ist«, gab Bismarck zu bedenken. »Aber, ich glaube, an Ihrer Auslegung könnte etwas daran sein«, stimmte er dann doch zu. »Einen Mord jedoch hätte der Fürst sicher nicht veranlasst – und die anderen Briefe werden dadurch nicht erklärt.«

»Möglicherweise handelte es sich um eine Art von Tarnung oder die Briefe stammen von einer anderen Person. Auszuschließen ist nichts. In Wien gibt es die seltsamsten Zirkel und Verbindungen. Nur ein Gespräch mit der Fürstin selbst könnte hinsichtlich der Briefe Klarheit bringen. Aber soviel ich weiß, befindet sie sich zurzeit mit ihrem Gemahl in Sewastopol.«

»Teufel auch, das ist gefährliches Kriegsgebiet. Was in aller Welt sucht die Fürstin dort?«

»Sie begleitet ihren Gatten während dessen Dienstreise auf die Krim, von wo die Trubezkajas zu einer Mittelmeerkreuzfahrt aufbrechen wollten. Dies ist wegen der Briten und Franzosen, die im Schwarzen Meer kreuzen, aktuell nicht mehr möglich. Auch soll, so wurde mir berichtet, der Fürst zusammen mit Fürst Menschikow die Verteidigung der Stadt vorbereiten, da befürchtet wird, die Alliierten würden in der Bucht von Jewpatorija, nördlich von Sewastopol, landen.«

»Und wie wollen Sie mit der Fürstin in Kontakt treten?«

»Sehr einfach, Exzellenz. Ich werde an Bord eines britischen Nachschubschiffes in das Schwarze Meer segeln.«

Eduard hielt vor Überraschung im Lesen inne. Der Vater sollte zum Schwarzen Meer gefahren sein? Davon wusste er nichts, seiner Erinnerung nach war der Vater damals zur Kur in Bad Kissingen gewesen, wo er an einer Lungenentzündung lebensgefährlich erkrankte und verstarb. Allerdings hatte Eduard, der zeitgleich auf einer Reise Holland besuchte, den Vater nicht mehr sehen können. Erst zur Beerdigung, der Sarg war nach Dresden überführt worden, kehrte er aus Amsterdam zurück. Vielleicht war der Vater in Wirklichkeit auf die Krim gereist? Oder war der im Text genannte Herr von Sandersleben gar nicht sein angeblicher Vater? Unruhig und neugierig zugleich las er weiter.

Wenige Tage später brach der angebliche Karl von Sandersleben zu seiner gefährlichen Unternehmung auf. Er reiste rheinabwärts nach Antwerpen und von dort per Schiff nach London, wo er sich ins Hauptquartier der Royal Navy, in die Old Admiralty, begab. Der Mann, den er treffen wollte, residierte im Admiralty House, einem Herrenhaus im Süden des Gebäudes. Bismarck wäre überrascht gewesen, wer von Sandersleben hier empfing. Es handelte sich um den Ersten Lord der Admiralität Edward Adolphus Seymour, 12. Herzog von Somerset. Von Sandersleben hatte dessen Sohn Edward Percy Seymour im letzten Jahr auf einer Bärenjagd in der Hohen Tatra kennengelernt und dieser empfahl ihn, ohne zu zögern, seinem Vater. Der Lord war ein kleiner, leicht gebückt gehender Mann, der ihn mit griesgrämiger Miene begrüßte.

»Sie wollen auf die Krim und hinein in die Festung Sewastopol?«, fragte er ohne weitere Einleitung. »Das ist gefährlich, die Krim ist Kriegsgebiet, und wir werden demnächst auf die Stadt vorgehen. Im Übrigen, wenn die Russen Sie entdecken, Herr von Sandersleben, werden Sie als Spion gehängt.«

Der Sachse schüttelte den Kopf. »Ich habe nicht vor, Mylord, zu spionieren, und schon gar nicht, mich erwischen oder gar töten zu lassen.«

»Nun, ich denke, Sie werden sich in Sewastopol gewiss etwas umschauen«, entgegnete der Brite mit schlauem Blick.

»Wir transportieren Sie sozusagen kostenlos zur Krim und Sie berichten uns, was Ihnen aufgefallen ist. Fair deal, mein Lieber. Nicht wahr?«

Drei Wochen nach diesem Gespräch erreichte von Sandersleben an Bord der HMS Southampton, einem ältlichen Linienschiff vierter Klasse, den Belagerungsring, den die Briten und Franzosen um die Krimfestung gelegt hatten. Er meldete sich auf HMS Agamemnon, dem ersten Linienschiff mit zusätzlichen Dampfantrieb und Flaggschiff von Konteradmiral Sir Edmund Lyons, der den Oberbefehl über die britische Schwarzmeerflotte innehatte. Es war mittlerweile Oktober geworden, am 12. September waren die Alliierten, wie erwartet, gelandet und hatten begonnen, Sewastopol einzuschließen. Seit dem 19. marschierten die Truppen landeinwärts und hatten in einer ersten Schlacht an der Alma die Russen geschlagen und zurückgedrängt. Zwei Tage nach seiner Ankunft war es dem Sachsen möglich, auf geheimen Wegen die Frontlinien unbeschadet zu durchqueren und ungesehen in die russische Festung zu gelangen. Der Bericht über diese Zeit war äußerst knapp gehalten. Eduard gewann beim Lesen den Eindruck, es läge nicht allein daran, weil dieser sozusagen aus zweiter Hand stammte. Eher mochte die lakonische Kürze damit zusammenhängen, dass Karl von Sandersleben als Kundschafter weitaus mehr Gründe gehabt hatte, sich in diese äußerst gefährliche Situation zu begeben, als für Herrn von Bismarck irgendwelche brieflichen Angelegenheiten zu klären. Auf diesen Hintergrund war der Onkel leider nicht eingegangen.

❧

Bismarck drehte den Brief, der ihm soeben zugegangen war, unschlüssig in der Hand. Er stammte von Karl von Sandersleben und schien direkt aus Sewastopol gesandt worden zu sein. Der Sachse wurde ihm langsam unheimlich. Wie hatte der Mann es nur geschafft, in die Festung zu kommen? Woher hatte er all sein spezielles Wissen über die Fürstin und was mit ihr und den Briefen zusammenhing? Gehörte von Sandersleben etwa einer politischen Geheimpolizei an, deren Mitglieder sich besonders auf den Diebstahl diplomatischer Dokumente und den Raub brisanter Briefe verstanden? Vor gar nicht so langer Zeit hatte sich in Berlin ein gewisser Alfred Töchen einen speziellen Ruf verschafft, indem er in verschiedene Gesandtschaften einbrach und die dort befindlichen Geheimpapiere kopierte. Der Mann war als ehemaliger Polizeiagent vom Fach und auch sonst mit allen Wassern gewaschen. Eines Nachts schwamm er durch die Spree und brach in die Moabiter Villa des Grafen Bresson, dem französischen Gesandten, ein. Bismarcks Vorgesetzter, Minister Manteuffel, stellte anschließend Töchen dazu an, sich durch Bedienstete Zugang zu den Depeschenmappen zu verschaffen, in denen auch die Korrespondenz des Königs enthalten war, um sich in seiner Stellung abzusichern. Der Agent nutzte die Gelegenheit, um seine neuen Informationen weiter zu verwerten und verkaufte sie an den Nachfolger Bressons, den Gesandten Moustier; pro Schreiben verlangte er dreißig Taler. Zu den Kunden des Agenten gehörte auch der Polizeipräsident von Hinckeldey. Bismarck hatte zufällig von dem Ganzen erfahren, wollte erst empört tätig werden, hielt sich dann aber vorsichtig bedeckt. Möglicherweise ließ sich sein Wissen später einmal verwenden. Auch meinte er bei seinem letzten Berlinbesuch den Grafen Baseno am Brandenburger Tor gesehen zu haben. Er hatte nach ihrer Wiener Begegnung über den Italiener einige Nachforschungen anstellen lassen. Viel war zunächst nicht herausgekommen, außer dass Basenos Ruf nicht gerade der beste war.

Von was er lebte und welche Geschäfte er in Wien betrieben hatte, blieb ebenfalls ungeklärt. Bismarck ließ nicht locker und fasste nach. Da hörte er Gerüchte, die Baseno als eine Art von Kundschafter beschrieben. Er sei stets gut informiert, hieß es, und wisse viel über jeweiligen Absichten der Regierungen in Wien, Turin, Paris und St. Petersburg. Für Bismarck waren dies sehr eindeutige Hinweise.

In Berlin befand sich in Basenos Begleitung ein durchaus bekannter Wiener Finanzier. Was verband die ungleichen Männer und was hatte sie nach Berlin geführt? Er überlegte, Hinckeldey in dieser Angelegenheit demnächst auf den Zahn zu fühlen. Von Sandersleben jedenfalls hatte nie Geld von Bismarck für seine Nachforschungen und Informationen verlangt – er war bestimmt kein Verräter! Aber der Sachse verfolgte gewiss auch eigene Interessen, und dies mit großer Akribie; davon war Bismarck überzeugt. Unter Umständen konnte der Mann gefährlich werden; vielleicht sollte er ihn daher ebenfalls beobachten lassen. Doch das hatte vorerst Zeit. Bismarck öffnete endlich das Schreiben. Es handelte sich in der Tat um den erwarteten Bericht aus Sewastopol:

Balaklawa, 20. Oktober 1854
Exzellenz, werter Herr von Bismarck, in Sewastopol ist der Teufel los. Schon als ich eintraf, ich war an den Leutnant Kornilow verwiesen worden, einem jüngeren Verwandten des gleichnamigen Admirals, entkam ich nur knapp dem Tod.
»Eine Granate, links!«, schrie ein Soldat. Ich warf mich mit anderen zur Seite. Dennoch schmetterte das Geschoss fünf Männer zu Boden; einige waren sofort tot, anderen wurden Arme und Beine abgerissen. Blut spritzte, Körperteile flogen umher. Die Geschütze, die das Ziel gewesen waren, blieben dagegen unversehrt. Krankenträger waren zum Glück

gleich zur Stelle und transportierten die Verwundeten zum Verbandplatz.

Neue Männer traten an die Geschütze, während ich Deckung suchte, da der Beschuss weiterging. Man feuerte aus allen Rohren, weitere Granaten schlugen in die Brustwehr ein und fegten große Teile des Mauerwerks hinweg. In einer Pause rannte ich davon, kurz darauf traf eine Granate die gleiche Stelle. Ein ohrenbetäubendes Krachen erfolgte und ein gutes Dutzend Kanoniere lag von den Eisenfetzen des Geschosses zerschmettert tot auf der Erde. Wie ich in das Stadtinnere gekommen bin, weiß ich bis heute nicht. Granaten und Vollkugeln flogen aus allen Richtungen herbei und schlugen mit gewaltigem Krachen ein. Schließlich erreichte ich die Straße, in der sich am unteren Ende das Haus befand, in dem der Fürst und die Fürstin Unterschlupf gefunden hatten. Im gleichen Augenblick stieg von dort ein mächtiger Feuerstrahl senkrecht durch Rauch und Dampf in den glühenden Himmel empor und ein Riesendonner übertönte das heisere Brüllen der Kanonen. Ein neben dem Haus gelegenes Pulvermagazin war von Brandgranaten getroffen worden und in die Luft geflogen. Ich selbst wurde, trotz der großen Entfernung vom Geschehen, durch den Druck zu Boden geworfen, doch zum Glück nicht weiter verletzt. Und als ich schließlich am Hause ankam, lag alles in rauchenden Trümmern. Von Ekaterina Trubezkaja und ihrem Mann fand sich keine Spur mehr, sie sind offenbar der Explosion zum Opfer gefallen. Ich schreibe, wie Sie oben sehen können, aus Balaklawa, in das ich aus den Schrecken von Sewastopol entkommen konnte. Doch leider sieht es so aus, als ob die Briten und Franzosen hier ihre nächsten Angriffe ansetzen würden. Seit gestern liegt die Gegend unter Dauerbeschuss. Ich melde mich wieder, wenn ich weiß, wie es weitergeht. Aber einen Hinweis noch, ich habe den Ein-

druck aus Gesprächen mit Engländern und Russen gewon-
nen, dass sich in Berlin ein Nachrichtenring gebildet hat,
der alle Kriegsparteien mit geheimen Informationen ver-
sorgt. Vielleicht stammen die bewussten Schriften aus dem
gleichen Umfeld ...

Bismarck legte den Brief gedankenvoll zur Seite. Die Fürstin
Trubezkaja war tot! Ihr Vorname hatte Ekaterina gelautet,
und sie war die Frau gewesen, mit der er damals jene wunderbare Sommernacht verbracht hatte. Er strich sich über
die Stirn. Der Tod war eine entsetzliche Macht, er zog jeden
in seinen schwarzen Abgrund. Aber noch ging sein Leben
weiter. Sanderslebens abschließender Hinweis passte zu den
jüngsten Ereignissen. Fast schämte er sich, an dem Sachsen
gezweifelt zu haben. Dessen Mission war erfüllt, die Fürstin
war tot, sie konnte nicht mehr zu den Briefen und Dorina
befragt werden. Um alles andere würde er sich selbst zu
kümmern haben. Demnächst reiste er von Frankfurt wieder nach Berlin, Manteuffel hatte ihn zu Beratungen einbe-
stellt, da konnte er mit seinen Nachforschungen beginnen.
Ekaterina, noch einmal sah er ihr Bild in jener Nacht vor
seinen Augen ...

Im Januar traf Bismarck wieder in Berlin ein. Neben den
Gesprächen im Ministerium nutzte er die Zeit, um eigenen
Recherchen hinsichtlich des Spionagerings nachzugehen.
Die Angelegenheit schien ihm dringlich, dies um so mehr,
da von Sandersleben seit dem Oktoberbrief, der kurz vor
der schrecklichen Schlacht von Balaklawa abgesandt worden war, nichts mehr von sich hatte hören lassen. Er nahm
mit dem Polizeipräsidenten Karl Ludwig Friedrich von Hinckeldey Verbindung auf. Hinckeldey galt als sehr impulsive Persönlichkeit. Er war mit vielen Reformideen ins Amt

gekommen und hatte diese tatkräftig auf die Bahn gebracht. Dadurch erwarb er sich bald das Vertrauen des Königs und erlangte auch im Bürgertum breite Anerkennung. Kontroversen gab es dagegen mit dem Adel, gegenüber dem Hinckeldey in Rechtsangelegenheiten strenge Neutralität, ja beinahe Ablehnung zeigte. Bismarck schätzte ihn nicht, er lehnte seine Methoden ab und er verübelte ihm seine Haltung gegenüber der Kreuzzeitung. Doch aktuell war ein diplomatisches Vorgehen angesagt, um an die notwendigen Informationen zu gelangen. Er suchte Hinckeldey angeblich wegen einer Lappalie in seiner Wirkstätte auf. Dieser begrüßte ihn höflich, begegnete ihm aber sonst mit kühler Distanz. Bismarck ließ sich nicht irritieren und erwiderte die Kälte mit betonter Freundlichkeit. Die Herren saßen in Hinckeldeys Büro, rauchten Zigarre und unterhielten sich über die städtische Sicherheitslage. Schließlich lenkte Bismarck das Gespräch vorsichtig auf das Thema der Spionage.

»Mir ist zu Ohren gekommen«, begann er und zog genüsslich an seiner Havanna, »seit einiger Zeit erlebe Berlin einen wahren Zustrom von fremden Besuchern, die sich für dies und das und vor allem für militärische Geheimnisse interessieren. Nicht einfach für die Polizei, da einen Überblick zu behalten.«

Hinckeldey stimmte mit einem Nicken zu, zeigte aber sonst kein Interesse am Thema. Der Gesandte ließ sich nicht irritieren und sprach weiter. »Ich selbst glaubte kürzlich, es war im Dezember, Unter den Linden den Oberst Graf Baseno zusammen mit einem Herrn aus Österreich gesehen zu haben«, fuhr Bismarck fort. »Ich lernte den Oberst vor Jahren in Wiesbaden kennen. Er dient, soviel ich weiß, in der Armee Sardiniens. Was ihn wohl nach Berlin geführt hat?«

»Baseno ist ein gefährlicher Mann«, entfuhr es dem Polizeichef, »ein Spieler und Frauenheld, obwohl er verheiratet ist. Er soll für die Osmanen und gleichermaßen für die Russen spionieren!«

Bismarck lächelte still vergnügt. Er hatte es geschafft, den Polizeigewaltigen zum Reden zu bringen. »Hat er auch mit dem Bankier Thomas zu tun?«, hakte er nach.

Hinckeldey fing sich wieder und schüttelte entschlossen den Kopf.

»Nein, Herr von Bismarck, mehr erzähle ich Ihnen nicht. Besuchen Sie doch die Baronin Rechberg, vielleicht kann die Dame Ihnen weiterhelfen.«

»Rechberg? Ist die Baronin eine Verwandte des Diplomaten Bernhard von Rechberg?«

»Die Baronin ist gebürtige Wienerin, weiter kann ich Ihnen nichts sagen«, erwiderte der Polizeipräsident. »Und wenn Sie jetzt entschuldigen, ich habe einiges zu tun.«

Wortlos erhob sich Bismarck, grüßte kurz und verließ das Büro Hinckeldeys. Den Namen der Baronin hatte er bereits gehört, er war ihr einmal in Wien begegnet. Baseno war mit ihr bekannt. Was hatte dieser Italiener mit der Frau zu schaffen?

Bereits am nächsten Tag ergab sich unerwartet die Gelegenheit, mit der Baronin persönlich ins Gespräch zu kommen und ihr die eine oder andere Frage zu stellen. Elise von Hohenhausen gab eine ihrer literarischen Teegesellschaften. Bismarck, der die Freifrau und Literatin in der Gründungsphase der Kreuzzeitung kennengelernt hatte, wurde ebenfalls in die Krausenstraße 10 eingeladen, wo ihm Hildegard von Varnbüler, Tochter des württembergischen Staatsmannes Karl Freiherr von Varnbüler und – zu seiner Überraschung – die Baronin Rechberg vorgestellt wurden.

Zunächst aber nahm ihn die Schwäbin, eine reizvolle junge Frau von einundzwanzig Jahren, völlig in Beschlag. Sie schien über alle seine politischen Aktivitäten umfassend informiert zu sein. Sie lobte vieles, was er zur aktuellen Situation gesagt hatte, zeigte sich aber, da in Württemberg geboren, als scharfe Kritikerin seiner Haltung gegenüber Österreich. Schließlich trat der Freiherr von Spitzemberg hinzu und entführte sozusagen das Fräulein. Endlich konnte sich Bismarck der Baronin widmen, die dem Gespräch mit gelangweilter Miene gefolgt war. Die Baronin war ebenfalls jung, gerade vierundzwanzig Jahre alt, doch bereits Witwe, denn ihr Mann, der Baron Rechberg, war vor drei Jahren in einem Duell tödlich verwundet worden. Seitdem lebte sie allein in den Mauern eines verfallenen Adelspalastes in der Altstadt Wiens, wenn sie nicht reiste und auf dem einen oder anderen Ball oder in den Salons anzutreffen war. Dort hatte Bismarck sie vor drei oder vier Jahren kurz kennengelernt. Die Baronin galt, trotz der melancholischen Linien, die seit dem Tod ihres Mannes in ihren Gesichtszügen zu sehen waren, als eine wahre Schönheit. Das schmale, blasse Gesicht mit der feinen, leicht gebogenen Nase und den geschwungenen Brauen über den blauen Augen zeigte stille Nachdenklichkeit. Dagegen ließen sich in ihren lebhaften Bewegungen ein unstillbares Temperament und eine frische Jugendlichkeit ablesen. Eine interessante Gesprächspartnerin, dachte Bismarck. »Man sagte mir«, wandte er sich ihr zu, »Sie stünden in Kontakt mit Ihrem Landsmann Bankier Thomas?«

Die Baronin antwortete nicht auf diese direkte Ansprache, sondern sah ihn nur fragend an, als ob ihr der Name nichts sagen würde. Bismarck ging über ihr Schweigen hinweg und stellte die nächste Frage: »Auch den Grafen Baseno sollen Sie gut kennen?«

»Baseno ist ein übler Schuft«, stieß sie mit Bitterkeit hervor. »Ihn zu kennen, heißt, sich mit Schmutz zu besudeln.«

»Hat Baseno Ihnen etwas zu leide getan?«, hakte Bismarck nach. »Sagen Sie mir, was geschehen ist, ich werde mich bemühen, Ihnen zu helfen.«

Die Baronin betrachtete ihn abschätzend. »Ich habe viel von Ihnen gehört, Herr von Bismarck«, sagte sie leise. »und nicht alles, was ich hörte, hat mir gefallen. Sie haben in Ihren frühen Jahren einige böse Streiche ausgeführt. Doch sollen Sie, so wurde mir bedeutet, seit Ihrer Heirat eine Kehrtwende vollzogen haben. Aber als Gesandter sind Sie unberechenbar.« Sie hielt inne und prüfte ihn erneut mit ihren hellen, wachen Augen. »Ich will Ihnen vertrauen, mir bleibt ohnehin keine andere Wahl, wenn ich nicht im Unheil und verderblichen Morast versinken will. Ich werde Ihnen erzählen, was ich weiß. Doch hier ist nicht der richtige Ort dafür. Besuchen Sie mich morgen Nachmittag um drei im Hotel de Petersbourg, dann können wir miteinander reden.«

∽◦∾

Die nächste Notiz des Onkels war eindeutig. »Mein Bruder Karl von Sandersleben ist am 26. Oktober 1854 in der Schlacht von Balaklawa bei einem Ausfall aus der Stadt ums Leben gekommen. Damit ist ein wichtiger Zeuge der Ereignisse um und mit Bismarck nicht mehr am Leben, genauso wie die Fürstin Ekaterina Trubezkaja und andere Figuren des dramatischen Geschehens«, hatte der Onkel geschrieben. »Ich bin voller Trauer.«

Eduard hielt inne. Sein Vater war demnach für Bismarck als eine Art Kriegsberichterstatter oder Kundschafter unterwegs gewesen. Aufgrund dieser Tätigkeit geriet er in die Schlacht von Balaklawa und kam dabei ums Leben. Er war nicht in Bad Kissingen gestorben, das hatte man ihm und seiner Mutter nur aus Gründen der Tarnung erzählt. Bismarck hatte ihn sozusagen beauftragt, auf die Krim zu reisen; somit war er verantwortlich für den Tod Karls von Sandersleben! Für den Tod des Mannes, der Eduard an Kindes statt angenommen hatte, den er immer als Vater gekannt und geliebt hatte. Obwohl, auch anderes mochte den Vater auf die Krim geführt haben. Dennoch blieb Bismarck für ihn der Verursacher des unglücklichen Geschehens. Aber Eduards eigentlichen Erwartungen, dass durch die Reise nach Sewastopol Bismarcks Schattenseiten aufgedeckt und irgendwelche finstere Untaten ans Tageslicht gezerrt werden würden, waren letztlich enttäuscht worden. Bislang hatten die Berichte lediglich den Eindruck vermittelt, der Graf sei in seiner Jugend kein Kostverächter gewesen, sondern ein Mann, der munter drauflos gesoffen und einige Weibergeschichten gehabt, später aber sein politisches Talent entdeckt und seitdem den banalen Genuss der Sinnesfreuden mit der Gier nach Macht und Einfluss vertauscht habe. Was ihn, Eduard, abschreckte und verärgerte, war der berechnende Umgang mit den Menschen und die arrogante Ablehnung jeglicher sozialer und liberaler Wertvorstellungen. Bismarck war und blieb ein preußischer Junker! Und er selbst? Nun, er war ziemlich von seinen eigentlichen Themen abgekommen. Zum einen festzustellen, wer er wirklich war, und zum anderen, einen Weg zu finden, wie dem weiteren Wirken des Preußen ein Riegel vorzuschieben wäre. Jedenfalls hatte er sich in den Aufzeichnungen Onkel Georgs beziehungsweise in denen seines Vaters festgelesen und sollte sich womöglich um ganz andere Dinge kümmern. Eduard von Sandersleben schob das Papierbündel beiseite und griff nach einer Zeitung, die ihm sein Diener Ferdinand vor gut zwei Stunden ins Zimmer gebracht hatte. In ›Neueste Nachrichten‹ hieß es:

›Wie die Kasseler Zeitung meldet, werden am 8. des Monats österreichische Truppen durch Bayern über Hanau kommend in vier Zügen über die Main-Weser und die Hannover'sche Bahn nach Holstein gebracht werden. In Berlin empfing am 3. des Monats Seine Majestät der König den von Sankt Petersburg eingetroffenen russischen General Sievers, dann den italienischen General Govonne, der mittlerweile nach Turin zurückgekehrt ist.‹

Das sah nach Krieg aus. Am besten, er packte seine Koffer, verließ Preußen und kehrte ins heimische Dresden zurück, bevor er hier arretiert wurde. Als Offizier war es seine Pflicht, im Falle der Bedrohung seines Vaterlandes, in die Heimat und zu den Fahnen zu eilen. Denn wenn Preußen gegen Österreich Krieg führte, war Sachsen ganz sicher auf der Seite seines seit Maria Theresias Zeiten bestehenden Bündnisses mit dem Habsburger Reich. Nur Wien konnte das alte Reich wieder auferstehen lassen, nur Wien! Er klingelte nach dem Diener und gab ihm die nötigen Anweisungen. Zwei Stunden später stand Eduard von Sandersleben am Bahnhof und wartete auf den Zug nach Sachsen. Onkel Georgs Schriften würden ihm die Reisezeit verkürzen. Endlich kam der Zug, er stieg ein, setzte sich in ein freies Abteil erster Klasse und begann, weiter im Text zu lesen.

❦

Punkt drei Uhr traf Otto von Bismarck im Unter den Linden gelegenen Hotel de Petersbourg ein. Die Baronin, die dort einige Zimmer gemietet hatte, erwartete ihn im Salon, wohin ihn ein adrettes Mädchen führte. Frau von Rechberg legte ein Buch zur Seite und reichte dem Eintretenden eine Hand, die Bismarck galant küsste.

»Setzen Sie sich, Herr von Bismarck, und erzählen Sie mir, was Sie gestern nach Graf Baseno und dem Bankier Thomas fragen ließ. Marie wird uns Tee bringen und anschließend sind wir ungestört. Wenn ich weiß, was Ihre Motive sind, kann ich Ihnen genauere Auskunft geben.«

Bismarck nickte mit einer gewissen Zurückhaltung. Er war gekommen, um Informationen zu erhalten, nicht um welche zu geben. Der Tee kam, das Mädchen servierte und verließ den Salon. Bismarck trank vorsichtig einen Schluck, Tee war ihm eigentlich zuwider, und lehnte sich zurück.

»Es geht um Spionage, gnädigste Baronin. Ich denke, das muss Ihnen genügen!«

»Spionage? Meine Güte! Aber wie kann ich Ihnen dabei helfen?«

»Wie ich sagte, Baronin, und ich hatte den Eindruck, der Graf sei Ihnen im Negativen bekannt.«

»Ach, Herr von Bismarck, Sie spielen auf meine impulsive Reaktion an, als Sie Basenos Namen erwähnten. Das dürfen Sie nicht so ernst nehmen, ich war gestern etwas nervös und hatte Migräne. Gewiss, ich bin Baseno in Neapel und in Wien begegnet und fand ihn – nun, sagen wir interessant. Aber es hieß, er sei ein Frauenheld, der einer Dame nur Unglück brächte. Ein Ruf, der mich natürlich Distanz wahren ließ. Später hörte ich in Wien von Duellen und der Teilnahme an Glücksspielen. Mehr kann ich Ihnen zum Grafen Baseno nicht sagen. Und der andere Name, den Sie erwähnten …« Die Baronin sah ihn fragend an.

»Thomas, Bankier Thomas«, half Bismarck weiter.

»Thomas also. Den Herrn kenne ich nicht, auch seinen Namen habe ich nie zuvor gehört.«

Bismarck war über diese Aussage überrascht und verwundert. Gestern hatte sich das Ganze anders angehört. Was mochte die Baronin dazu getrieben haben, ihr zweifellos vorhandenes Wissen über Baseno heute zu leugnen? Bei ihrer letzten Begegnung in Wien hatte der Graf behauptet, die Baronin treffen zu wollen – und sie wollte den

Mann kaum gekannt haben! Das Gespräch wurde belangloser, sodass sich Bismarck verabschiedete, wobei er sich bemühte, seine Verärgerung über das Verhalten der Baronin nicht deutlich werden zu lassen.

Am nächsten Tag erfuhr er, die Dame sei plötzlich abgereist und wahrscheinlich zurück nach Wien gefahren. Bismarck selbst kehrte am 18. Januar nach Frankfurt zurück.

Im Februar wurde dort der österreichische Bundesgesandte abberufen; sein Nachfolger wurde Graf von Rechberg und Rothenlöwen. Von der Baronin Rechberg hörte Bismarck indes nichts mehr. Die Frage nach dem Grund der Anwesenheit des Grafen Baseno in Berlin blieb ungeklärt. Dass der Mann vom Glücksspiel lebte und davon, dass er Dinge wusste, war allerdings offensichtlich. Der Graf war ein Kundschafter und Agent, das stand außer Frage. Deswegen war Bismarck, als er Baseno Unter den Linden flanieren sah, gleich der Gedanke an Spionage gekommen. Vom Bankier Thomas hingegen war bekannt, dass der Finanzmann gern mit Staatsanleihen spekulierte und wohl in österreichischem Auftrag handelte. Das zumindest hatte der alte Rothschild in Frankfurt erzählt. Baronin Rechberg kannte beide Männer und stand irgendwie mit ihnen in Verbindung, davon war Bismarck nach dem Besuch fest überzeugt. Nun hätte er allzu gern gewusst, welcher Art diese Bekanntschaft war und ob sie mit den Ereignissen auf der Krim und in Wien zusammenhingen. Aber früher oder später würde er die Wahrheit erfahren, tröstete er sich. Jetzt allerdings war anderes wichtig.

INTRIGEN UND KRIEGE

In demselben Jahre benutzte ich die Ferien des Bundestags zu einem Jagdausfluge nach Dänemark und Schweden. In Kopenhagen hatte ich am 6. August eine Audienz bei dem Könige Friedrich VII. Er empfing mich in Uniform, den Helm auf dem Kopfe, und unterhielt mich mit übertriebenen Schilderungen seiner Erlebnisse bei verschiednen Gefechten und Belagerungen, bei denen er gar nicht zugegen gewesen war. [...] Während der Unterhaltung sah ich in einer anstoßenden sonnigen Gallerie einen weiblichen Schatten an der Wand; der König hatte nicht für mich, sondern für die Gräfin Danner geredet, über deren Verkehrsformen mit Sr. Majestät ich sonderbare Anekdoten hörte.

Otto von Bismarck. Gedanken und Erinnerungen, Band 1. IX. Kapitel

~@~

Premierleutnant von Sandersleben galoppierte ziellos über die Weite des Schlachtfeldes. Immer mehr glich es dem feuerspeienden Krater eines Vulkans; wo sich die eigenen Stellungen befanden, vermochte der Offizier nicht mehr auszumachen. Entsetzt nahm er das schreckliche Schauspiel wahr, das sich unterhalb der eigenen Position darbot. Es war der Standort einer Batterie. Die Männer an den Geschützen arbeiteten wie schwarze Teufel. Ihre Uniformen waren mit einer dicken Kruste aus Pulver, Erde, Schweiß und Blut bedeckt. Kugeln schlugen krachend in die Linien, Verwundete schrien auf, alles war in einem Taumel der Vernichtung und Zerstörung getaucht. Von Sandersleben ritt weiter, da tauchte plötzlich von der Seite ein Trupp preußischer Ulanen auf. Sie attackierten ihn sofort, schon waren zwei Reiter über ihn. Von Sandersleben zog seine Pistole, zielte, schoss – und fehlte. Einen wehrte er mit dem Säbel ab, dann traf ihn der Schlag. Der Premierleutnant griff sich mit der Linken an die Brust. Er war verwundet, ein brennender Schmerz breitete sich aus. Er umfasste ihn mehr und mehr, war wie ein grimmiges Feuer, das sich gierig in seinen Leib fraß. Er ließ den Säbel los, kippte nach hinten und stürzte rücklings vom Pferd hinab auf den Boden. Der Schlamm dämpfte den Fall, dennoch war der Aufprall derart hart, dass ihm die Sinne schwanden. Sein letzter Gedanke galt dem Mann, mit dem er sich innerlich die ganze Zeit beschäftigt hatte; seinetwegen war er heute Morgen aufgebrochen. Er galt Otto Graf von Bismarck, dem Ministerpräsidenten des feindlichen Königreichs Preußen und – es wurde dunkel um ihn.

◦≫◦

Batterie auf Batterie fuhren die Österreicher auf und führten weitere frische Bataillone ins Gefecht. Es wurde klar, die I. Armee focht gegen einen an Zahl erheblich größeren Gegner und die eigene Siegeschancen schienen mehr und mehr zu schwinden. Doch immer wieder zeigte sich die Überlegenheit der preußischen Hinterlader, die angreifenden Österreicher fielen in Massen unter dem starken Feuer. Auf die bereits auf Benateck vordringenden Angreifer hieben jetzt die Magdeburger Husaren ein und hielten einer Attacke der mehrfach überlegenen Formationen der Ungarn, Slowenen, Steiermärker und Kärtner stand. Dennoch war abzusehen, dass dem Feind bald der Durchbruch gelingen würde. Eine letzte Hoffnung setzte Feldherr Moltke, wie er Bismarck erklärte, auf den Anmarsch der Armee des Kronprinzen gegen den rechten Flügel des Feindes. Moltke war sich sicher, dass dort die Entscheidung der Schlacht fallen würde. Bismarck hingegen hoffte, dass die Nacht käme oder der blutige Kampf ein Ende fand. Denn das unmittelbar vor ihm wogende Gefecht bei Sadowa schien sich immer schlechter zu entwickeln. Von Lipa brüllte ununterbrochener Geschützdonner von nahezu zweihundert Kanonen herüber, die eigenen Verluste stiegen unaufhörlich. Alle Ferngläser richteten sich suchend nach der Gegend, in der die Spitzen des kronprinzlichen Heeres als Erstes zu sehen sein mussten. Nichts! Bismarck warf einen verstohlenen Blick auf Moltke. Dieser wirkte nach wie vor vollkommen gelassen, ja fast gleichgültig gegenüber der Krise. Etwas nervös zog Bismarck sein Zigarrenetui hervor und bot dem Feldherrn eine an. Dieser dankte, warf einen prüfenden Blick auf die im Etui enthaltenen Sorten und wählte bedachtsam die beste aus. Der Graf atmete auf; es konnte wohl nicht völlig verzweifelt stehen, zumindest hoffte er das …

Im Sommer 1855 lud der preußische Gesandte in Paris, Graf Hatzfeldt, Bismarck zu einem Besuch der Industrieausstellung ein. Er glaubte offenbar, in Bismarck den Nachfolger Manteuffels im Auswärtigen Amt begrüßen zu dürfen. Auch Graf Redern, den Bismarck in Paris traf, bestätigte, man gehe allgemein davon aus, dass er zum künftigen Außenminister bestimmt sei. In Paris erlebte Bismarck den Napoleonstag am 15. August und wurde einige Tage später sogar Königin Victoria von England und ihrem Gemahl Prinz Albert vorgestellt, die Versailles besuchten, wo ihnen zur Ehre ein Ball stattfand. Königin Victoria begrüßte Bismarck auf Deutsch und sprach deutsch mit ihm. Aber er spürte eine gewisse Distanz, sie schien nicht viel von ihm zu halten, was ihn etwas kränkte. Das Fest selbst, vor allem das Souper kam ihm merkwürdig vor. Die geladene Gesellschaft speiste in drei Klassen. Den Gästen wurde beim Eintreten eine Karte mit einer Nummer überreicht. Die Karten der ersten Klasse enthielten dabei die Namen der an dem jeweiligen Tisch sitzenden Damen beziehungsweise der Dame, die den Vorsitz innehatte. Die Tische selbst waren für fünfzehn bis zwanzig Personen gedeckt. Bismarck wurde beim Eintreten eine Karte zum Tisch der Gräfin Valeska übergeben. Er erstaunte, als er dort die Baronin Rechberg entdeckte, die ihm als Nebensitzerin zugeordnet worden war. Auf der anderen Seite der Baronin hatte man den Fürsten Pückler platziert. Die Baronin grüßte ihn unbefangen, widmete sich aber ausschließlich ihrem anderen Tischnachbarn. Bismarck gab vor, den Affront nicht zu bemerken und plauderte angeregt mit der Gräfin und einer älteren Herzogin. Doch als das Souper vorüber war und die Musik zu spielen begann, erhob er sich und forderte kurzweg die Baronin zum Tanzen auf. Trotz ihres Widerstrebens führte er sie in die Saalmitte und drehte mit ihr einige vollendete Runden.

»Gnädigste bewegen sich wie ein Feder«, lobte er, »leicht und schwebend.«

In der Tat besaß die Baronin in ihrem modisch dekolletierten Seidenkleid, dessen Farbe wunderbar mit ihrem zarten Teint harmonierte, ein gewisses Talent. Auch Bismarck war ein guter Tänzer, kurz, das Paar fiel auf.

»Warum lassen Sie mich nicht in Ruhe, mein Herr? Sie wissen gar nicht, was Sie mit Ihrer Art, mich hier öffentlich zu präsentieren, anrichten. Ich bitte Sie, kehren wir zum Tisch zurück!«, bat sie ihn.

»Nicht bevor Sie mir versprechen, mir alles zu sagen, was Sie über den Grafen Baseno und gewisse Briefe wissen«, entgegnete Bismarck wagemutig, denn von Briefen war bislang nie die Rede gewesen. Die Baronin erblasste, ein Zeichen, dass er seine Vermutung richtig war. Doch gerade als sie Antwort geben wollte, trat der Adjutant des Kaisers zu Bismarck und ersuchte ihn höflich, ihm zu folgen. Bismarck beendete den Tanz mit einer Verbeugung und die Baronin eilte rasch davon.

Der Kaiser, den Bismarck zum ersten Male sah, begrüßte ihn freundlich und plauderte in allgemeinen Worten über eine denkbare französisch-preußische Annäherung. Er sprach davon, beide Staaten stünden an der Spitze Europas und seien daher aufeinander angewiesen. Eigentlich ähnelte der Austausch dem Gespräch, das er mit Kaiser Franz Joseph in Wien geführt hatte. Die Audienz war naturgemäß kurz, dennoch hatte die Baronin die Zeit genutzt und den Ball verlassen. Bismarck hingegen blieb und widmete sich ganz den Galanterien, Plaudereien und dem Tanz. Vor allem mit der Gräfin Valeska unterhielt er sich prächtig. Die Gräfin tanzte für ihr Leben gern, und sie wusste fast über jeden der Gäste eine kleine Geschichte zu erzählen. Dazu amüsierte sie sich über Bismarcks Frankfurter Anekdoten. Eine sehr ansprechende Dame, wie der Gesandte fand.

»Kennen Sie eigentlich die Baronin Rechberg näher?«, fragte sie ihn während eines Tanzes.

»Ich weiß, dass sie aus Wien stammt und einige Zeit in Italien gelebt haben soll«, antwortete Bismarck vorsichtig.

»Sie wohnte nach dem Tod ihres Mannes gut ein Jahr in Turin«, fuhr die Gräfin fort. »In ihrem Haus verkehrten der Graf Cavour und die Brüder La Marmora sowie der Graf Baseno. Ich hörte beim Tanz, dass Sie die Baronin nach diesem Herrn fragten.«

»Sie kennen Baseno ebenfalls, Gräfin?«, fragte Bismarck überrascht.

»Ich besuchte vor zwei oder drei Jahren Neapel und Rom, wo der Herr einen gewissen Ruf als Spieler und Duellant hatte. Natürlich wurde ich mit dem Mann nicht weiter bekannt; in Spielerkreisen pflege ich nicht zu verkehren. Vielleicht sollten Sie die Baronin bei Ihrem nächsten Treffen fragen, wer ihren Mann im Duell getötet hat. Und jetzt entschuldigen Sie mich, Herr von Bismarck, ich sehe dort drüben die Herzogin von Guernantes, eine alte Freundin, die ich sehr vermisst habe.«

Bismarck blieb ein wenig verwirrt zurück. Weitere Namen waren ins Spiel gekommen; und was wusste die Russin über das tragische Duell?

⚬

Premierleutnant von Sandersleben kam wieder zu sich. Er öffnete mühsam die Augen. Er befand sich in einem halbdunklen Raum, in dem etliche Menschen umherliefen. Ringsherum stöhnte und ächzte es. Seine Brust schmerzte, und als er sich aufrichten wollte, sank der Offizier kraftlos auf sein Lager zurück. Er spürte, dass sich ein Verband um den Brustkorb spannte. Eindeutig, er war im Gefecht verwundet worden und lag jetzt in einer Art Spital oder Lazarett. Ein Soldat in weißer, mit Blut befleckter Schürze trat an sein Bett.

»Gefreiter Neufeld!«, meldete er. »Herr Premierleutnant wurden durch eine Kugel im oberen Brustbereich getroffen. Unsere Leute kamen gerade noch rechtzeitig hinzu. Sie vertrieben die Preußen und brachten Sie hierher. Es ist zum Glück nichts Ernstes, meint der Arzt. Sie werden etwas schlafen, dann geht es Herrn Leutnant sicher bald besser.«

Der Mann reichte ihm einen Becher und Eduard von Sandersleben leerte ihn. Fast sofort ließ der Schmerz nach, auch das Stechen in der Brust wurde weniger und er spürte Müdigkeit. Der Offizier schloss die Augen und versank in heilsamen Erinnerungen …

Er hatte während der Fahrt von Berlin nach Dresden weiter die Aufzeichnungen seines Onkels studiert. Für Major von Sandersleben schien die Beschäftigung mit Bismarck nach dem Tod seines Bruders Karl geradezu zu einer Obsession geworden zu sein. Jede Menge Zeitungsartikel und andere Berichte fanden sich in den Unterlagen, die nebenbei auch zeigten, wie sehr der Preuße an politischer Bedeutung und Macht im Laufe der Jahre zugenommen hatte. Bismarck war viel gereist und hatte auch sonst eine Menge politischer Kontakte geknüpft, die ihm bald zugute kamen. In Preußen kam es 1857 zu Veränderungen. Bei König Friedrich Wilhelm IV. zeigten sich deutliche Anzeichen einer völligen geistigen Umnachtung, sein Bruder Wilhelm übernahm die Regentschaft. Bismarck gewann an Einfluss; eine kurze Notiz betraf jedoch nicht den Preußen, sondern hatte mit Eduard selbst zu tun. Der junge Mann hielt den Atem an, als er das Blatt in die Hand nahm. »Was Eduard angeht«, stand da von des Onkels eigener Hand geschrieben, »so bin ich mir jetzt nahezu sicher, woher seine wahren Eltern kommen beziehungsweise wo diese zu suchen sind. Karl hat sich darüber stets ausgeschwiegen, aber ich denke, der Junge hat ein Recht darauf zu erfahren, woher er stammt. Anlässlich des Krieges in Italien hatte ich Gelegenheit, das Elsass zu bereisen und machte dabei auch in Sessenheim Halt, einem Flecken, der durch Goethe und seiner Liebe zur Pfarrerstochter Friederike Brion berühmt geworden ist. Neben dem Pfarrhaus, wo ich gut aufgenommen wurde, besuchte ich die Kirche, in der mir eine stattliche Kerze von gut vier Fuß Größe und einigen Pfund Gewicht auffiel. Der ältliche Pfarrer, den ich fragte, wer denn diese Gabe gestiftet habe, erzählte weitläufig und geschwätzig, eine Frau von guter Herkunft, den Namen könne er nicht nennen, sie sei wohl aus Paris gewesen, habe sich vor Jahren auf der Durchreise im Dorf aufgehalten. Die Geschichte Friederikes und wie diese von Goethe verlassen worden sei, habe die Dame derart berührt, dass sie in Tränen ausgebrochen und ohnmächtig geworden sei. Man brachte sie ins Pfarrhaus, wo sie mit Fieber zu Bett gelegt wurde. Das Fieber ließ sich nicht senken, und drei Tage später verstarb die Frau, ohne wieder zu Bewusstsein gelangt zu sein. In ihrem Gepäck fanden sich einige Briefe, aus denen hervorging, dass sie vor Jahren von ihrem Geliebten, einem Mann von Adel, verlassen worden war. Sie gebar ein Kind und musste dieses, da es von nicht ehelicher Abkunft war, in einem Heim zurücklassen. Des Weiteren gehörte zu ihrem Nachlass eine größere Summe Geldes, welches die Dame allgemein der Kirche zugedacht hatte, gerade so, als hätte sie mit ihrem plötzlichen Tode gerechnet. Dies mit der Auflage, alljährlich an ihrem Todestag eine prachtvolle Kerze als Buße für ihre Sünden und im Gedenken an das Kind, welches sie im Winter des Jahres 37 im Waisenhaus zu Aachen auf der Schwelle gelegt habe, zu entzünden. Also habe man gehandelt, schloss der Alte. Der Name der Frau freilich sei trotz aller Nachforschungen unbekannt geblieben. Als ich Aachen hörte, dachte ich gleich an Eduard und seine unsichere Herkunft und beschloss, selbst bald in die Stadt zu reisen, um mehr herauszufinden.« Damit endeten die Aufzeichnungen des Onkels über diese Zeit.

❧

Später, es mochte auf Mitternacht gehen, begab sich Bismarck in den Park zu Versailles. Napoleon hatte die Gärten aufs Herrlichste schmücken und illuminieren lassen und diese in eine Art wunderbarer Feenreiche verwandelt. Bismarck schaute sich in der weitläufigen Landschaft um. Vor ihm zeigte sich ein breiter, durch Fackeln beleuchteter Weg, die sogenannte große Mittelachse, die zum Großen Kanal führte. Einzelne Gäste und Paare wandelten plaudernd auf den Kieswegen. Sonst lag eine tiefe, beinah zauberhafte Stille über dem Park. Langsam erlosch die Illumination, und es wurde dunkel. Nur der Mond tauchte das Band der Hecken und der Büsche und die zahlreichen Brunnen und Skulpturen in mattes Licht. Der Preuße löste sich aus seiner Betrachtung und wandte sich nach rechts. Der Weg führte ihn am Bassin des Neptuns vorbei hin zur Avenue Trianon. Hier war er allein, außer ihm schien sich niemand in diesen Teil des Parks zu begeben. Eine Nachtigall schlug und ein zarter Duft von Blumen und fremden Blüten erfüllte die Luft. Bismarck schlenderte langsam weiter. Er befand sich eben auf der Höhe des L'Etoile und wollte gerade umdrehen, als er hinter einer Hecke in einem Parallelgang eine Frauenstimme hörte, die nach Hilfe rief und dann abrupt verstummte. Er bog rasch um die Ecke und eilte in den Gang, wo er zwei dunkel gekleidete Männer überraschte, die mit gezogenen Degen aufeinander eindrangen. Links von ihnen lag am Boden eine Frau, die ohnmächtig oder gar tot zu sein schien. Helfen konnte er ihr nicht, denn die Kämpfer versperrten den Weg. Der eine wurde gerade von seinem Gegner, der eine schwarze Maske trug, hart bedrängt. Mitten im Angriff sprang er jedoch zur Seite, ließ seine Waffe fallen und rannte so schnell er konnte davon. Der Maskierte wandte sich nun Bismarck zu, um ihn gleichfalls zu attackieren. Dieser zögerte nicht, hob den Degen des Ersten vom Boden auf und wehrte den Angriff gekonnt ab. Doch merkte er bald, dass sein Gegner überaus geschickt war. Immer wieder griff dieser ihn an und ließ den Degen mit Kraft und Eifer wirbeln. Hieb folgte auf Hieb, Stoß auf Stoß – Bismarck musste schließlich vor den Künsten seines offenbar jüngeren Gegners mehr und mehr zurückweichen. Doch dann erinnerte sich der Preuße eines Ausfalls, den ihm einst sein amerikanischer Freund in Göttingen gezeigt hatte. Er wechselte die Degenhand, schlug links eine Finte, wechselte erneut und stieß mit der Rechten den Degen unter den des Angreifers, wodurch er jenen mit solcher Wucht in den Leib traf, dass die Spitze seines Degens abbrach. Der Mann stieß einen Schrei aus, seine Waffe entfiel ihm und er taumelte. Eine Bewegung hinter ihm lenkte Bismarck ab. Es war die Frau, die offenbar aus ihrer Ohnmacht zu sich gekommen war und sich aufrichten wollte. Bismarck eilte zu ihr und versuchte, ihr beim Aufstehen zu helfen. Er erstaunte, als er in ihr die Baronin Rechberg erkannte.

»Baronin, lasst Euch stützen. Was ist geschehen?«, fragte er. Doch sie kam nicht dazu, ihm zu antworten. Der Klang von Hufen ließ Bismarck herumwirbeln. Es war der Verwundete, der es irgendwie geschafft hatte, sich auf den Sattel eines hinter den Büschen verborgenen Pferdes zu ziehen und davonzureiten. Er folgte dem Flüchtenden ein Stück nach und sah noch, wie dieser in Richtung des Großen Kanals galoppierte. Eine weitere Verfolgung des Reiters zu Fuß war sinnlos. Bismarck kehrte zur Baronin zurück. Doch als er die Stelle erreichte, an der er sie zurückgelassen hatte, war der Platz leer und verlassen; auch die Baronin hatte das Weite gesucht. Ob ihr das allein oder mit fremder Hilfe gelungen war, vermochte Bismarck nicht zu sagen. Eben verschwand der Mond hinter dichten Wolken, und die Dunkelheit machte eine genauere Untersuchung unmöglich. Der Preuße kehrte leicht verärgert wegen der neuen Flucht der Österreicherin ins Schloss zurück. Der Zweikampf hatte ihn sehr angestrengt, er war solcherlei Abenteuer nicht mehr

gewöhnt. Er schwor sich, über die Angelegenheit Still-
schweigen zu bewahren und fuhr am folgenden Tag heim
nach Deutschland. Das nächtliche Rätsel löste sich nicht.

Also war sein Besuch in Aachen völlig zu recht erfolgt,
dachte Eduard, die Aufzeichnungen des Onkels verdeutlich-
ten dies. Jener Herr, der ihm so freundlich Auskunft gegeben
hatte, Regierungsrat Giesecke, hätte ihm womöglich noch
mehr erzählen können. Denn wenn die unbekannte Dame
aus Paris ihn in Aachen in ein Waisenhaus gegeben hatte,
war dies sicher nicht ohne Grund geschehen. Wahrscheinlich hatte sie seinen wahren Vater in Aachen kennengelernt.
Die Recherche nach seiner Herkunft musste also dort neu
ansetzen. Er war am 7. Dezember 37 geboren worden, das
hieß, seine Eltern mussten im Frühling des gleichen Jahres
ein Paar gewesen sein. Vielleicht kannte Giesecke sogar seinen leiblichen Vater und war von diesem beauftragt worden,
alle Spuren, die auf ihn verweisen konnten, zu verwischen.
Er musste, sobald der Krieg vorüber war, der Angelegenheit nachgehen und feststellen, woher Giesecke gekommen
war. Ganz sicher würde er von ihm mehr erfahren können.
Bester Laune wandte sich der junge Offizier den nächsten
Aufzeichnungen zu. Im Juni 1859 war Bismarck, so meldete ein Zeitungsausschnitt, nach Russland entsandt worden.
Zur Zeit seines Aufenthaltes gab es wieder Krieg, diesmal in
Norditalien. Frankreich und Sardinien kämpften gemeinsam
gegen die Habsburger. Auch Preußen machte sechs Armeekorps mobil, doch der schnelle Sieg der Verbündeten über
Österreich bei Magenta und Solferino verhinderte ein Eingreifen. Bismarck hingegen war, den Notizen nach, in dieser Zeit wohl schwer erkrankt gewesen.

Eben rollte der Zug in Dresden ein. Eduard von Sandersleben steckte die Papiere in die Tasche und stieg aus. Vom Bahnhof fuhr ihn eine Droschke zu seiner Verlobten Luise. Ihr Abschied war tränenreich, sie sollte am nächsten Tage zu einer Tante aufs Land reisen. Das Paar schwor sich ewige Treue, dann küsste Eduard sie und ging. Er übernachtete in einem einfachen Gasthaus; zum Lesen kam er an diesen Abend nicht mehr, dafür war er zu aufgewühlt. Am nächsten Morgen meldete er sich zum Waffendienst, und der von Bismarck angezettelte Krieg um die Vorherrschaft in Deutschland nahm seinen Lauf.

⤙⤚

Mit dem Thronantritt des Königs begann in Preußen die ›Neue Ära‹, und Bismarck machte sich Hoffnung auf einen weiteren Aufstieg. Doch schon bei den Landtagswahlen des Jahres 58 schrumpften die von ihm favorisierten Konservativen von hunderteinundachtzig auf siebenundvierzig Mandate. Auch der Gesandte wurde mit in den Abstiegsstrudel gezogen. Er galt bei den siegreichen Liberalen als erzreaktionärer Junker; der König berief ihn als Bauernopfer aus Frankfurt ab und versetzte ihn nach Sankt Petersburg. Nach zehn Tagen und schlaflosen Nächten traf er im März 1859 in der russischen Hauptstadt ein. Endloser blendender Schnee hatte die Reise begleitet, schlechte Posthäuser und Bauernhütten. Hier war es bitterkalt, die Flüsse waren zugefroren und über die eisig harte Newa rollten schwere Frachtwagen. Bismarck bezog Quartier im Hotel Demidow am Newskij Prospekt. Die Zeit bis zur Ankunft seiner Familie, für die er erst ein passendes Haus finden wollte, nutzte er zur Erkundung der Stadt und der politischen Situation. Bald wurde er an den Hof geladen. Der Zar hieß ihn persönlich willkommen und behandelte den neuen Gesandten fast wie einen Freund. Er erkundigte sich sogleich nach dem Befinden des preußischen Königs, seines Onkels. Die Zarenwitwe Charlotte und ihre Schwiegertochter, eine Prinzessin aus Hessen-Darmstadt, überboten sich ebenfalls in Gunstbeweisen für Preußens Vertreter. Selbst die hohe russische Gesellschaft floss vor Wohlwollen geradezu über. Preußen schien in Russland entschieden gute Karten zu haben, Österreich dagegen nicht. Laut diskutierte die Gesellschaft bei Hof über die Spannungen in den italienischen Besitzungen der Donaumonarchie.

»Nun sollen die Österreicher dafür bezahlen, wie sie sich uns gegenüber im Krimkrieg aufgeführt haben«, rief die Fürstin Ondra. »Jetzt werden wir ihnen in den Rücken fallen, so wie sie uns vor fünf Jahren.«

Auch der Zar äußerte sich ähnlich. »Das Maß ist voll. Russland ist schrecklich in seinem Zorn. Die perfide Wiener Politik reizt uns bis aufs Blut, wir werden uns zu rächen wissen!«

Bei dem Treffen im Zarenpalast begegnete ihm die Gräfin Valeska wieder, die bei dem Ball damals in Versailles seinem Tisch vorgesessen hatte. Sie trug ein reizvolles Gewand, kostbare Diademe zierten ihr weißblondes Haar. Die Gräfin war wahrhaftig eine vollendete Schönheit, und sie schien ihn zu schätzen. Sie begrüßte ihn ebenfalls wie einen alten Vertrauten und zog ihn gleich ins Gespräch.

»Sind Sie damals eigentlich mit Ihren Nachforschungen hinsichtlich der Baronin Rechberg erfolgreich gewesen, Herr von Bismarck?«, fragte sie ihn dabei. »Wenn nicht, besuchen Sie mich doch bald in meinem Palast am Newskij-Prospekt, ich wohne nicht sehr weit von Ihrem Hotel entfernt. Vielleicht kann ich Ihnen behilflich sein.«

Dann schritt sie weiter und überließ ihn anderen Gästen. Der Abend verlief amüsant und Bismarck unterhielt sich im

Kreise der Offiziere, der Fürsten und der schönen Damen aufs Beste. Das Russische lag ihm, als Gesandter fühlte er sich in Petersburg gut aufgehoben. Als er weit nach Mitternacht mit dem Troikaschlitten nach Hause fuhr, fiel ihm wieder die Gräfin Valeska ein. Was mochte sie mit ihrer Einladung bezwecken? So sehr er auch überlegte, ihm wollte es nicht einfallen.

Zwei Tage später ließ er sich während der Visiten im Palast der Gräfin melden. Er wurde sogleich in ihren prachtvollen Salon geführt, wo ihn die Dame des Hauses überaus freundlich empfing.

»Ich bin hocherfreut, mein Lieber, Sie so bald bei mir begrüßen zu dürfen. Und ich erlaube mir, Sie mit einem anderen Gast zu überraschen, den länger zu sehen und zu sprechen Ihnen bislang leider nur mit Einschränkungen gelungen ist. Aber nehmen Sie Platz.«

»Sie sprechen in Rätseln, beste Gräfin«, erwiderte Bismarck und setzte sich in einen der zahlreichen Polstersessel. »Ich wüsste nicht, wen Sie meinen, bin aber jedenfalls sehr gespannt.«

»Sie werden bestimmt nicht enttäuscht werden«, gab die Russin lächelnd zurück und öffnete die Tür zu einem Nebenzimmer. »Felicitas, unser Gast ist eingetroffen!«

Aus dem Raum trat die Baronin Rechberg, begrüßte Bismarck mit einem knappen, aber freundlichen Nicken und nahm ihm gegenüber Platz. Ein Diener brachte Mokka und Gebäck und verschwand so rasch, wie er gekommen war. Auch die Gastgeberin bat, sie kurz zu entschuldigen.

»Ich bin sicher«, sagte sie zur Baronin, »Exzellenz von Bismarck wird dich zu unterhalten wissen, meine Liebe« und verließ den Salon.

Noch leicht verblüfft schaute Bismarck auf die Baronin. Sie war seit ihrem letzten Treffen sichtlich gelassener geworden, der melancholische Zug, der ihre sonst so regelmäßigen Züge umgeben hatte, schien fast völlig verschwunden. Er überwand seine Überraschung und ergriff das Wort, wobei er es vermied, ihre letzte Begegnung im Park zu Versailles zu erwähnen.

»Ich bin entzückt, gnädigste Baronin, Sie heute unter freundlicheren Umständen wiederzusehen. Sie erlauben aber, dass ich unser damaliges Gespräch fortsetze. Wir sprachen, soviel ich weiß, über den Grafen Baseno.«

»Ganz recht, Herr von Bismarck«, sagte sie ruhig. »Ich erklärte Ihnen, dass mir der Graf kaum bekannt ist. Das muss und will ich heute korrigieren. Zum näheren Verständnis meiner Beweggründe, eine intimere Bekanntschaft abzustreiten, ist es allerdings notwendig, etwas weiter auszuholen – wenn Sie gestatten?«

»Selbstverständlich, Frau Baronin«, erklärte Bismarck, »fahren Sie bitte fort!«

»Ich bin in Wien geboren, wuchs aber, da die Eltern früh starben, auf dem Gut meines Oheims in Ungarn auf. Mit siebzehn, also vor etwas mehr als zehn Jahren, wurde ich meinem Mann, einem österreichischen Baron aus dem Familienverband der Rechbergs, angetraut. Es war dies eine pflichtgemäße Verbindung, keine Liebesehe; der Oheim wollte mich versorgt sehen. Mein Gatte, ein fescher Kavallerieoffizier, sicherte mir allerdings am Tag unserer Hochzeit zu, mich ungestört mein eigenes Leben führen zu lassen. Er selbst verbrachte seine Zeit lieber mit Jagen und Kartenspielen. Auch hatte er wohl andere Interessen. Wir führten daher eine Josephsehe und kamen gut miteinander aus. Ich selbst blieb mit meinen Jugendfreundinnen in Verbindung, am engsten mit Dorina Radványi, die ich seit der frühesten Kindheit kannte. Dorinas Eltern waren wenig vermögend und ein Bräutigam fand sich nicht. Als ihr Vater und kurz darauf die Mutter starb, musste sie eine Stelle als Gesellschafterin annehmen, um für sich und ihren Bruder sorgen zu können.«

Bismarck machte an diese Stelle unwillkürlich eine Bewegung. Hatte ihn schon der Name Radványi aufhorchen lassen, machte ihn umso mehr die Erwähnung eines Bruders aufmerksam, denn ihm fiel die Begegnung in Ungarn ein, die er selbst vor sieben Jahren gehabt hatte. Die Baronin deutete die Geste falsch und bat ihn, sich noch etwas zu gedulden, ihre Geschichte sei noch nicht zu Ende. Dann sprach sie weiter: »Im Sommer des Jahres 1852 fuhren mein Mann und ich nach Italien, genauer nach Turin. Eine ältere Verwandte war gestorben, und wir wollten nach der Trauerfeier weiter durch das Land bis hinab nach Neapel reisen. In Turin begegneten wir dem Grafen Baseno in Begleitung eines schottischen Edelmanns, die beide meinen Gatten gut zu kennen schienen. Ich achtete nicht weiter auf die Herren, die auf die Jagd gingen und die Abende beim Spiel verbrachten, da die Fürstin Trubezkaja mit ihrer Gesellschafterin eintraf. Ich erkannte zu meiner großen Freude in der Begleiterin der Fürstin meine gute Dorina.« Die Baronin unterbrach sich, um ihr Mokkatasse zum Mund zu führen und einen winzigen Schluck des braunen Getränks zu sich zu nehmen. Ungeduldig wartete Bismarck darauf, dass sie weiter erzählte.

☙

Während der nächsten Tage, die dem Feldzug vorausgingen, nutzte Eduard von Sandersleben jede Gelegenheit, die Aufzeichnungen seines Onkels zu studieren. Diese handelten primär von den politischen Ereignissen in Deutschland, vor allem in Sachsen, Berlin und Wien, was Eduard zurzeit weniger interessierte. Die aktuellen Geschehnisse ließen ihn kaum Zeit für anderes, zumal er eine Kompanie übernahm und diese für den Abmarsch ins Feld vorzubereiten hatte. Die sächsische Armee würde sich so rasch wie möglich ins Böhmische zurückziehen; auch die übrigen Bündnispartner Österreichs, die Bayern, Badener und Württemberger, versuchten Anschluss an die Hauptarmee zu finden.

✦

»In der folgenden Woche war die Fürstin, und mit ihr Dorina, häufig in dem von meinem Gatten gemieteten Palast zu Gast. Ich besuchte die Damen meinerseits«, erzählte die Baronin. »Die Fürstin war freundlich und äußerst zuvorkommend, eine geistvolle, sehr schöne Frau, der man ihr Alter nicht ansah. Eines Abends saßen wir zu dritt im Salon und wollten gerade zu Tisch gehen, als mein Mann mit einigen Freunden, darunter der Graf Baseno und ein Schotte, der Earl of Bothwell, dazu kam. Ich ließ sogleich die Tafel für die neuen Gäste decken und wir speisten gemeinsam. Der Graf saß an meiner Seite und plauderte derart charmant, dass ich von ihm sehr angetan war. Dies umso mehr, da ich noch nie mit einem derartigen Mann näheren Umgang gehabt hatte. Geschickt zog er dabei die Fürstin in das Gespräch mit ein, sodass sie glaubte, die Schmeicheleien und Komplimente wären für sie allein bestimmt. Doch dass dies nicht der Fall war, spürte ich sogleich, wobei mich neben der Freude über das Gehörte auch ein gewisser Zweifel ergriff; immerhin waren der Baron und ich verheiratet, wenn auch nur dem Namen nach. Der Schotte dagegen sagte Dorina allerlei Artigkeiten, sodass diese immer wieder errötete. Allerdings zwinkerte er dabei dem Grafen und meinem Manne mehrfach zu, als wären seine Worte nicht ernst gemeint. So verging der Abend recht angenehm und die Herren wurden gebeten, bald wieder unsere kleine Gesellschaft zu besuchen, was sie, bis auf meinem Gemahl, der offenbar lieber gespielt hätte, eifrig versprachen. In der folgenden Zeit wichen der Graf Baseno und der Earl nicht mehr von unserer Seite und aus unserem weiblichem Terzett wurde ein gemischtes Sextett beziehungsweise ein Septett, da ein weiterer Gast hinzukam.«

An dieser Stelle räusperte sich Bismarck. Das Ganze schien auf eine mehr oder minder abgeschmackte Liebesgeschichte hinauszulaufen, und um solche Erzählungen anzuhören, war ihm seine Zeit zu kostbar.

»Werden Sie nicht ungeduldig, mein Herr«, bat die Baronin, die seine Gedanken erraten mochte, »ich werde gleich an dem Punkt sein, an dem Sie die eigentliche Brisanz der Geschichte erkennen werden. Der Siebte im Bunde war der Graf Stallburg. Er war ein sehr entfernter Verwandter meines Gatten und erschien am nächsten Tag auf einen Besuch. Er war jung, kaum zwanzig Jahre alt und der Erbe eines großen Vermögens. Als er in den Salon trat und Dorina erblickte, muss Amor gerade ein ganzes Pfeilbündel aus seinem Köcher gezogen haben, denn er war sofort wie entflammt. Stallburg und Bothwell lieferten sich in der Folge ein wahres Rennen um die Gunst meiner armen Freundin. Schließlich schien der Graf gewonnen zu haben; er und Dorina verlobten sich. Dennoch ließ Bothwell nicht locker und bemühte sich weiterhin um meine Freundin. Wir kehrten nach Wien zurück. Plötzlich kamen Gerüchte auf, Stallburgs Verwandtschaft lehne seine Verbindung mit Dorina als nicht standesgemäß und daher unpassend ab, zumal für ihn eine andere Braut, ebenfalls eine Gräfin mit einem vergleichbaren, wenn nicht gar höherem Vermögen, vorgesehen war. In dieser Situation erhielt ich ein Billet von

Dorina, die mich bat, sie allein zu treffen, da sie meinen Rat bräuchte. Ich besuchte sie im Hause der Fürstin, die gerade unterwegs war. Dorinas Sorgen betrafen aber nicht ihren Verlobten, sondern eine gänzlich andere Angelegenheit. Sie erzählte mir, wie sie vor zwei Tagen den Earl of Bothwell im Salon der Fürstin angetroffen habe, der, von einem Diener hereingeführt, ungeniert die Abwesenheit der Hausherrin nutzte, den Sekretär öffnete und Schubladen und Fächer durchwühlte. ›John‹, so hieß er, rief Dorina, ›was tun Sie da?‹ Der so Angesprochene drehte sich lächelnd um, trat nahe zu ihr hin, zog sie plötzlich an sich und küsste sie derart, dass ihr schier das Herz aus der Brust zu springen drohte und der Atem fast versagte. Dann sei er davongegangen. Sie habe ihm verwirrt nachgesehen, war unfähig, sich zu rühren, und unsicher, was zu tun war. ›Das hier‹, sagte Dorina und präsentierte mir ein Bündel Briefe, ›hat John bei seinem raschen Abgang verloren, offenbar stammen sie aus dem Sekretär der Fürstin.‹ Sie hatte das Bündel gerade aufgehoben, da kam die Fürstin zurück, und Dorina steckte die Briefe in ihrer Verwirrung und auch aus Angst, sie würde für die Diebin derselben gehalten werden, rasch in ihr Mieder. Die Fürstin hatte bislang den Verlust nicht bemerkt. Nun wisse sie nicht, was dies alles bedeute, zumal Graf Stallburg sie nie derartig geküsst habe. Ich wusste ihr nicht gleich zu antworten und bat sie um Bedenkzeit. Wir verabredeten uns für den nächsten Mittag, und ich kehrte nach Hause zurück.«

Die Baronin hielt inne und schwieg. Bismarck merkte ihr an, dass ihr die Erinnerung an das Geschehen zu schaffen machte. Er übte sich in Geduld und hoffte, sie wäre bald in der Lage, weiterzusprechen. Denn allmählich gewann er den Eindruck, ihre Geschichte hätte für einige Rätsel der Vergangenheit mögliche Lösungen anzubieten. Ein jäher Schmerz in seinem Bein lenkte ihn ab. Verdammt, das war die alte Wunde, die ihm immer wieder Beschwerden machte. Vor Jahren war er in Schweden im Sommer bei einer Jagd auf eine Felskante gestürzt und hatte dabei eine ernste Verletzung des Schienbeins erlitten, die er leider vernachlässigte, um bald darauf in Kurland auf Elchjagd zu gehen. Seit einiger Zeit meldete sich die Verletzung in unregelmäßigen Abständen. Er verbiss sich den Schmerz und nickte der Baronin aufmunternd zu.

»Am nächsten Vormittag«, erzählte sie nun weiter, »ließ sich unerwartet Graf Baseno bei mir melden. Ich war beunruhigt, denn mein Gemahl hatte den Abend außer Haus verbracht und war zum Frühstück nicht erschienen. Graf Baseno trat kurz darauf in meinem Salon ein, begrüßte mich formvollendet mit einem Handkuss und setzte sich. ›Ich sehe Sie beunruhigt, Gnädigste‹, sagte er, ›und denke, ich kann den Grund erraten. Ihr Gemahl ist heute Nacht nicht heimgekehrt. Aber‹, fuhr er fort und lächelte, ›es besteht kein Grund zur Sorge. Ihr Gatte musste sich nur etwas von seinem Verlust erholen, der freilich beträchtlich ist.‹

›Was meinen Sie damit, Graf?‹, fragte ich. ›Ich verstehe nicht.‹

›Nun, gnädigste Baronin, Ihr Gemahl hat die Kleinigkeit von dreimal Hunderttausend Talern verspielt.‹

›Aber so viel Geld besitzt er nicht‹, rief ich aus.

›Gewiss, gewiss‹, bestätigte Baseno immer noch lächelnd und ich begann dieses Lächeln zu verabscheuen. ›Ich wüsste allerdings eine Lösung.‹

›Und die wäre?‹, fragte ich bang, denn ich fürchtete die Antwort.

›Sie treten an die Stelle der Dreihunderttausend und ziehen als meine Geliebte zu mir!‹

›Niemals!‹, rief ich. ›Niemals!‹

›Was haben Sie, Baronin? In Ihrem tiefsten Inneren ist Ihnen Rechberg völlig gleichgültig. Und ich, nun, ich schmeichle mir, glaube Ihnen zu gefallen.‹

›Ich bin nicht zu kaufen!‹, unterbrach ich ihn zornig. ›Gehen Sie, gehen Sie auf der Stelle!‹

›Sie sollten es sich gut überlegen‹, erwiderte Baseno gelassen und erhob sich. ›Wenn es Ihnen allerdings gelingt, Ihre Freundin Dorina zur Herausgabe bestimmter Briefe zu veranlassen, bin ich bereit, Ihrem Gatten die Schuld für sagen wir drei Nächte zu erlassen. Morgen erwarte ich Ihre Antwort!‹

Und bevor ich zur Besinnung kam und handeln konnte, beugte sich der Graf zu mir und küsste mich, gerade so wie Dorina ihr die Küsse beschrieben hatte. Just in diesem Augenblick betrat mein Gatte den Salon.

›Das genügt, Baseno‹, rief er voller Zorn. ›Das Maß ist voll. Ich fordere Sie auf Pistole. Und wir werden die Angelegenheit umgehend klären. Wann passt es Ihnen?‹

›Morgen früh sechs Uhr. Treffpunkt Prater‹, erwiderte der Graf kalt und ging.

Ich will es kurz machen. Baseno erschoss meinen Mann im Duell und ruinierte mich, da ich mich weigerte, ihm zum Willen zu sein. Dorina und Graf Stallburg wurden im Theater getötet. Die Polizei sprach von Selbstmord, doch das glaube ich nicht. Zwei Jahre später starben die Fürstin und der Fürst in Sewastopol. Baseno selbst und sein Adlatus der Earl of Bothwell verfolgen mich seitdem.«

»Können Sie sich einen Grund vorstellen, warum?«, fragte Bismarck, den das Gehörte sehr berührt hatte.

»Nein, ich habe überhaupt keine Ahnung, was Baseno antreibt, außer dass er sich für meine Zurückweisung rächen will.«

Bismarck schwieg einen Augenblick. »Haben Sie jemals mitbekommen, dass Baseno sich für Politik interessierte?«, hakte er dann nach.

»Ich glaube, er war mit mehreren Gesandten gut bekannt und besonders mit Cavour sehr vertraut. Auf einem Maskenball im Hause der Fürstin sprach er sehr intensiv mit den Vertretern Russlands und Frankreichs, aber worum es in den Gesprächen ging, vermag ich natürlich nicht zu sagen. Der Ball fand jedenfalls weit vor den Geschehnissen statt, von denen ich Ihnen erzählt habe. Es war ein schönes Fest«, sagte sie leise, »ich weiß noch, wie wir uns alle amüsierten, als sowohl der Earl of Bothwell als auch Graf Baseno als Domino verkleidet erschienen und ständig verwechselt wurden.« Sie hielt inne und schloss erschöpft die Augen.

Es war genug. Bismarck erhob sich und bedankte sich für die Auskünfte und das gezeigte Vertrauen der Baronin. Dann verabschiedete er sich von ihr und der Fürstin und verließ das Palais. Nachdenklich machte er sich auf den Heimweg. So verästelt die Geschichte der Baronin auch sein mochte, deutlich schien ihm, Baseno war an den gleichen Briefen interessiert gewesen, die Karl von Sandersleben erwähnt hatte. Der Graf und sein Gefährte, der Earl of Bothwell, waren dazu mit der ermordeten Dorina bekannt gewesen und beide waren im Dominokostüm in Erscheinung getreten. Das mochten alles Zufälle sein, doch an Zufälle glaubte Bismarck nicht. Aber was hatten die Briefe, um die es gegangen war, mit ihm persönlich zu tun gehabt? Handelte es sich bei den Briefen um die gleichen, die ihm über Jahre zugesandt worden waren? Nein, das konnte er nicht glauben! Auch wenn Fürstin Dorina die Fürstin Trubezkaja war, mit der er einmal vor vielen Jahren an der Ostsee eine wunderbare Nacht verbracht hatte, hätte sie ihm doch nie derartige Briefe geschrieben! Baseno dagegen war mit hoher Wahrscheinlichkeit ein

Spion, der mit Nachrichten handelte und diese an unterschiedliche ausländische Mächte verkaufte. Bei den Briefen musste es speziell um Inhalte gegangen sein, die in dieser Hinsicht interessant und kommerziell verwertbar gewesen waren. Demnach hatte er den Berliner Polizeipräsidenten Hinckeldey im Januar 55 zu Recht gewarnt und auf Baseno hingewiesen. Hinckeldey schien ebenfalls Kenntnisse über Baseno gehabt zu haben. Welche, wusste Bismarck nicht – und konnte ihn auch nicht mehr befragen, denn dieser war vor drei Jahren in einem Duell von seinem Gegner Hans von Rochow erschossen worden. Rochow, eine andere Erinnerung blitzte in Bismarck auf. Hatte dieser Schotte nicht bei ihrer ersten Begegnung erzählt, seine Familie, die Bothwells, seien mit den Rochows weitläufig verwandt? Gab es etwa Zusammenhänge? Ein Rochow im Sold Basenos? Bismarck schüttelte zweifelnd den Kopf. Noch etwas anderes verwunderte ihn. Bothwell hatte sich nicht im Geringsten für die Damenwelt interessiert. Und der Schotte sollte sich angeblich intensiv um die ermordete Dorina bemüht haben? Undenkbar. Oder dahinter steckte üble Perfidie.

Die Geschichte nahm jedenfalls immer bizarrere Züge an und war heute Abend nicht mehr zu klären. Er erreichte seine Wohnung, wo er sich alsbald hinlegte. Er fühlte sich nicht wohl, die alte Wunde am Bein bereitete ihm zunehmend Beschwerden.

Am nächsten Tag hatte sich Bismarcks Unwohlsein gesteigert. Das Bein schmerzte immer stärker, vor allem fühlte er ein grässliches Brennen in der Kniekehle. Ein Arzt wurde geholt, der sich das Bein kurz besah und ihm eine Salbe verordnete, die er sofort von seinem Gehilfen aus der Apotheke holen ließ.

»Das Übel an Ihrem Bein, Exzellenz, wird bald kuriert sein«, versprach er.

»Aber es muss wirklich schnell gehen«, erwiderte der Kranke, »ich will demnächst nach Berlin reisen, um meine Frau hierher zu geleiten.«

»Das Mittel ist derart leicht, dass es Euch nicht belästigen wird. In ein, zwei Tagen kann das Pflaster ab, und Sie werden laufen wie ein Jüngling von zwanzig Jahren.«

»Wenn Sie meinen, Sie sind der Arzt, ich hoffe, Sie täuschen sich nicht!«

Die Salbe wurde aufgetragen und mit einem breiten Pflaster bedeckt. Der Arzt nebst Gehilfen verließ den Kranken. Dieser schlief erschöpft ein. Einige Stunden später erwachte Bismarck durch einen äußerst heftigen Schmerz im Knie, der bald das ganze Bein erfasste. Er war schließlich so unerträglich, dass der Kranke das Pflaster packte und mitsamt der Salbe abriss. Die Kniekehle unter dem Pflaster war völlig entzündet und zum Teil schwarz verfärbt. Man rief nach dem Arzt, doch dieser blieb unauffindbar. An seiner Stelle erschien ein Doktor Pirogoff. Der Russe besah sich die Wunde.

»Was um Gottes willen haben Sie darauf getan?«, fragte er entsetzt.

»Ihr Kollege hat mir eine Salbe aufgetragen«, entgegnete Bismarck mit matter Stimme. Pirogoff schüttelte den Kopf.

»Diese Salbe war eindeutig zu stark dosiert. Von welchem Apotheker stammt das Zeug?«

Der Apotheker in der Nähe, den man befragte, wusste von keiner Salbe, und der vermaledeite erste Arzt und sein Gehilfe waren nicht mehr aufzutreiben. Pirogoff ließ eine Probe der Tinktur von einem Chemiker untersuchen. Die Salbe bestand aus überaus giftigen Stoffen, primär aus der sogenannten spanischen Fliege. Gift kann mitunter heilen, aber diese Dosis war derart konzentriert und stark bemessen worden, dass sie nur das Gegenteil bewirken sollte.

»Offenbar ein Versehen des Apothekers«, murmelte der Russe betroffen, »das er nicht zugeben will. Ich fürchte«, sagte er laut, »dass ich zur Amputation gezwungen sein könnte, damit kein Wundbrand einsetzt.«

»Nie und nimmer«, widersprach Bismarck und nahm all seine Kräfte zusammen. »Der eine vergiftet mich und der andere will mich zum Krüppel machen. Ich verzichte auf euch Ärzte!«

Im Inneren war er sicher, dass das Ganze kein Zufall gewesen war. Vielleicht stand die Kurpfuscherei sogar im Zusammenhang mit dem, was ihm die Baronin Rechberg erzählt hatte. Ein hitziges Fieber überkam Bismarck und hinderte ihn daran, weiter über die Angelegenheit nachzudenken. Fast zwei Wochen schwebte er zwischen Leben und Tod, man behandelte ihn mit Jod und anderen Tinkturen, wogegen er sich nicht mehr zu wehren vermochte. Endlich traf Johanna ein, die aus Reinfeld herbeigeeilt war. Ohne ein Wort zu sagen, ließ sie alle Medizinflaschen entfernen und übernahm seine Pflege.

»Die Quacksalberei hat ein Ende, ich werde dich kurieren!«

Ein neuer Fieberschauer schüttelte ihn, und er versank in eine tiefe Ohnmacht. Erst nach einer Woche war er wieder bei Kräften, sodass Johanna es wagen konnte, mit ihm zurück nach Berlin zu reisen. Die Fahrt bereitete ihm ziemliche Qualen, und er verlor erneut alle Kraft. Endlich langten sie zu Hause an, und dem Kranken wurde Bettruhe verordnet. Der herbeigeholte Hausarzt fand ihn in unruhigen, hitzigen Schlaf, ganz in Schweiß gebadet, und schüttelte den Kopf. Er rechnete nicht mehr mit einer Genesung, wenn man nicht das Bein amputieren würde. Doch Bismarck verweigerte dies mit aller denkbaren Vehemenz. Er biss die Zähne zusammen und kämpfte kraft seiner Natur die Krankheit nieder.

Der Heilungsprozess dauerte bis zum März des folgenden Jahres, als er langsam und nach langem Siechtum einer

Genesung näherkam. Ende April durfte er erstmals längere Zeit das Bett verlassen und im Mai gänzlich aufstehen.

Schließlich kehrte Bismarck im Juni auf seinen Posten nach Sankt Petersburg zurück. Dort erfuhr er, dass die Baronin Rechberg sich bereits im letzten Herbst mit Gift das Leben genommen habe. Ob Graf Baseno oder der Earl of Bothwell zu der Zeit in der Stadt gewesen waren, konnte ihm keiner sagen. Er ließ die Angelegenheit auf sich beruhen, anderes war wichtiger. Denn in Preußen kam es im folgenden Jahr zu politischen Querelen zwischen dem Parlament und der Regierung, die sich zu einer wahren Krise auswuchsen. Es ging um den Militäretat und um bestimmte Rechte, die die Liberalen, welche die parlamentarische Mehrheit bildeten, für ihre Zustimmung zum Haushalt forderten. Die Krone beharrte auf ihrem Standpunkt, der Landtag auch, so ging es hin und her. Im Frühjahr 1862 spitzte sich die Lage derart zu, dass der König Bismarck von seinem Posten abberief und zurück in die Hauptstadt holte. In ihm sah er einen möglichen Retter aus der verfahrenen Situation. Zunächst aber wurde am 6. Mai das Abgeordnetenhaus neu gewählt. Die durch das Ergebnis noch mehr gestärkten Liberalen traten dem König kühner als je zuvor entgegen. Vier Tage später traf Bismarck in Berlin ein. Er galt für die Konservativen als der künftige Ministerpräsident. Doch der König zögerte mit seiner Ernennung, denn er fürchtete Bismarcks Temperament, und hoffte auch noch auf ein Einlenken des Parlaments. Bismarck wurde zu seinem Ärger stattdessen nach Paris gesandt. Hier empfing ihn Napoleon III. mit großen Ehren, was dem Preußen ungemein schmeichelte. Dennoch hielt er es in Paris nicht lange aus und reiste für ein paar Tage nach London.

Es war Abend, der Dienst war für heute vorbei. Eduard nutzte die Zeit und las im Text des Onkels weiter. Den Notizen nach war Bismarck aus St. Petersburg von Fieber geschüttelt nach Berlin gereist und hatte sich im Herbst noch eine Lungenentzündung zugezogen, sodass er bis zum nächsten Sommer dem Dienst fernbleiben musste. Im Januar des Jahres 1861 trat Wilhelm I. die Regentschaft an; die Zeit des wahren Aufstiegs Bismarcks folgte. Nun setzten die eigentlich wichtigen Aufzeichnungen des Onkels ein, die er aus persönlichem Erleben zu Papier gebracht hatte.

»Auftragsgemäß folgte ich unter dem Namen Baron von Schmieden dem preußischen Gesandten von Bismarck nach Paris«, schrieb der Onkel. »Dort bezog ich eine Wohnung in der Nähe des Gesandtschaftsgebäudes am Quai d'Orsay. Meine Unterkunft, äußerlich ein prachtvoller Bau, roch im Innern aufgrund der Nähe zur Seine stark nach Kloake. Die Räume selbst waren groß, aber sehr düster. Die Wohnung glich, wie ich mir sagen ließ, der, in welcher Bismarck residierte. Bald nach seiner Ankunft lud am 27. Juni der Kaiser den Preußen nach Fontainebleau ein, wo er mit ihm, nach Aussagen der Dienerschaft, einen längeren Spaziergang unternahm und sich mit ihm über politische Fragen des Tages und der letzten Jahre unterhielt. Offenbar ging es dabei um Allianzfragen, was mich naturgemäß sehr interessierte. Ich hatte vor, mich direkt im Gesandtschaftsgebäude über den Stand der Verhandlungen zu informieren, da ich wusste, dass Bismarck über die Gespräche mit dem Kaiser Notizen angefertigt hatte. In den nächsten Tagen regnete es ununterbrochen und es ging ein abscheulicher Wind. Ein ideales Wetter, um nachts ungesehen in ein fremdes Haus zu gelangen. Es gelang mir, einen geschickten Menschen namens Arsene anzuwerben, mit dessen Hilfe – und mithilfe eines Seils – ich von einem Nebengebäude unbemerkt in die Gesandtschaftswohnung gelangen konnte. Bismarck war außer Haus, es hieß, er besuche eine stadtbekannte Kokotte, was mir allerdings unwahrscheinlich schien. Ich nehme eher an, dass es sich bei seinem nächtlichen Besuch um eine meiner Arbeit ähnliche Angelegenheit handelte. In seinem Arbeitszimmer lagen auf dem Schreibtisch allerlei Briefe, die ich, so gut und rasch es ging, kopierte. Es waren primär diplomatische Schreiben, nur ein privater Brief fiel mir auf. Der Absender war ein gewisser Gustav Scharlach und der Inhalt banaler Natur. Ich wollte das Blatt schon wieder zurück in den Umschlag schieben, da las ich das Postskriptum: ›In der Aachener Angelegenheit bin ich auf eine neue Spur gestoßen. Demnächst mehr‹, hieß es. Ich erinnerte mich«, fuhr der Onkel fort. »der Geschichte, die ich vor drei Jahren im Elsass vernommen hatte und konnte nicht umhin, mir Zusammenhänge vorzustellen, obwohl es sonst keine weiteren Hinweise oder Erklärungen zur Nachschrift gab. Ich beschloss daher, die Angelegenheit zunächst ruhen zu lassen und ihr später irgendwann nachzugehen. Im Hinblick auf die politische Korrespondenz war ich erfolgreicher, wie dieser Briefauszug beweist:

Im Laufe der Unterhaltung über politische Fragen des Tags und der letzten Jahre fragte mich der Kaiser unerwartet, ob ich glaubte, dass der König geneigt sein würde, auf eine Allianz mit ihm einzugehen. Ich antwortete, der König hätte die freundschaftlichsten Gesinnungen für ihn, und die Vorurtheile, die früher in der öffentlichen Meinung bei uns in Betreff Frankreichs geherrscht hätten, seien so ziemlich verschwunden; aber Allianzen seien das Ergebnis der Umstände, nach denen das Bedürfnis oder die Nützlichkeit zu beurteilen sei. Eine Allianz setze ein Motiv, einen bestimmten Zweck voraus. Der Kaiser bestritt die Notwendigkeit einer solchen

Voraussetzung; es gäbe Mächte, die freundlich zu einander ständen, und andre, bei denen das weniger der Fall sei. Angesichts einer ungewissen Zukunft müsse man sein Vertrauen nach irgendeiner Seite richten. Er spreche von einer Allianz nicht mit der Absicht eines abenteuerlichen Projects; aber er finde zwischen Preußen und Frankreich eine Conformität der Interessen und darin die Elemente einer entente intime et durable.

Sobald es ging, setzte ich meine Regierung von dem Gespräch in Kenntnis. Anfang Juli indes reiste Bismarck überraschend nach England ab – ich folgte ihm. Wir segelten auf dem gleichen Schiff nach London«, schrieb Georg von Sandersleben, »wobei es mir gelang, mit Bismarck auf der Überfahrt ins Gespräch zu kommen. Er bezog eine Wohnung in Grosvenorsquare, Parkstreet, während ich ganz in der Nähe Quartier nahm. Gemeinsam besahen wir uns in den nächsten Tagen die Weltstadt, denn er hatte wie früher bei meinem Bruder Karl an meiner Gesellschaft Gefallen gefunden. Anlässlich eines Diners beim russischen Gesandten zu Ehren des Großherzogs von Weimar, zu dem ich ihn begleitete, lernten wir den früheren Schatzkanzler und führenden Konservativen Disraeli kennen. Dieser befand sich gerade ohne Amt in der Rolle eines Oppositionsführers, doch wurde der Achtundfünfzigjährige allgemein für einen Mann mit großer Zukunft gehalten.

›Man spricht viel über Sie, Herr von Bismarck‹, wandte sich Disraeli an ihn, während ich dezent zur Seite trat, aber nahe genug blieb, um dem Gespräch folgen zu können. Disrealis scharf geschnittene Gesichtszüge zeigten die Spuren seiner politischen Kämpfe und vielfältigen Lebenserfahrungen. Sein typisch englischer Tonfall hatte etwas leicht Blasiertes. ›Ich täusche mich wohl nicht‹, sprach er weiter,

›wenn ich in Ihnen, Herr von Bismarck, den kommenden Ministerpräsidenten Preußens sehe.‹

›Denkbar ist vieles‹, erwiderte Bismarck ruhig. ›Minister und Ministerien wechseln in Berlin oft.‹

›Bei uns auch‹, bestätigte der Engländer lächelnd. ›Sie entschuldigen, wenn ich frage. Besuchen Sie London in einer bestimmten Mission?‹

Bismarck schüttelte den Kopf. ›Nein, ich bin lediglich wegen der Weltausstellung hier. Doch wenn ich mehr Zeit hätte, würde ich mich gern mit den hiesigen politischen Verhältnissen vertrauter machen.‹

›Nun, dann wünsche ich Ihnen bald Gelegenheit dazu‹, sagte der Engländer und beendete das Gespräch, das ihn offenbar zu langweilen begann, und schritt weiter.

Auch mit Premierminister Lord Palmerston und dem Außenminister Earl Russel kam Bismarck in Kontakt, wiewohl ich dies nur vom Hörensagen weiß. Insgesamt begegnete man ihm wohl eher zurückhaltend. Er war mit dem Verlauf seines Besuches nicht zufrieden und beschloss daher, rasch nach Paris zurückzukehren, zumal er hoffte, positive Nachrichten aus Berlin zu erhalten. Auch ich fuhr zurück.

Unterwegs kamen wir auf unsere Jugendzeiten zu sprechen und ich lenkte aufgrund des Postskriptums das Gespräch wie von ungefähr auf Aachen, indem ich vorgab, ein Vetter von mir habe dort gewohnt.

›Ach, gehen Sie mir weg mit Aachen‹, sagte Bismarck. ›Das war eine öde Zeit dort und noch heute kann ich den Geruch von Kanzleiakten nicht ausstehen.‹

›Mein Vetter versicherte mir, er habe sich aufgrund der Nähe zu Belgien und Holland ab und zu durchaus zu amüsieren vermocht‹, erwiderte ich leichthin.

›Nun, auch nach Paris ist es von dort näher als nach Berlin‹, entgegnete Bismarck und schwieg einen Moment in

Gedanken. ›Aber die Französinnen lassen Sie besser links liegen, werter Baron, die Damen sind für uns biedere Deutsche zu gefährlich. Denken Sie an meine Worte, wenn wir wieder in Paris sind.‹

Ohne mich verdächtig zu machen, konnte ich das Thema nicht weiter verfolgen. Bismarck sprach über seine Studentenzeit und erzählte den einen oder anderen Schwank. ›Welchen Kneipnamen hatten Sie in Ihrer Verbindung?‹, fragte er plötzlich.

›Alarich‹, erwiderte ich wahrheitsgemäß.

›Das ist weitaus schöner als der Spitzname Barribal, wie ich als Student wegen meiner Fechtkunst genannt wurde‹, sagte er.

›Barribal ist besser als Kneipname wie Spund, Schlund oder Schlauch‹, gab ich zu bedenken.

›Oder Bierbaum, Säulein, Wiesel und Türke‹, ergänzte Bismarck lachend. ›Da fällt mir ein, ich habe schon lange nichts mehr von meinem Freund Giesecke gehört‹, sagte er mehr für sich und wechselte dann das Thema. Nach der Landung in Calais ging es im Nachtzug nach Paris, wo sich fürs Erste unsere Wege trennten.«

Eduard von Sandersleben legte den Londoner Bericht seines Onkels Georg zur Seite. Giesecke, das war der Name des freundlichen Herrn gewesen, der ihm in Aachen so bereitwillig Auskunft gegeben hatte. War dieser identisch mit dem Unterzeichner des Postskriptums Gustav Scharlach? Dieser war ein Freund Bismarcks, wie er den anderen Stellen des Berichts entnommen hatte. Wenn den Aussagen Scharlachs und denen des Onkels Tatsachen zugrunde lagen, und danach sah es fast so aus, was hatten Scharlachs Nachforschungen im Waisenheim mit dem Grafen Bismarck zu tun? Welcher seltsamen Angelegenheit war der Regierungsrat nachgegangen? Standen diese Untersuchungen womöglich mit dem Geschehen in Verbindung, dem sein Vater Karl von Sandersleben auf der Spur gewesen war? Der Gedanke war tollkühn und bisher ohne einen fundierten Beweis.

Eduard merkte, wie ihm vor Aufregung das Blut ins Gesicht stieg: Konnte es sein, dass seine eigene ungeklärte Herkunft mit dem preußischen Ministerpräsidenten in Verbindung stand? Was war Bismarcks Geheimnis? Gerade wollte er sich den letzten Bericht Georg von Sanderslebens, der mit der Überschrift ›französische Irrfahrten‹ versehen war, vornehmen, da wurde draußen Alarm geschlagen. Die Preußen hatten überraschend mit dem Angriff begonnen und die sächsische Armee brach Hals über Kopf in Richtung Böhmen auf.

⊱∾⊰

In London hatte Bismarck mit Premierminister Lord Palmerston und Außenminister Earl Russel sowie mit dem Oppositionsführer Disraeli Gespräche geführt, ganz so, als wäre er schon Minister. Die Entscheidung aus Berlin ließ jedoch auf sich warten. So kehrte er schließlich nach Frankreich zurück. Am 15. Juli schrieb er Roon über sein Empfinden: »Aus Bernstorffs Brief ersehe ich, dass es dem Könige vor der Hand nicht gefällt, mir das Auswärtige zu übertragen, und dass Seine Majestät sich noch nicht über die Frage schlüssig gemacht habe, ob ich an Hohenlohes Stelle treten soll, diese Frage aber auch nicht durch Erteilung eines Urlaubs auf sechs Wochen negativ präjudizieren will. Das Alles beruht mehr auf instinktivem Gefühl, als dass ich beweisen könnte, es sei so; und ich gehe nicht so weit, zu irgend etwas, das mir der König befiehlt, deshalb auf eigne Faust nein zu sagen. Wenn ich aber um meine

Ansicht gefragt werde, so bin ich dafür, noch einige Monate hinter dem Busch gehalten zu werden. Vielleicht ist dies alles Rechnung ohne den Wirt, vielleicht entschließt sich Seine Majestät niemals dazu, mich zu ernennen, denn ich sehe nicht ein, warum es überhaupt geschehen sollte, nachdem es seit sechs Wochen nicht geschehen ist. Dass ich aber hier den heißen Staub von Paris schlucken, in Cafés und Theatern gähnen, oder mich in Berlin wieder als politischer Dilettant ins Hôtel Royal einlagern soll, dazu fehlt aller Grund, die Zeit ist besser im Bade zu verwenden.«

Am 17. Juli nahm Bismarck erst einmal Urlaub und fuhr durch Südfrankreich und in die Pyrenäen sowie ins Familienbad Trouville.

❧

»Ich folgte«, setzte Georg von Sandersleben seinen Bericht fort, »Bismarck auf seiner Reise nach Süden. Um dabei unerkannt zu bleiben, rasierte ich meinen Backenbart ab, färbte die Haare, setzte eine Brille auf und veränderte mein äußeres Erscheinungsbild. Dazu verwendete ich einen weiteren Tarnnahmen, den eines Barons von Unterberg. Wir kamen nach Trouville. Bismarck stieg im besten Hotel ab und besuchte noch am gleichen Abend einen Ball, am nächsten Tag ein Konzert und eine Soiree. Er schien sich bei den Veranstaltungen herzlich zu langweilen, vielleicht sagte ihm auch die dortige Gesellschaft, primär Familien mit Kindern, nicht zu. Zwei Tage später reiste er jedenfalls per Bahn nach Blois. Bismarck besichtigte einige Loireschlösser wie Chambord, Chenonceaux und Loches, das Schloss Ludwigs XI. Endlich wandte er sich ganz nach Süden, nach Biarritz. In dem früher bitterarmen Fischerdorf im Pyrenäenvorland verbrachten seit fast zehn Jahren Napoleon III. und seine

Gattin Eugénie regelmäßig ihren Sommerurlaub. Der Kaiser hatte extra für sie 1854 die Villa Eugénie bauen lassen. Zahlreiche Hotels waren daraufhin im Ort entstanden und neue Straßen angelegt worden. In diesem Sommer war Biarritz geradezu ein Wallfahrtsort des europäischen Adels; kein Wunder, dass es Bismarck dorthin zog. Wieder fuhr ich ihm direkt hinterher.«

Bis dahin war Eduard von Sandersleben mit seiner Lektüre auf dem Marsch nach Böhmen gekommen. Er hatte die Kladde eingesteckt und mit ins Feld genommen, in der Hoffnung, sie während einer Gefechtspause weiter studieren zu können. Das war bislang kaum möglich gewesen, obwohl er das Heft stets bei sich getragen hatte, auch auf seinem verwegenen Ritt zum feindlichen Hauptquartier. Nun lag er hier verwundet, und der Text war bei ihm. Doch er fühlte sich zu schwach und zu müde, um weiter den Wegen und Schilderungen Georg von Sanderslebens zu folgen. Später, dachte er, später würde er die Lektüre fortsetzen, und schloss matt die Augen.

⁂

Auf dem Schlachtfeld von Königgrätz war der Ausgang nach wie vor offen. Der Mittag war längst vorüber und der Nachmittag angebrochen. König Wilhelm beobachtete den tobenden Kampf mit wachsender Nervosität. Eben zogen sich die letzten Soldaten des 31. und 71. Regiments aus dem zerschossenen Holawald zurück.

Wilhelm fuhr den Kommandeur Oberstleutnant von Valentini an: »Vorwärts mit euch, zurück ins Gefecht, schlagt euch wie brave Preußen.« Die Männer kehrten um und griffen erneut an. Aber sie waren zu geschwächt; der Heldentod der Regimenter brachte keine Hilfe. Eine Stunde später beurteilte Generalleutnant von Schmidt die Lage als hoffnungslos. Er wandte sich an den Chef des in Reserve stehenden III. Korps, Generalleutnant von Manstein. »Wir sollten den Rückzug antreten«, forderte er, »die Schlacht ist verloren! Die Österreicher rücken vor und die II. Armee kommt nicht. Wenn wir noch länger warten, werden wir möglicherweise umfasst!«

Bismarck, der das Gespräch verfolgt hatte, erstarrte innerlich. War dies das Ende? Wenn Preußen die Schlacht wirklich verlieren sollte, war das Königreich wieder da, wo es vor sechzig Jahren nach Jena und Auerstedt gewesen war: für lange Zeit geschwächt und am Boden! Und er selbst? Wie würde es ihm im Falle einer Niederlage ergehen? Die Öffentlichkeit in Deutschland, allen voran die Liberalen, würde ihn für alles verantwortlich machen und seinen Kopf fordern. Das war der Abgrund! Ihm bliebe nur noch die Demission. Oder sollte er sich gleich erschießen? Er tastete nach seiner Pistole, die ihm ein Offizier zu Beginn der Schlacht mit den Worten »Für alle Fälle« übergeben hatte. Nein, er zog die Hand zurück, noch war nichts endgültig entschieden, so schnell würde er nicht aufgeben!

Dennoch, warum hatte er sich nur in dieses Amt drängen lassen und war Ministerpräsident geworden? Warum war er nicht in jenem Sommer des Jahres 62 einfach in Frankreich geblieben? Den ganzen Tag hatte er sich mit seiner Vergangenheit beschäftigt und war seinen Erinnerungen nachgegangen. Jener herrliche Sommer war mit der schönste seines Lebens gewesen …

Bismarck hatte in Biarritz das Gefühl gehabt, ganz Seesalz und Sonne zu sein. Tag für Tag sprang er morgens ins Meer und schwamm stundenlang durch die Fluten. Direkt nach dem Baden streckte er sich dann auf einer Klippe aus und schaute von oben dem immer wiederkehrenden Spiel der Wogen zu, deren tosende Brandung weißlichen Schaum aufwarf. Drüben sah er die blassen Bergrücken der Pyrenäen. Er fühlte sich fast wie auf einer fernen, vom Meer umspülten Insel. So genoss Bismarck die Wochen in vollen Zügen. Zumal ihn wieder einmal eine Frau in den Bann schlug: Er begegnete in Biarritz der russischen Fürstin Katharina Orlow, die mit ihrem wesentlich älteren Ehemann, einem Kriegsinvaliden aus dem Krimkrieg, aus Erholungsgründen an die See gereist war. Natürlich konnte sie Deutsch, aber sie parlierten auch auf Französisch und auf Russisch, das Bismarck seit seiner Petersburger Zeit gut beherrschte. Katharina war mit ihrem langen blonden Haar, dem zarten Gesicht und den großen Augen eine wahre Schönheit, die Bismarck umgehend gefangen nahm. Er blühte in ihrer Gegenwart regelrecht auf, überhäufte sie mit zahlreichen Aufmerksamkeiten und war von einem geradezu unwiderstehlichen Charme. Sie schien seinen Umgang ebenfalls sehr zu schätzen und seine Plaudereien, Anekdoten und Komplimente überaus zu genießen. Bald waren beide unzertrennlich. Katharina spielte wie Johanna ausgezeichnet Klavier, sie beherrschte Stücke von Chopin, Schubert, Mendelssohn und Beethoven. Sie saß am Pianoforte, das Fenster stand offen und der Blick ging auf das blaue Meer. Bismarck schloss die Augen und hörte den Tönen zu. Ihm war, als träume er, befände sich in einer eigenen Welt der Sehnsucht, des Verlangens und, wenn er die Augen wieder öffnete, der Anmut und des Entsagens, so schlug sie ihn mit ihrer großen Schönheit und Jugendfrische in den Bann. Dann wieder unternahmen sie lange Spaziergänge, machten am Strand Rast, warfen sich Bälle zu oder picknickten. Sie sprachen über Bücher, über das Theater und die Musik. Die Fürstin und er spielten ein ganz eigenes Spiel, waren frei und unabhängig, dachten nicht an das Gestern und schon gar nicht an ein Morgen. Manches in den Zügen der »niedlichen Prinzessin«, wie Bismarck sie gern titulierte, kam ihm mitunter vertraut vor, so als habe er sie schon vor langer Zeit kennengelernt.

»Du wirkst so verträumt, Otto«, sagte sie eines Mittags, als sie auf einem mit Heidekraut bestanden Uferstück am Meer lagerten. Fürst Orlow, der sie am Morgen begleitet hatte, war in das Hotel zurückgekehrt, um Briefe zu schreiben, und hatte Katharina in Bismarcks Obhut überlassen. Sie lag direkt vor ihm auf einer mitgeführten Decke. Ihr leichtes Kleid schimmerte hell in der Sonne. Das dichte Haar war geöffnet und die hellen Locken umspielten ihr Gesicht. Er fuhr aus seiner Betrachtung auf und fasste sich wieder. Eben noch hatte er sich zu ihr niedergebeugt und sie auf die vollen, roten Lippen geküsst. Doch nur in Gedanken, und jetzt fühlte er sich ertappt wie ein Schuljunge.

»Gib zu«, fuhr sie lachend fort, »du hast an mich gedacht, ich sehe es dir an!« Sie richtete sich auf, umfasste ihn und zog den Überraschten zu sich auf die Decke. Für einen Augenblick hielt er sie in seinen Armen, dann löste sie sich von ihm und sprang wie ein Fohlen davon. Wie betäubt blieb er einige Zeit sitzen und starrte auf das weite, blaue Meer. Endlich erhob er sich ebenfalls und folgte eilig der weißen Gestalt, die ihm fröhlich zuwinkte.

Am Abend gingen Fürst und Fürstin mit Bismarck ins Casino, auch Katharinas Cousine Natascha, die gerade aus Paris angekommen war, begleitete sie. Natascha war zwei oder drei Jahre jünger als die Fürstin und sah dieser im gedämpften Licht der Kerzen auf den ersten Blick verblüffend ähnlich. Beim näheren Betrachten verflog allerdings diese Ähnlichkeit rasch. Ansonsten erinnerte sie Bismarck an eine Frau, der er einmal begegnet war. Nur gelang es ihm nicht, die Erinnerung einem bestimmten Gesicht zuzuordnen. Im Casino begrüßte ihn ein alter Freund, der preußische Gesandte von Galen.

»Du siehst blendend aus, lieber Otto, ganz von Sonne gebräunt und kerngesund.«

»In der Tat, ich fühle mich so wohl wie schon lange nicht mehr, voller Kraft und Elan. Es überkommt mich manchmal beinahe eine Rauflust wie in meiner Studentenzeit.«

»Nun, das ist einige Zeit her«, lachte von Galen. »Aber willst du mich nicht deiner reizenden Begleitung vorstellen?«

»Pardon, in der Freude über unser unverhofftes Treffen vergaß ich beinahe, was sich gehört. Das, liebe Katharina, ist mein guter Freund, der preußische Gesandte von Galen. Und dies sind der Fürst Orlow und seine reizende Gemahlin und ihre Cousine Natascha.«

Bald waren die fünf mitten im Gespräch. Bismarck bemerkte mit Vergnügen, wie sein alter Freund von Katharina sichtlich entzückt war und sich regelrecht um sie bemühte. Der Fürst betrachtete die Bemühungen mit dem milden, leicht resignativen Lächeln, das er für alles hatte. Er entschuldigte sich bald, ihm machten seine Verwundungen zu schaffen, und zog sich zurück. Katharina blieb und genoss die doppelte Verehrung. Musik spielte, Walzerklänge füllten den Saal, und plötzlich wandte sich der Gesandte an die Fürstin und bat um einen Tanz.

»Gern«, antwortete Katharina, wobei sie wie ungefähr Bismarcks Hand ergriff und leicht drückte. Er verstand dies als Zeichen, sich keine Sorgen zu machen, und lehnte sich entspannt zurück. Ein anderer Herr bat Natascha zum Tanz. Während Galen sich mit Katharina und Natascha mit ihrem Kavalier zu den Stücken des Orchesters drehte, ließ Bismarck seine Blicke durch den Saal wandern. Die schönsten Toiletten waren zu sehen, Schmuck und Spitzen blitzten und überall war man am Fächerschlagen und Kokettieren. Die

Herren führten die Damen zum Tanz und gaben mehr oder minder geistvolle Bonmots von sich. Nur eine Gruppe saß abseits und hatte für all die Schönheit keinen Blick. Man war auf das Jeu konzentriert, spielte Écarté oder sah anderen bei diesem Glücksspiel zu. Es musste um viel Geld gehen, da und dort türmten sich die Goldmünzen. Unter den Personen kamen Bismarck zwei bekannt vor. Langsam erhob er sich und näherte sich dem Tisch, um besser sehen zu können. Erstaunt erkannte er den Grafen Baseno und den Earl of Bothwell. Während er so dastand, legte sich ihm eine zarte Hand auf die Schulter. Es war Katharina Orlow.

»Herr von Galen lässt sich entschuldigen, er musste plötzlich aufbrechen. Es sei etwas Dienstliches, sagte er, du würdest verstehen. Jetzt bin ich allein nur für dich da!«

Die Musik setzte eben neu ein, Bismarck legte seinen Arm um ihre schlanke Taille und beide glitten völlig selbstvergessen über die weite Tanzfläche.

Es war spät, als das Paar den Saal verließ und den Heimweg zum Hotel antrat. Die Fürstin ergriff Bismarcks Arm, hakte sich ein und rückte nahe an ihn. Sie liefen und schwiegen. Oben am klaren Himmel zeigte sich der volle Mond und seine Strahlen fielen auf Straßen wie Häuser und auf das nächtliche Meer. Der Tag war sehr heiß gewesen, und noch immer war es warm, denn die Steine und der Sand strahlten die Reste der Hitze wider. Katharina blieb stehen und zeigte aufs Meer.

»Sieh nur, Otto, wie die Mondstrahlen auf den Wellen tanzen.«

Nach einem kurzen Innehalten sprach sie weiter. »Ich hätte große Lust, jetzt in das Meer zu springen und wie ein Fisch durch die Fluten zu tauchen. Oh ja, komm, lass uns ins Wasser gehen.«

Und ehe Bismarck etwas erwidern konnte, ließ sie seinen Arm los und rannte hinab an das Ufer. Überrascht und etwas zögerlich folgte er ihr. Katharina war bereits am Wasser, warf die Schuhe zur Seite und schlüpfte aus ihrem leichten Ballkleid. Dann sprang sie, wie die Natur sie geschaffen hatte, hinein in das aufspritzende Nass. Bismarck blieb stehen und schaute der schlanken Gestalt hinterher, die wahrhaftig einem durch die Wellen gleitenden Delphin glich.

»Komm, es ist noch ganz warm!«, rief sie und winkte ihm zu.

»Ich bleibe hier und bewache deine Kleider«, rief Bismarck zurück.

»Du bist ein wasserscheuer Bär!«

»Morgen, am Tag, können wir um die Wette schwimmen«, schlug er vor, worauf sie lachte und abtauchte. Nein, dachte er, für derartige nächtliche Vergnügungen bin ich denn doch zu weit von der Jugend entfernt. Aber schön ist das anmutige Schauspiel doch. Wie sie durch das Wasser gleitet, ganz als ob sie eine Najade, eine Meerjungfrau wäre. Ein reizendes Wesen. Wenn nicht Johanna wäre, wer weiß, was ich täte …

Gerade eben kehrte Katharina zum Ufer zurück und watete langsam ans Land. Ihre schlanke Gestalt wurde vom Mondlicht umspielt und die Wassertropfen auf ihrer Haut leuchteten wie Perlen. Ohne sich um ihre Nacktheit zu kümmern, lief sie durch den Sand auf ihn zu und blieb dann direkt vor Bismarck stehen. Das lange, nasse Haar fiel weit über die zarte Schulter hinab und umgab sie wie ein Schleier. Darunter blitzten der helle, schlanke Leib und die Rundungen ihrer festen Brüste. Unter der linken Brust leuchtete ein herzförmiges Muttermal.

»Nimm mich in den Arm«, bat sie, »ich friere ein wenig.«

Gedankenverloren zog er sie an sich und strich zärtlich über ihr Haar. Er fühlte ihren feuchten, warmen Körper, ihre Nähe, ihr Wollen und Wünschen – und eine tiefe Sehnsucht nach Jugend und Liebe. Oben am Himmel leuchtete der volle Mond weit über die nächtlichen Lande. Ein Hauch stieg auf, der Duft nach Meer, Strand, Sommer und Weib. Noch immer hielt er sie fest. Er zögerte und einen winzigen Augenblick schien sich seine Welt in einer Art von Schwebezustand zu befinden. Was wäre wenn? Da traten andere Bilder vor sein inneres Auge, er besann sich und schob Katharina ganz sanft von sich. Bismarck bückte sich, ergriff das Ballkleid, hob es auf und reichte ihr mit einer Verbeugung den leichten Stoff.

»Danke«, sagte sie und schlüpfte in das Kleid. »Jetzt ist er vorüber, der verweilende Augenblick. Du bist wirklich ein preußischer Bär«, fügte sie lachend hinzu und nahm die Schuhe in die Hand. »Komm, Bär, bring mich nach Hause. Morgen und übermorgen wollen wir richtig schwimmen gehen. Ganz sittsam natürlich und am hellen Tag.«

Arm in Arm wanderten sie zum Hotel, wo er sich mit einer Verbeugung von der Schönen verabschiedete. Dann suchte er sein eigenes Zimmer auf und legte sich zu Bett. Er fand aber wegen des Stranderlebnisses und der Unruhe in seinem Inneren keinen Schlaf. Schließlich erhob sich Bismarck, setzte sich an einen Tisch, der ihm als Sekretär diente. Er nahm ein Blatt hervor, schraubte das Tintenfass und ergriff die Feder.

»Meine Liebe!

Eine viertel Meile nördlich von Biarritz ist eine enge Schlucht im Felsenufer, rassig, buschig und schattig, unsichtbar für alle Menschen. Dort saß ich heute, vor mir das Meer grün und weiß in Schaum und Sonne. Neben mir die reizendste aller Frauen, lustig, klug und liebenswürdig, hübsch und jung …«

Er unterbrach sich. Konnte er in seiner jetzigen Stimmung Johanna schreiben? Jeder Satz verriet doch, was in ihm vorging und wogegen er anzukämpfen suchte. Nein, er sollte warten, sollte über alles nachdenken und aus der Ruhe heraus handeln, das heißt schreiben. Er schob das Blatt zur Seite, verschloss die Tinte und stand auf. Er hatte das Gefühl zu ersticken, alles war eng, so eng. Er musste hier raus, musste zurück in die laue Mondnacht, in der so vieles verborgen lag und so vieles geschehen konnte. Kurz darauf verließ er das Hotel und wandte sich mit raschen Schritten hin zur Promenade und dem Strand zu.

Es mochte gegen zwei Uhr nachts sein, überall herrschte tiefe Ruhe. Bismarck verließ die Promenade und kehrte zum Strand zurück. Am Ufer, dort wo Katharina ins Meer gesprungen war, fand er eine Schleife, die wohl zu ihrem Kleid gehörte, und presste sie an seine Lippen.

SIEG UND NIEDERLAGE

Ich habe den Eindruck, daß der Kaiser Napoleon ein gescheidter und liebenswürdiger Mann, aber so klug nicht ist, wie die Welt ihn schätzt, die alles, was vorgeht, auf seine Rechnung schreibt, und wenn es in Ostasien zur unrechten Zeit regnet, das aus einer übelwollenden Machination des Kaisers erklären will. Man hat sich besonders bei uns daran gewöhnt, ihn als eine Art génie du mal zu betrachten, das immer nur darüber nachdenke, wie es in der Welt Unfug anrichten könne. Ich glaube, daß er froh ist, wenn er etwas Gutes in Ruhe genießen kann; sein Verstand wird auf Kosten seines Herzens überschätzt; er ist im Grunde gutmütig, und es ist ihm ein ungewöhnliches Maß von Dankbarkeit für jeden geleisteten Dienst eigen.

Otto von Bismarck. Gedanken und Erinnerungen, Band 1. VIII. Kapitel

❧

Gegen halb zwei zeigte Moltke plötzlich nach Norden. »Das ist die Wende!«, rief er und reichte sein Glas Bismarck. »Sehen Sie selbst, die Armee Seiner Königlichen Hoheit des Kronprinzen ist auf dem Schlachtfeld erschienen!«

Bismarck schaute in die angegebene Richtung. Er sah das rötliche Aufblitzen von Kanonenfeuer, das von Norden her gegen die feindliche Stellung gerichtet war, und erblickte eine gewaltige Anzahl von Soldaten, die in langen Linien auf Chlum zumarschierten. Kurz nach zwei stiegen schwarze Rauchwolken aus dem Ort auf. Das Dorf brannte, der Kampf um die Schlüsselstellung war offenbar in eine entscheidende Phase getreten. Die Wirkung der Angriffe der Truppen des Kronprinzen war bald zu spüren. Das feindliche Feuer ließ plötzlich nach und wurde immer schwächer. Die eigenen Batterien rückten vor und eröffneten nun ein Kreuzfeuer. Jetzt legten die 5. und 6. Division das Gepäck ab und gingen ebenfalls scharf vor. Berittene kamen und meldeten, das VIII. k. u. k. Korps räume unter starkem Verlust Prim vor der angreifenden rheinischen Division. Überall wichen die Österreicher zurück, Kronprinz Albert zog seine Verbände wie auf einem Schachbrett ab. Nur wenige Bataillone verteidigten noch das Dorf und die Höhe von Problus und wurden bald aufgerieben. Ein Teil der feindlichen Artillerielinie bei Lipa schwenkte nach der rechten Flanke ab. Sie überzogen jetzt die Dörfer Chlum und Rosberitz mit einem wahren Höllenfeuer, das plötzlich abrupt stoppte, da die Umfassung drohte. Um halb vier gab Moltke neue Anweisungen. Der Angriff zielte nun auf die Hochfläche von Lipa. Parallel brachen die preußischen Gardetruppen in die Stellung des österreichischen Korps Ernst ein, von dem die Brigade Benedek halb vernichtet auf Langenhof zurückwich, während die Reste der anderen österreichischen Brigaden vom Schlachtfeld flohen. Um vier Uhr war die Schlacht entschieden, der Feind war überall auf der Flucht. Prinz Friedrich Carl führte persönlich die Kavallerie-Division Horn bei der Verfolgung des fliehenden Gegners an. Die Reiter durchquerten Sadowa, ritten vorbei an den blutigen Spuren des erbitterten Kampfes um das Dorf und den Wald. Überall lagen Leichen und Trümmer der österreichischen Artillerie. Alles eilte vorwärts und trieb den Feind vor sich her. Den Reitern folgten die Infanterie und schließlich auch die Artillerie. Zusammen vermehrten

sie die Verwirrung in den versprengten Haufen des fliehenden österreichischen Heeres.

~⊙~

Eine ungeheure Detonation ließ die Wände beben. Fenster
zersprangen. Schränke, der Tisch und die Betten stürzten
um. Eduard von Sandersleben schreckte hoch und richtete
sich von seinem Krankenlager auf. Er war allein im Raum,
die Krankenträger schienen vor der Gewalt der Kanonade
geflohen zu sein. Die Wunde schmerzte und pochte, aber
er fühlte sich nicht mehr so matt und konnte auch angesichts der Lage nicht mehr hier bleiben. Wieder donnerte
und krachte es laut, das Jaulen der Geschosse und mensch-
liches Brüllen war zu hören. Die Schlacht schien auf dem
Höhepunkt zu sein. Ein Grund für ihn, erneut zu versuchen, zum feindlichen Hauptquartier durchzustoßen.
Allerdings musste er diesmal geschickter vorgehen und die
direkte Konfrontation vermeiden. Aufmerksam lauschte
er den Geräuschen der Außenwelt; der Geschützlärm ließ
kurzzeitig nach, Zeit für ihn, zu handeln und von hier aufzubrechen. Eduard von Sandersleben erhob sich mühsam
von seinem Lager.

~⊙~

Bismarck setzte das Glas ans Auge. Jetzt kam der Augenblick zum Dreinhauen für die Kavallerie. Die Regimenter warfen sich auf die feindliche Artillerie und Infanterie.
Die Österreicher boten ihre Reserve-Kavallerie zur Rettung
ihrer Armee auf, ungefähr sechstausend Reiter fochten auf
engstem Raum einen mörderischen Kampf – Mann gegen
Mann. Doch der Sieg blieb bei den Preußen, jeder Wider-

stand der Österreicher war schließlich gebrochen und die letzten Reste flohen zur Festung Königgrätz.

Es wurde Abend, und die preußischen Truppen schlugen ihr Biwak auf dem Schlachtfeld auf. Bald erleuchteten zahlreiche Feuer das Feld. In ihrem Licht und in dem von Fackeln und Öllampen nahmen sich Ärzte und Krankenträger der Verwundeten an. Schmerzensschreie und Stöhnen waren überall zu hören; viele Männer starben noch in dieser Nacht, andere wurden für den Rest ihres Lebens zu Krüppeln – Folgen des schrecklichen Kampfes um die Macht in Deutschland.

Das neue Hauptquartier der siegreichen Armee befand sich in Horzitz, wo der preußische König und sein Ministerpräsident übernachteten. Der König ruhte ganz feldmäßig auf einem Sofa im Rathaus. Bismarck dagegen hatte nach einigem Hin und Her im Haus in der einfachen Stube eines Arztes Platz gefunden.

Er fühlte sich zu aufgewühlt von dem Tagesgeschehen, um gleich zu schlafen, und setzte sich daher mit einem Becher Wein ans Fenster. Bismarck blickte hinaus in die Nacht und dachte über die aktuelle Lage nach. Die Schlacht war gewonnen, Friedensunterhandlungen mit Wien waren jetzt nicht nur möglich, sondern im Hinblick auf eine Einmischung Frankreichs geradezu geboten. Der glänzende Erfolg der preußischen Waffen würde Napoleon nötigen, aus seiner bisherigen Zurückhaltung herauszutreten. Napoleon hatte bis dahin auf Preußens Niederlage gesetzt und war von dem Bedürfnis Berlins nach französischer Hilfe ausgegangen. Jetzt würde er in Preußen eine neue Konkurrenz sehen. In Bezug auf den Frieden hieß es, gegenüber den Verlierern Mäßigung zu zeigen, um Österreich als künftigen Bündnispartner gegen Frankreich gewinnen zu können.

Ach ja, seufzte Bismarck, Frankreich. Was wäre, wenn sich Preußen mit Frankreich verbündete? Vielleicht sogar eine Art von Zoll- und Militärunion bildete, um gemeinsam Europa zu beherrschen? Alternativen gab es immer, es hatte auch früher welche gegeben. Selbst für ihn. Wieder dachte er an den herrlichen Sommer des Jahres 62 am Strand von Biarritz, bevor er Preußens Ministerpräsident geworden war …

»Guten Morgen, Herr von Bismarck, Sie leiden an Schlaflosigkeit?«, erklang eine spöttische Stimme hinter ihm. »Kein Wunder nach diesem aufregenden Abend.«

Er fuhr herum. Hinter ihm stand Graf Baseno, der ihn wohl ebenfalls im Kasino bemerkt hatte und sich, aus welchen Gründen auch immer, hier am Strand zeigte. Ob Baseno ihm schon länger gefolgt war? Seine Worte deuteten es an. Was wollte der Kerl von ihm?

»Graf Baseno, ich sah Sie vorhin im Kasino am Spieltisch und Sie mich offenbar auch«, erwiderte er ruhig. »Ich habe Sie nicht kommen hören. Führen Sie in Ihrem Wappen einen Leoparden, dass Sie sich derart leise fortbewegen?«

Baseno lachte laut, wobei er eine Reihe, weißer, spitzer Zähne entblößte, was ihm in der Tat das Aussehen eines Raubtiers verlieh.

»Wir Basenos waren immer gute Jäger, ganz gleich, welche Beute wir zu erlegen suchten.«

»Nun, dann noch viel Erfolg«, erwiderte Bismarck und wollte sich abwenden, um weiterzugehen.

»Warten Sie, Herr von Bismarck! Nicht so eilig bitte, lassen Sie uns die Gelegenheit nutzen, um ein wenig zu plaudern und uns auszutauschen.«

»Ich wüsste nicht, worüber wir sprechen sollten, Graf Baseno«, gab Bismarck kalt zurück.

»Oh, Ihre Stimme klingt etwas distanziert. Ich hoffe, Sie sind nicht noch immer verärgert wegen meiner kleinen Bemerkung, die ich Ihnen gegenüber vor Jahren in Wien machte. Wir sind doch alte Bekannte und, wie ich denke, beide Männer von Welt und können und konnten daher so einen kleinen Scherz mit einem Lachen auf die leichte Schulter nehmen!«

»Was wollen Sie, Graf?«, unterbrach ihn Bismarck, dem das Gerede Basenos nicht gefiel.

»Sie sind, wie ich bemerkte, mit der Fürstin Orlow sehr vertraut«, sagte der Graf.

Eine Wolke bedeckte den Mond, Bismarck konnte sein Gesicht nicht mehr sehen, war aber sicher, dass er dabei schmierig lächelte. »Was soll das heißen?«, gab er scharf zurück.

»Nun, nun, ich stelle nur fest, was alle Welt weiß und sich erzählt. Doch sagen Sie, Bester. Ist Katharina Orlow eine neue Isabella Loraine-Smith? Oder kommt sie mehr nach ihrer Mutter?«

»Mein Herr, ich denke, das reicht. Ich werde Ihnen morgen meinen Sekundanten schicken.«

Graf Baseno brach in lautes Lachen aus. »Nein, Herr Gesandter, so entkommen Sie mir nicht. Wir sind noch nicht fertig. Ich denke, Ihr Lebenswandel entspricht nicht den Vorstellungen, die sowohl der preußische König als auch die Allgemeinheit von dem Auftreten eines Ministerpräsidenten hat, zumal wenn dieser verheiratet ist.«

»Was soll das Graf? Sie wollen mir etwas vom Lebenswandel erzählen? Sie sind ein Spieler und, wie ich glaube, womöglich auch verantwortlich für den Tod der Baronin Rechberg sowie für den ihres Mannes.«

»Mein Gott, was sind Sie für ein langweiliger Moralist, mein Herr. Einer Dame eine beruhigende Arznei für ihre melancholischen Stunden zu schenken, bezeichne ich als Freundlichkeit und Wohltat. Keiner riet oder zwang die Baronin, zu viel des Mittels zu trinken. Gift kann heilen oder töten, das Schicksal entscheidet – wer wird da gleich von Mord sprechen? Und bei einem Duell siegt nun einmal der Bessere. Zurück zu Ihnen. Meine Briefe sind geschrieben und warten nur darauf, unter anderem an den König und natürlich an Ihre verehrte Gattin abgesandt zu werden; es sei denn …«, Baseno ließ den Satz offen.

»Es sei denn?«, wiederholte Bismarck in aller der ihm möglichen Ruhe.

»Sie verpflichten sich, mich künftig über Ihre politischen Pläne und Vorhaben rechtzeitig zu informieren.«

»Also Erpressung!«

»Nun, das ist ein hartes Wort«, sagte der Graf.

Bismarck trat plötzlich vor, holte aus und schlug ihm mit aller Kraft die Faust ins Gesicht, sodass der Erpresser von dem Angriff völlig überrascht das Gleichgewicht verlor und zu Boden stürzte.

»Kerl«, knurrte Bismarck und riss den Liegenden am Kragen in die Höhe. »Noch ein weiteres Wort und ich schlage dich windelweich. Wenn ich morgen früh deine Physiognomie noch irgendwo sehen sollte, lasse ich dich arretieren und unter Mordanklage stellen. Jetzt verschwinde, du Lump!« Er gab Baseno einen derartigen Stoß, dass dieser taumelte und beinahe gestürzt wäre. Der Graf fing sich im letzten Augenblick und brachte dann hastig Abstand zwischen sich und Bismarck.

»Das büßt du mir, du Hund«, schimpfte der Mann aus sicherer Entfernung, hob drohend die Faust und rannte davon.

Eduard suchte hastig nach seiner Montur. Endlich fand er sie, doch die Weste war völlig zerrissen und zerfetzt. Wie durch ein Wunder war das Heft mit den Aufzeichnungen Georg von Sanderslebens, abgesehen von ein paar fehlenden Blättern, diversen Knicken und einigen Rissen, unversehrt geblieben. Er steckte es ein, warf sich einen alten Mantel über und verließ eilig das Sanitätsquartier. Das geschah keinen Augenblick zu früh, direkt hinter ihm schlugen mehrere Granaten ein und setzten das Gebäude in Brand. Sich im Schutz der Häuser haltend, hastete der Sachse vorwärts. Überall krachte und schoss es, staubbedeckte Gestalten eilten vorüber, die nicht auf ihn achteten. Den Uniformen nach ungarische und böhmische Infanterie. Ein paar Mal begegneten ihm auch Preußen, vor denen er in Deckung ging. Wenn er nur wüsste, dachte von Sandersleben, wo die eigentliche Kampflinie verlief und vor allem, wo sich Bismarck und der preußische Generalstab aufhielten. Als er wieder um eine Ecke bog, kam ihm ein verwundetes Kavalleriepferd verängstigt entgegengaloppiert. Ihm gelang es, die Zügel zu ergreifen und sich in den Sattel zu ziehen. Das schäumende Tier rannte, durch die Explosionsgeräusche angetrieben, weiter in Richtung Nordwesten. Schließlich bändigte er das Pferd und lenkte es zu einer Ansammlung von Häusern, die rechts des Weges lagen. Er stieg ab, band das Pferd an einen Balken und klopfte an die Haustür. Als diese endlich geöffnet wurde, stand ein vor Furcht zitternder Alter vor ihm. Er ließ von Sandersleben erst nach dem Versprechen, ihm werde nichts passieren, ins Haus treten. In der Stube gab es einen Holztisch und einige schlecht gezimmerte Stühle; im Kamin brannte ein wärmendes Feuer. Eduard setzte sich. Er erhielt von dem Mann die Auskunft, er befinde sich in einem Flecken namens Raschin, etwa eine halbe Meile südlich der Stadt Horzitz.

»Gut«, sagte der junge Offizier und warf dem Bauern eine Münze zu, »dann sattle das Pferd ab und bringe ihm Wasser und – wenn du hast – Hafer und auch mir etwas zu essen. Wenn es dunkel ist, werde ich weiterreiten.«

»Danke, gnädiger Herr«, antwortete der Mann. »Gleich bringe ich Euch Brot und etwas Rauchfleisch und versorge Euer Ross. Aber, gnädiger Herr, Ihr solltet heute Nacht nicht mehr nach Horzitz reiten«, warnte er Eduard. »In der Stadt ist alles voller Preußen, und man sagt, ihr König, der alte Friedrich, befinde sich ebenfalls dort. Der hat die Schlacht nämlich gewonnen.«

»Dank dir, Alter, für deine Warnung«, entgegnete Eduard. »Du meinst wohl König Wilhelm, der Alte Fritz ist schon achtzig Jahre tot.«

Es sollte doch mit dem Teufel zugehen, dachte von Sandersleben, wenn ich meinen Auftrag nicht verwirklichen könnte. Auch wenn die Preußen den Kampf gewonnen haben mochten. Wobei der Alte nicht ganz richtig im Kopf zu sein schien und vielleicht alles falsch verstanden hatte. Wie auch immer, er würde Bismarck trotz seiner Verwundung zu finden wissen. Umso mehr nach dem, was er alles über den Ministerpräsidenten gelesen hatte und zu wissen glaubte. Er bat den Bauern um ein Licht, zog das schmutzige Heft mit dem Bericht des Onkels hervor und begann weiterzulesen.

ᘒ

Wie kam Baseno an seine Informationen?, fragte sich Bismarck, während er langsam zum Hotel zurückging. Zwar hatten sich ihre Wege immer wieder gekreuzt, doch die Kontakte waren zu kurz gewesen, als dass der Italiener über sein Privatleben genauer Bescheid wissen konnte. Allerdings, die Liaison damals mit Isabella oder vielleicht auch Laura konnte er mitbekommen haben. Seine Anspielung stimmte, die beiden Frauen waren sich durchaus ähnlich. Dennoch, ihm gefiel es nicht, Baseno derart gut informiert zu wissen. Hatte ihn der Sarde etwa über Jahre hinweg systematisch ausspioniert? Mit welchem Zweck? Und was konnte der Kerl nur mit der Frage, ob Katharina nach ihrer Mutter herauskomme, gemeint haben? Er kannte Katharinas Mutter nicht, kannte auch nicht den Namen, den sie vor ihrer Heirat mit Fürst Orlow getragen hatte. Wenn Baseno mit derartigen mysteriösen Anspielungen versuchte, ihn im Hinblick auf seine Erpressung gefügig zu machen, hatte sich der Lump geirrt. Und die Drohung, Johanna zu unterrichten – mein Gott, er hatte Katharina in der Kleidung einer Seejungfrau gesehen und sogar kurz in den Armen gehalten. Aber er hatte jeglicher lustvollen Versuchung widerstanden und sich nichts vorzuwerfen. Ja, er war sogar gerade dabei, Johanna gegenüber seine Schwäche für die »Prinzessin« einzugestehen – zumindest hatte er einen Brief zu schreiben begonnen. Gewiss, er hatte sich ein wenig in die Principessa verliebt, doch ohne dass es Johannas Schaden war. Alle anderen Bekanntschaften, wie zum Beispiel die mit Isabella Loraine-Smith, waren vor seiner Zeit mit Johanna gewesen. Nein, er war nicht erpressbar. Baseno dagegen war ein übler Intrigant, ein Agent und, wenn nicht auch ein Mörder, ganz sicher der Verantwortliche für den Tod der Baronin Rechberg. Vielleicht hatte der Kerl auch den Arzt bestochen, der ihn in Sankt Petersburg mit seiner vermaledeiten Salbe beinahe umgebracht hatte? Einem Schuft wie diesem Italiener traute er nahezu alles zu. Bismarck kehrte in sein Hotel zurück. Dort setzte er sich wieder an den Tisch und machte sich, trotz der frühen Stunde, sofort daran, den begonnen Brief an Johanna fortzuführen. Morgen würde er ihn nach Hause schicken, sicher war sicher.

›Meine Liebe!‹, lautete die Anrede. Besser er schrieb ›Mein liebes Herz‹. Die Feder kratzte über das Papier. ›… hübsch und jung. Orlow liegt vor uns auf dem Rasen und raucht, sie schreibt an ihre Mutter …‹ Bismarck hielt inne. Er musste Katharina unbedingt fragen, wer ihre Mutter war; natürlich hatte Baseno Unsinn erzählt, aber sicher war sicher. ›Wenn ihr zusammenkommt, wirst du mir verzeihen, dass ich etwas für sie schwärme‹, schrieb er weiter. Genau, das waren die richtigen Worte, um seinen Zustand zu beschreiben, dachte Bismarck zufrieden.

Johanna schien ihm jedenfalls zu glauben. In ihrem Antwortbrief, den er einige Tage später erhielt, war von Eifersucht nichts zu spüren. ›Erfreue Dich so lange der lieben hübschen Orlow'schen Gesellschaft, bis Du sie mit unserer vertauschen kannst‹, stand dort von Johannas Hand.

❧

Der Bericht beschäftigte sich mit Biarritz. Georg von Sandersleben schilderte auf mehreren Seiten seine dortigen Erlebnisse. »Bismarck«, schrieb er, »der künftige Ministerpräsident Preußens, scheint sich hier prächtig zu amüsieren. Es gibt keine Tanzveranstaltung, kein Hotelvergnügen, das der preußische Gesandte auslassen würde. Darüber hinaus unternimmt er lange Spaziergänge und badet ausgiebig im Meer. Aber Bismarck begeistert sich nicht nur für das Schwimmen im wilden Atlantik, sondern er hegt offenbar auch eine besondere Leidenschaft für die schöne Fürstin Orlow. Fürstin Katharina ist die Ehefrau des russischen Botschafters in Brüssel. Das Paar weilt hier zu Erholung, Orlow ist Kriegsinvalide und einiges älter als seine junge Gemahlin. Er betrachtet das Treiben des Pärchens mit geduldigem Gleichmut. Noch ist auch nichts Spektakuläres geschehen. Man badet gemeinsam, unternimmt Ausflüge ins Hinterland, liest und tanzt, ohne dass an ihrem Tun etwas Verwerfliches zu erkennen wäre. Allein, ich habe kürzlich bei einem Ball gesehen, mit welchen Blicken Bismarck die Schöne verzehrt. Für einen Augenblick konnte ich tief in sein Inneres schauen. Auch die Augen der Fürstin ruhten voller Sehnsucht und Leidenschaft auf ihm. Von besonderer Pikanterie ist, dass sich vor Bismarcks Ankunft der italienische Graf Baseno um die Russin erfolglos bemüht haben soll. Nach den Aufzeichnungen meines leider in Sewastopol umgekommenen Bruders ist Baseno mit Bismarck gut bekannt, wobei diese Bekanntschaft sehr wechselhafte Züge haben mag. Jedenfalls geht das Gerücht, der Graf habe Bismarck und die Fürstin in einer sehr aparten Situation angetroffen, nämlich beim gemeinsamen nächtlichen Bade im Adams- und Evakostüm. Er soll Bismarck zur Rede gestellt haben, worauf ihn dieser geohrfeigt und wüst beschimpft habe. Ein echter Grund für einen Ehrenhandel, den Bismarck allerdings abgelehnt haben soll. Ich persönlich glaube dieser Geschichte wenig, denn als Hauptzeuge für diese Abläufe habe ich den engen Freund des Grafen Baseno, den schottischen Earl of Bothwell, ausfindig gemacht. Bothwell hat einen äußerst üblen Ruf als Spieler – und man sagt ihm noch andere, sehr unappetitliche Vorlieben nach. Der Graf Baseno selbst ist offenbar abgereist – vielleicht gar geflohen – und Bismarck und die Orlows sind in aller Ruhe weiterhin gemeinsam unterwegs. Ich selbst bin ebenfalls in das Geschehen involviert, denn ich habe jenes Fräulein wiedergefunden, dem ich in Karlsbad begegnet bin. Es handelt sich verrückterweise um eine Cousine Katharina Orlows. Sie sieht der Fürstin sehr ähnlich. Natascha, so heißt das Fräulein, ist vorgestern in Biarritz eingetroffen und ich hatte bereits das Glück, ihr vorgestellt zu werden und mit ihr ins Gespräch zu kommen. Wir haben uns sehr angeregt unterhalten, haben am Abend sogar getanzt und planen für morgen oder übermorgen eine Landpartie zu unternehmen. Ein Problem für mich ist die Identität, unter der ich hier auftrete, und ich überlege sehr, ob und wie ich mich vom ›Baron Unterberg‹ trennen und zu meinem richtigen Namen zurückkehren kann. Apropos Namen, die Fürstin soll eine geborene Trubezka sein, was interessante Verbindungen eröffnet. Verwandtschafts- und Herkunftsfragen sind ein Kapitel für sich. Im Hinblick auf die alte Aachengeschichte glaube ich mittlerweile, dass das bewusste Findelkind aus der Verbindung der Straßburger beziehungsweise Sessenheimer Französin mit einem deutschen Herrn vom Stand stammt. Nun gab es viele Gäste, die Aachen in Frühjahr 1837, der vermutlichen Zeugungszeit des Findlings, besuchten. Ich denke aber, dass der leibliche Vater sich längere Zeit dort aufgehalten haben muss. Übrigens war der künftige preußische Ministerpräsident, wie ich von Karl weiß, damals als Assessor am Gericht in Aachen beschäftigt. Ein wirklicher Zufall, wobei ich nicht glaube, dass Bismarck der Vater unseres Findlings und dieser wiederum jenes Waisenkind wäre, das mein Bruder Karl im Frühjahr 1838 an Kindes statt angenommen hat. Ich notiere diese Vermutung auch nur der Skurrilität halber.«

Eduard von Sandersleben ließ an dieser Stelle das Heft sinken. Er war zu bewegt, um weiterlesen zu können. Bismarck konnte oder sollte sein wahrer Vater sein? Der Mann, den er hasste und verachtete, der Feind und Vernichter der Freiheit? Nein, das konnte nicht wahr sein. Der Onkel hatte geschrieben, dass die örtliche Koinzidenz ein reiner Zufall sei und er an Zusammenhänge nicht glaube. Aber tief in

Eduards Inneren blieb ein Stachel der Ungewissheit und des Zweifels zurück. Auf jeden Fall musste er Bismarck aufsuchen und ihn mit den Tatsachen konfrontieren; nur so konnte er Gewissheit erlangen.

⚜

Als Bismarck am nächsten Vormittag Katharina Orlow begegnete, gab sie sich völlig unbekümmert, als ob das nächtliche Abenteuer nie stattgefunden hätte. Er speiste mit ihr, ihrer Cousine und dem Fürsten zu Mittag. Die Gruppe saß schließlich beim Mokka und plauderte über die Tagesereignisse.

»Graf Baseno ist am Vormittag abgereist«, erzählte der Fürst. »Er schien einen Unfall gehabt zu haben, seine linke Wange war mit einer Kompresse bedeckt.«

Sein Schlag schien Folgen gehabt zu haben, dachte Bismarck befriedigt. »Gut, dass er fort ist«, kommentierte Katharina. »Dieser Italiener und sein schottischer Kumpan waren mir in tiefster Seele zuwider. Den ganzen Abend verbrachten sie mit Kartenspielen und Trinken. Der Graf hatte die unangenehme Angewohnheit, sich in Gespräche einzumischen und seine Bonmots besaßen etwas ungemein Anzügliches. Vor Ihrer Ankunft machte er mir einige Tage auf eine sehr plumpe Art den Hof. Der Fürst überlegte schon, ihn zu fordern.«

»Was mit einem Arm schlecht gegangen wäre«, fügte Orlow mit schmerzlichem Lächeln hinzu.

Sie wechselten das Thema und sprachen darüber, am nächsten Tag einen Badeausflug zu unternehmen und sich heute auszuruhen.

»Die Stelle beim Leuchtturm ist zum Schwimmen gut geeignet, treffen wir uns dort«, schlug Bismarck vor.

»Ist die Strömung an dieser Stelle nicht gefährlich?«, wandte der Fürst ein.

»Mag sein, doch das trifft nicht für geübte Schwimmer zu«, entgegnete Katharina leichthin. »Ich denke, wir können beruhigt dort ins Wasser gehen.«

Die Bucht, von der sie sprachen, lag nördlich am Rand des Ortes. Sie wurde auf ihrer rechten Seite durch eine Halbinsel abgeschlossen, auf deren Spitze ein Leuchtturm stand. Im Inneren der Bucht war das Wasser, bis auf eine leichte Dünnung, still; selbst Nichtschwimmer konnten hier ohne Gefahr baden. Weiter draußen allerdings war die Strömung beträchtlich und die Bedenken Orlows bestanden zu Recht.

Als Bismarck am nächsten Morgen die Bucht erreichte, befanden sich Fürst und Fürstin bereits vor Ort. Die Cousine hatte sich entschuldigen lassen, sie machte in Begleitung zwei anderer Russinnen mit einigen deutschen Herren einen Landausflug. Katharina verließ soeben einen ambulanten Strandkorb, in dem sie sich umgezogen hatte. Heute trug sie ein hochgeschlossenes Strandkleid und auf dem Kopf eine Badehaube, die ihre Lockenpracht jedoch nicht bändigen konnte. Auch dem fast sackartigen Gewand gelang es kaum, ihre fraulichen Formen vor dem Blick Bismarcks zu verbergen.

»Da bist du ja endlich, Otto«, rief die Fürstin. »Ich brenne darauf, schwimmen zu gehen. Zieh dich um und komm. Der Fürst«, sie sprach von ihrem Gemahl stets als dem Fürsten, »will mich nicht allein ins Meer steigen lassen. Dabei ist hier alles flach und ungefährlich!«

»Mein lieber Otto«, sagte der Fürst, der Bismarck beim Vornamen nannte, aber sonst beim Sie geblieben war, »Sie wissen, die Kraft der Strömung weiter draußen ist nicht zu unterschätzen. Ich vertraue darauf, dass Sie Katharina im Auge behalten. Ich möchte mich entschuldigen, Korrespondenz erwartet mich.« Dann war der Fürst gegangen und –

Bismarck fuhr aus seinen Gedanken auf. Draußen auf der Straße war plötzlich lautes Rufen zu hören. War das nicht sein Name? Neugierig erhob er sich, trat direkt ans Fenster und öffnete es.

Eduard schaute aus dem Fenster. Draußen war es zu unruhig und zu hell, um jetzt schon aufzubrechen. Er vertrieb sich die Zeit mit dem Bericht des Onkels. Dieser erzählte weiter von seiner überraschenden Begegnung mit der geheimnisvollen Schönen aus Karlsbad. Natascha, so hieß das Fräulein, war eine direkte Cousine Katharina Orlows und ebenfalls zum Baden nach Biarritz gekommen. Georg von Sandersleben war durch ihre Anwesenheit offenbar so abgelenkt worden, dass er in seinen Darstellungen Bismarck kaum noch erwähnte. Der Onkel schien recht schnell mit ihr bekannt geworden zu sein und bald tauchte in seinen Aufzeichnungen das Wort ›Verlobung‹ auf. Eduard fand die schwärmerischen Passagen recht langweilig, zumal er ahnte, wie die Geschichte endete. Die Eltern hatten vor Zeiten erzählt, dass der Onkel durch eine Frau einmal bitter enttäuscht worden sei. Diese habe sich mit einem Unwürdigen eingelassen und ihm damit fast das Herz gebrochen. Er hatte dies schon lang vergessen, schloss aber aus den Darstellungen, dass jene Frau besagte Natascha gewesen sein musste. Derartiges zu lesen war ihm nach diesem Tag zuwider. Er schlug die Kladde zu und steckte sie sorgfältig ein. Es war nun völlig finster geworden, Zeit zum Aufbruch. Eduard von Sandersleben hieß den Alten das Pferd satteln. Dieser versuchte ihn zurückzuhalten, doch er hörte nicht auf die

Warnungen des verängstigten Mannes. Er verließ das Bauernhaus, nahm die Zügel aus der Hand des Bauern, schwang sich trotz einer gewissen Übelkeit in den Sattel und ritt los in Richtung Nordwesten hin zur Stadt Horzitz.

Bald konnte er in einiger Entfernung vor der Stadt Wachfeuer brennen sehen. Er sprang vom Pferd und führte dieses hinter ein Buschwerk, wo er es leicht ankoppelte, dass es sich notfalls losreißen konnte. Dann machte er sich auf, das letzte Stück zu Fuß zu gehen, um nicht gehört zu werden. Vorsichtig bewegte er sich vorwärts, vermied es, den Posten zu nahe zu kommen, und erreichte schließlich die ersten Häuser. Wohin jetzt? Wie sollte er um diese Zeit, ohne auffällig zu werden, den Weg zu Bismarcks Quartier finden beziehungsweise erfragen? Was war, wenn dieser gar nicht im Ort übernachtete? Jedenfalls musste er weiter. Schräg vorn befand sich wieder ein Posten. Eduard sah sich um. Am besten, er umging ihn, indem er auf der anderen Seite links eine kleine Gasse nutzte. Da ließ ihn das Geräusch von sich eilig nähernden Pferdhufen in die Dunkelheit einer Hofeinfahrt zurückweichen. Ein Reiter kam herangaloppiert. Er zügelte sein Tier und hielt am Posten an.

»Eine wichtige Nachricht für den Ministerpräsidenten«, verkündete er laut. »Wo finde ich Graf von Bismarck?« Dabei schwenkte er eine blaue Depeschentasche. Der Posten gab bereitwillig Auskunft.

»Ihr müsst nach links reiten, gerade die Straße hinunter bis zur nächsten Kreuzung. Dort geht es nach rechts bis zu einem kleinen Platz. Der Graf wohnt im Haus des Arztes. Eine Wache steht davor, Ihr könnt das Quartier nicht verfehlen.«

Eduard war während des kurzen Wortwechsels im Schutz einer im Schatten liegenden Mauer näher geschlichen. Der Posten war abgelenkt. Gerade wollte er über die Straße springen, um in die dunkle Gasse einzutauchen, da stutzte er. Auf der Depeschentasche hatte er ein Emblem aufblitzen gesehen – den doppelköpfigen Adler, das Wappentier der Österreicher. Vielleicht war die Tasche als Beute in die Hände der Preußen gefallen? Unter Umständen enthielt sie die weiteren Aufmarschpläne! Er musste die Tasche an sich bringen. Schon ritt der Reiter weiter, und Eduard gelang es gerade noch, ungesehen zur anderen Seite zu kommen.

Er hastete durch die dunkle Gasse, verfluchte seine Stiefel, die auf dem Pflaster seine Schritte laut hallen ließen. Vor ihm kreuzte eine breitere Straße die Gasse; sie musste rechts zum Platz führen, von dem der Posten gesprochen hatte. Aufgrund der größeren Hausentfernungen war der Hall der Schritte gedämpft, sodass er leiser vorwärtskam. Schnell erreichte er die Kreuzung. Er hielt im Laufen inne und spähte um die Ecke. Von rechts näherte sich eine Gestalt. Es war der Bote, der sein Pferd merkwürdigerweise im Schritt gehen ließ. Dann sprang der Mann aus dem Sattel und band das Tier an einem Zaun fest. Die Tasche warf er achtlos zur Seite und zog eine Pistole aus dem Gürtel. Er wandte sich nach rechts in Richtung des Platzes. Was hatte der Mann vor? Vorsichtig folgte Eduard ihm. Jetzt erreichten sie einen gepflasterten Platz. In dessen Mitte befanden sich ein mit Stein gefasster Brunnen und mehrere Bäume. Drei Straßen mündeten auf das Rund, um das auf jeder Seite vier Häuser standen. Vor einem der Gebäude war ein Wachposten aufgestellt. Eduard hielt sich im Schatten der Bäume. Der Bote trat keck auf den Soldaten zu und fragte ihn etwas. Der Mann zeigte auf das daneben befindliche Haus. Im oberen Stock brannte Licht und hinter dem Fenster war die Silhouette einer Gestalt sichtbar. Der Fragende dankte und wendete sich scheinbar ab. Doch plötzlich drehte er sich blitzschnell um und schlug den Soldaten mit dem Kolben seiner Pistole nieder. Darauf wandte er sich zum Nebenhaus und hob die Waffe. Der Kerl wollte auf die Gestalt am Fenster schießen.

Das musste Bismarck sein, der Mann, der vielleicht sein Vater war. Jetzt rief der Attentäter laut Bismarcks Namen, woraufhin sich das Fenster öffnete.

Eduard sprang, ohne nachzudenken, vor und packte den Arm des angeblichen Boten. Zu spät, der Schuss krachte, wurde aber durch den Zugriff ein wenig abgelenkt und schlug neben dem Fenster ein. Die beiden Männer rangen miteinander, wieder fielen Schüsse. Eduard spürte einen ungeheuren Schmerz in der Brust. Er hörte noch die Soldaten, die auf die Straße rannten. Sein Gegner riss sich von ihm los und sprang davon. Dann verlor Eduard das Bewusstsein.

❧

Ein Schuss krachte und die Kugel schlug direkt neben ihm in die Hauswand ein. Bismarck wich hastig zurück. Erneut fielen Schüsse, eilige Schritte und laute Stimmen waren zu hören.

»Wir haben die Kerle«, rief jemand, das war Leutnant Faber, wie er erkannte. Die Gefahr war wohl vorüber. Erneut ging er zum Fenster und spähte vorsichtig hinaus. Soldaten liefen mit Fackeln in den Händen vorbei und riefen etwas. In der Ferne knallte es, jemand schrie, dann kehrte Stille ein. Nichts war mehr zu hören oder zu sehen. Bismarck schloss das Fenster. Kurz darauf klopfte es an die Tür. Auf sein »Herein« trat ein Unteroffizier ein, der meldete, zwei verdächtige Subjekte seien vor dem Haus gewesen und es seien Schüsse gefallen. Auch die Wache habe geschossen, einer der Kerle liege schwer verwundet am Boden, sein Spießgeselle werde verfolgt.

»Ich habe die Posten verstärkt, Exzellenz, allerdings dürfte kaum noch Gefahr bestehen. Einen haben wir und den flüchtigen Burschen werden wir ebenfalls bald zu fassen bekommen.«

»Gut, aber machen wir um die Angelegenheit kein großes Aufheben, es ist ja nichts weiter passiert.«

»Jawohl, Exzellenz!« Der Mann meldete sich ab, Bismarck dankte. Dann warf er einen Blick auf die Uhr. Gleich halb zwölf, höchste Zeit, sich auszuruhen, nach den Anstrengungen sollte er wirklich ein wenig schlafen. Kaum lag er im Bett, fielen ihm die Augen zu, und er schlief ruhig ein. Nach einer traumlosen Nacht erwachte Bismarck um kurz nach sechs und verspürte gewaltigen Appetit.

Nach dem Frühstück ging er hinaus und begab sich zum König, um sich über die aktuelle Lage zu informieren und das weitere Vorgehen zu besprechen.

Während des ganzen Vormittags wurde eine Bestandsaufnahme des Ist-Zustandes der preußischen Truppe gemacht. Einhundertsechzig Geschütze und zwanzigtausend Gefangene waren in die eigenen Hände gefallen. Die Österreicher hatten fast fünfundvierzigtausend Mann verloren, Preußen selbst etwas mehr als neuntausend. An Tapferkeit hatte es dem Gegner nicht gemangelt, und zeitweise hatte die Armee des Königs kurz vor einer schrecklichen Niederlage gestanden. Aber Moltkes Taktik, getrennt zu marschieren und vereint zu schlagen, sowie die preußische Ausrüstung, vor allem das neue Zündnadelgewehr und die gezogenen Kanonen, waren weitaus besser als die des Feindes gewesen.

Die Stimmung der Soldaten nach dem Sieg war hervorragend, und auch im Generalstab herrschte beste Festtagslaune. Bismarck bemerkte allerdings bei der morgendlichen

Lagebesprechung, dass sich bei den höheren Militärs das Gefühl eingestellt hatte, nun gänzlich unschlagbar zu sein. Man wollte weiter vorstoßen, einige plädierten sogar für ein Umschwenken der Armee in Richtung Frankreich. Und der König träumte offenbar von einem triumphalen Einzug in Wien. Besonders wollte er die Schmach von Olmütz, als Wien Preußen im November 1850 gezwungen hatte, ohne wenn und aber die österreichischen Bedingungen der Auflösung der Erfurter Union anzunehmen, durch eine Demütigung Habsburgs tilgen. Ähnlich opulent waren seine territorialen Forderungen.

»Ich beanspruche das restliche Österreichisch-Schlesien wie auch das Gebiet von Böhmen und in Norddeutschland Ostfriesland. Außerdem müssen die alten Stammlande Ansbach und Bayreuth von Bayern zurückgegeben werden. Dazu kommt Westsachsen mit Leipzig, Chemnitz und Zwickau«, ließ er seinen Ministerpräsidenten wissen.

»Majestät«, wandte Bismarck ein, »wir sollten auf Österreich Rücksicht nehmen.«

»Österreich wird nicht gefragt«, entgegnete der König ungeduldig. »Wenn es Einwände erhebt, werden wir unsere Ansprüche steigern. Ich denke an Eger, Reichenberg und Karlsbad.«

»Dort gibt es einen hohen böhmischen Bevölkerungsanteil.«

»Das ist mir gleichgültig.«

Bismarck schwieg. Das war reine Militärpolitik; auf diese Art nur auf die unmittelbare Strategie zu schauen und einen politisch bedenklichen Frieden zu schließen, würde zu einer großen Menge von Problemen führen. Es kam nicht auf aktuellen Landerwerb für Preußen an, sondern auf eine denkbar künftige deutsche Einheit unter der eigenen Führung, deren Möglichkeit durch maßlose Forderungen gegenüber Österreich nur gefährdet wurde. Der König beendete abrupt das Gespräch, als etwaige Antworten ausblieben, und entließ Bismarck eher ungnädig.

»Jetzt stehen wir groß da«, sagte General Manstein später zu ihm, »aber wenn es schiefgegangen wäre, hätte man uns in Berlin verflucht wie Anno 1806. Besonders Sie als Initiator des Geschehens hätten sich nirgends mehr blicken lassen dürfen. Was hätten Sie getan, wenn wir die Schlacht verloren hätten?«

Bismarck zog seinen Revolver hervor. »Ich hätte mir eine Kugel in den Kopf gejagt.«

»Beinahe hätte dies ein anderer für Sie erledigt, wie ich gehört habe, Graf«, sagte General von Stosch, der eben hinzutrat. »Ist es richtig, dass heute Nacht wieder auf Sie geschossen worden ist? Der Posten meldete, man habe zwei verdächtige Individuen unmittelbar bei Ihrem Quartier in Horzitz entdeckt, die es auf Ihre Person abgesehen hatten. Es kam zu einem Schusswechsel, einer wurde schwer verwundet und dann gefangen genommen, der andere später gestellt und getötet.«

»Ich glaube, das waren lediglich Marodeure. Der Schuss galt nicht meiner Person«, wiegelte Bismarck ab, der im Augenblick keine Aufmerksamkeit brauchen konnte. »Weiß man, wer die Männer sind?«

»Nein, es war bislang keine Zeit, sich die Burschen näher anzuschauen. Vielleicht können Sie die Halunken identifizieren«, fügte Stosch scherzend hinzu. »Sie haben bekanntlich Erfahrungen mit Attentätern.«

Aber der Ministerpräsident nahm seine Worte ernst. »Ich schaue mir den Toten und den Gefangenen einmal an«, sagte er und erhob sich. Dem General blieb nichts anderes übrig, als einem Unteroffizier zu befehlen, den Grafen dorthin zu führen.

Zunächst wurde Bismarck zu einem Schuppen geleitet, in dem der auf der nächtlichen Verfolgung erschossene Tote lag. Eine Kugel hatte dem Kerl das halbe Gesicht weggeschossen, dennoch erkannte Bismarck sofort den Mann. Es handelte sich um seinen alten Feind, den schottischen Earl of Bothwell! Einen Augenblick betrachtete er überrascht den Leichnam. Was hatte der Schotte hier gewollt? Auf welchen krummen Pfaden war er gewandelt? War es doch ein Anschlag gewesen, der seinem Leben gegolten hatte?

»Der Mann hatte Papiere dabei?«, fragte er laut.

»Jawohl, Exzellenz«, antwortete der Unteroffizier. »Wir haben bei ihm ein Bündel Briefe entdeckt. Sie sind wohl in Französisch und Englisch geschrieben. Ich ließ sie zu den Sachen des Gefangenen legen.«

»Gab es Ausweispapiere?«

»Nein, Exzellenz, es wurden keine gefunden.«

»Und der andere Mann, wurden bei ihm ebenfalls Briefe entdeckt?«

»Das weiß ich nicht, Exzellenz, der Wachhabende, Leutnant von Bernstorff, hat alles an sich genommen.«

»Führen Sie mich zum Leutnant und dann zu dem Gefangenen!«

Der Unteroffizier geleitete den Ministerpräsidenten hin zu der provisorischen Wachstube. Ohne anzuklopfen, trat der Graf ein. Leutnant von Bernstorff erhob sich rasch, als er den hohen Besuch bemerkte, und salutierte.

Bismarck kam gleich zur Sache: »Ich darf Sie bitten, mir die bei den feindlichen Marodeuren gefundenen Schriften auszuhändigen. Es könnte sein, dass diese wichtige Angaben zum Gegner enthalten.«

Der Leutnant salutierte erneut und holte aus einer Truhe ein Bündel schmutziger Briefe und eine dunkle Schreibkladde, in der ein tiefes Loch klaffte. »Exzellenz, erlauben Sie mir einen Hinweis«, sagte der Offizier, als er die Papiere Bismarck reichte. »Der Gefangene ist, der Uniformjacke nach, die er unter dem Mantel trug, offenbar ein sächsischer Offizier, wenn er die Jacke nicht geraubt hat, was ich nicht glaube. Er wurde von zwei Kugeln getroffen. Die eine blieb in dieser Schreibkladde stecken, die der Mann auf der Brust trug. Die andere traf ihn anscheinend in die Lunge. Die ganze Nacht hat er Blut gespuckt. Sein Fieber steigt, und unser Doktor Sauer gibt ihm keine Stunde mehr; er ist so gut wie tot. Exzellenz sollten sich beeilen, wenn Sie mit dem Mann noch sprechen wollen. Er liegt oben im Haus.«

Bismarck befahl dem Unteroffizier, die Papiere zu ihm ins Quartier zu bringen und ließ sich dann von einem Gefreiten zu dem Verwundeten führen. Der Gefangene war in eine schmale Kammer gebracht worden. Ein Gemeiner hielt Wache, hatte sich aber, da der Verwundete nicht aufhörte zu stöhnen und sich im Fieber zu wälzen, voller Mitleid zu ihm gesetzt und kühlte ihm mit einem Lappen die heiße Stirn. Der Soldat sprang auf und stotterte eine Meldung. Bismarck schob ihn wortlos hinaus und nahm selbst bei dem Gefangenen Platz.

»Können Sie mich hören? Ich bin Graf von Bismarck, auf den Sie geschossen haben. Wer hat Sie beauftragt, mich zu töten?«

Der Verwundete versuchte sich aufzurichten. Es gelang ihm nicht. Er öffnete weit die Augen und starrte den Fragenden an. Dann flüsterte er etwas. Bismarck beugte sich über ihn, um ihn besser verstehen zu können.

»Vater«, stieß er mit letzter Kraft hervor, dunkles Blut quoll über seine Lippen und die Augen brachen. Der Mann war tot. Erschüttert bedeckte Bismarck das Gesicht des Toten mit einem Tuch.

»Herr Ministerpräsident, Exzellenz«, der Leutnant stand in der Tür. »Exzellenz sollen sofort zu Seiner Majestät kommen!«

Bismarck erhob sich und eilte zum Quartier des Königs. Wieder wurde Kriegsrat gehalten und das weitere Vorgehen besprochen. Die Situation schien Bismarck immer schwieriger zu werden. Die Generäle wollten den bisherigen Siegeslauf fortsetzen. Der König selbst neigte immer mehr den militärischen Einflüssen zu folgen. Fast sah es so aus, als wäre Bismarck der Einzige im Hauptquartier, der eine andere Meinung vertrat. Das Militär schien sich endlich mit der Haltung durchzusetzen, dass das Friedensangebot der Österreicher abgelehnt werden solle. Doch Bismarck, dem aufgrund seiner Stellung als Ministerpräsident eine politische Verantwortlichkeit oblag, war fest entschlossen, die Annahme des vom Gegner angebotenen Friedens zur Kabinettsfrage zu akzeptieren. Was seine Sache erschwerte, war seine Müdigkeit und die damit einhergehende Unkonzentriertheit. Zudem war er der einzige Zivilist im Raum und spürte, dass die Militärs seine Meinung gering schätzten. Doch ein Bericht über das Umsichgreifen der Cholera im eigenen Lager bestärkte ihn in seiner Haltung.

»Majestät«, sagte er schließlich, »wenn der Krieg fortgesetzt wird, ist Ungarn der wahrscheinliche Kampfplatz. Denn die österreichische Armee kann, wenn unsere Truppen über die Donau gehen, Wien nicht halten und wird nach Osten ausweichen und die Verteidigung in Ungarn fortsetzen. Doch bei einer Verlegung unserer Operationen nach Ungarn ist aufgrund der Beschaffenheit des Landes damit zu rechnen, dass die Cholera sich schnell ausbreitet. Das Klima im August ist gefährlich und der Wassermangel groß. Es besteht somit die Gefahr einer Wiederholung des Feldzugs von 1792 in der Champagne, wo unsere Armee nicht durch die Franzosen, sondern durch die Ruhr zum Rückzug gezwungen wurde. Auch unter rein militärischen Gesichtspunkten ist die Fortsetzung des Krieges in Ungarn wenig sinnvoll. Die dort zu erreichenden Erfolge stehen nicht im Verhältnis zu den bisher gewonnenen Siegen. Ganz abgesehen davon, dass eine Verlängerung des Krieges Frankreich auf den Plan rufen wird.«

Gegen all dies erhob der König keine Einwendung, aber seine Miene und seine Haltung machten deutlich, dass er Bismarcks Darlegungen und Meinung nicht teilte; erneut wurde er sehr ungnädig entlassen, eine Entscheidung jedoch nochmals vertagt.

In schlechter Stimmung kehrte Bismarck in sein Quartier zurück. Er aß ein wenig kalten Braten mit Brot und trank dazu eine halbe Flasche Veltliner. Anschließend warf er sich mitsamt seinen Stiefeln aufs Bett und starrte Löcher in die Luft. Mein Gott, ihm war gerade alles überdrüssig. Wieder stellte er sich die Frage, warum er damals bloß auf das Telegramm reagiert hatte.

Es war in französischer Sprache verfasst gewesen. ›Periculum in mora, Dépêchéz-vous! L'oncle de Maurice Henning! – Gefahr im Verzug, kommen Sie!‹ Albrecht von Roon hatte es ihm gesandt. Henning war der zweite Vorname Moritz Blanckenburgs, des Neffen von Roon. Bismarck hatte sofort reagiert, eilig die Koffer zum Bahnhof bringen lassen und den Schnellzug nach Berlin genommen. Die Fahrt dauerte ewig. Der Zug ratterte und schwankte hin und her. Die Nacht, durch die er fuhr, war schwül. In der Ferne grollte Donner, ab und zu zuckte ein Blitz am Horizont. In Jüterbog stieg der Kriegsminister persönlich zu ihm ins Abteil. Bismarck begrüßte Roon ohne die Spur einer Überraschung, er hatte mit ihm gerechnet. Roon kam sogleich zur Sache. »Ich komme Ihnen entgegen, um Sie vom

Stand der Dinge zu unterrichten. Seit zwei Tagen streitet die Kammer. Man will das Budget erneut komplett ablehnen. Seine Majestät hat lange gezögert. Denn sobald Ihr Name auftaucht, erhebt sich von allen Seiten sowohl im Parlament als auch in der Öffentlichkeit heftiger Protest. Ihr Name wird einem Staatsstreich gleichgesetzt. Was man am Hof sonst noch sagt, können Sie sich denken. Sie haben sich im Umfeld des Kronprinzen und bei den Liberalen viele Feinde gemacht.«

Bismarck nickte, das war ihm alles bekannt. Roon betrachtete ihn aufmerksam.

»Jedenfalls erscheinen Sie gut erholt. Sie sind schlanker geworden, wirken frischer, gebräunt und munter und von der Meeresluft geradezu durchtränkt«, bemerkte er.

»Hoffen wir, dass alles gut wird«, erwiderte Bismarck, »sonst ist es mit der Gesundheit als Ministerpräsident bald vorbei.«

Sie besprachen noch ein paar Details, wie vorzugehen wäre. Und schon erreichte der Zug Berlin.

»Alles aussteigen!«

Sofort fuhr Bismarck in die Wilhelmstraße 74, ins allgemeine Staatsministerium, um sich die Protokolle über die Parlamentsdebatten durchzulesen. In der Tat, es war im Abgeordnetenhaus hoch hergegangen. Am Abend wurde er zum König befohlen. Wilhelm trat ihm ernst entgegen. Kurz erläuterte Seine Majestät die Lage, dann sagte er: »Hören Sie, Bismarck. Wenn ich nicht nach meiner Verantwortung vor Gott und vor meinem Gewissen regiere, will ich überhaupt nicht regieren. Aber ich finde keine Minister, die dem Parlament Widerstand zu leisten bereit sind. Meine bisherigen Minister, seien es Hohenlohe, Auerswald, Schwerin oder Schleinitz, wollen sich vor den Liberalen beugen. Aber dazu bin ich nicht bereit, deshalb – nun, am besten,

Sie gehen gleich zum Kronprinzen, um mit ihm alles Weitere zu besprechen.«

»Majestät, ich verstehe nicht?«

»Ich dachte, Sie wüssten Bescheid? Es geht um meine Nachfolge. Ich trage mich mit dem Gedanken, mein Amt niederzulegen.« Er wies auf ein vor ihm liegendes Schreiben. »Das ist die Abdankungsurkunde!«

»Das geht nicht, Majestät!«, rief Bismarck voller Empörung. »Wenn Ihre Majestät das tun, stürzt das Land in einen Abgrund!«

In der nächsten Stunde rang Bismarck regelrecht mit dem König, bis es ihm endlich gelang, diesem den Rücktritt auszureden. Wilhelm gab schließlich nach und vollzog mit seiner Unterschrift Bismarcks Ernennung zum Ministerpräsidenten.

Für den mit siebenundvierzig Jahren jungen Regierungschef begann eine konfliktreiche Zeit. Am Anfang versuchte Bismarck, die Liberalen durch verschiedene Ausgleichsangebote ruhig zu stimmen. Das hinderte ihn nicht daran, kurz danach kräftig auszuteilen. Vor allem seine Blut-und-Eisen-Rede, »nicht auf Preußens Liberalismus sieht Deutschland, sondern auf seine Macht. Nicht durch Reden und Majoritätsbeschlüsse werden die großen Fragen der Zeit entschieden – sondern durch Eisen und Blut«, ließ die Opposition schäumen. Man nannte ihn einen Gewaltpolitiker und Tyrannen. Gut, das konnte er akzeptieren, ab nun bekämpfte er die Liberalen mit allen nur denkbaren Mitteln. Als Erstes vertagte er im Herbst das Parlament und regierte ohne ordnungsgemäßen Haushalt. Er fühlte sich zu diesem Schritt absolut befähigt, denn zum staatlichen Handeln gehörten Kompromisse zwischen dem König und den Parlamenten, also dem Herren- und dem Abgeordnetenhaus. Wenn aber eine der Seiten nicht kompromissbereit war, kam es zu Konflikten, die rasch zu Machtfragen wurden. Im Fall eines nicht lösbaren Streits zwischen der Krone und dem Parlament, der in der Verfassung nicht vorgesehen war, ergab sich dadurch eine Lücke, und diese schloss aus Bismarcks Sicht einzig und allein die Königsmacht. In diesem Sinne ging er hart und entschlossen vor. Selbst hohe Beamte wurden, wenn sie zur Opposition gehörten, entlassen; auf die Zeitungen hatte er ebenfalls ein waches Auge. Zwar konnte er einen gewissen Druck ausüben, aber ihm persönlich half das wenig. Über den neuen Ministerpräsidenten fand sich in der liberalen Presse keine freundliche Zeile. ›Bismarck ist ein burschikoser Junker‹, ›ein hohler Renommist‹, ein ›Zerstörer des Staates‹ und ein ›Freund Napoleons‹ hieß es dort. Außerhalb Preußens, vor allem in Süddeutschland, waren die Angriffe noch schärfer formuliert.

»Meine Herren«, erklärte er vor dem Parlament, »der Konflikt wird zu tragisch aufgenommen, und vor allem die Presse tut alles, ihn noch tragischer aufzublähen. Die Regierung wünscht mit dem Parlament keinen Kampf. Sie bietet Ihnen die Hand, die Krise zu beenden. Wir sollten alle Brücken der Verständigung bauen.«

Doch an der politischen Situation änderte sich wenig. Eine einzige Chance lag in außenpolitischen Erfolgen, um derart innenpolitischen Druck auf die Opposition auszuüben. Aber weit und breit war kein Konflikt in Sicht. So nahm er, um kurz Abstand zu gewinnen, Urlaub und reiste halb inkognito nach Paris. Offiziell war er zu einem Empfang im Louvre eingeladen worden, wobei es sich im Eigentlichen um einen Ball handelte.

Ein Nebentrakt des alten Palastes war aufs Kostbarste ausgeschmückt worden. Wertvolle Teppiche bedeckten Boden und Wände. Antike Figuren übernahmen die Rolle und Funktion von Lichtspendern und waren über und über mit Kerzen bedeckt. Im flackernden Licht der Flammen waren Diplomaten aus allen europäischen Staaten, Damen und Herren des napoleonischen und des alten vorrevolutionären Adels, die führenden Männer aus Wirtschaft und Finanzwelt sowie zahlreiche Künstlerinnen aus Schauspiel und Theater und nicht zu vergessen die jungen Fräulein vom Ballet zu sehen, die scherzten, lachten und flirteten oder sich ganz seriös unterhielten. Die Orchester spielten die neuen Melodien aus Jacques Offenbachs Operette ›Orphée aux enfers‹ und alles tanzte zu den bezaubernden Klängen der Nacht. In einer der Tänzerinnen meinte er Isabella zu erkennen – oder war es gar die Fürstin? Er schob sich durch die Tanzenden zu ihr, und musste enttäuscht feststellen, dass er sich getäuscht hatte. Zwar war das Fräulein jung und durchaus hübsch, aber trotz ihrer blonden Haare und der schlanken Gestalt ähnelte sie beim näheren Betrachten nur wenig Katharina oder Isabella. Zudem musste Isabella annähernd in seinem Alter sein. Vielleicht war sie bereits eine würdige Matrone und glich einer Gestalt aus jenen englischen Romanen des Herrn Dickens. Darüber hinaus war sie verheiratet, wie er wusste. Und die Fürstin war längst ins ferne Russland zurückgekehrt. Etwas melancholisch zog er sich zurück, er vermisste Katharina sehr. Ein Gespräch mit dem anwesenden Komponisten heiterte ihn etwas auf. Der Abend blieb so in positiver Erinnerung. Auch den persönlichen Empfang bei Napoleon III. erlebte Bismarck als Anerkennung seines Tuns. Am Ende der Woche kehrte er gestärkt nach Berlin und zu seinen Pflichten zurück.

Hier hoffte er im Konflikt mit den Liberalen endlich vorwärtszukommen. Eine Gelegenheit dazu bot der Streit um die Zukunft der Herzogtümer Schleswig und Holstein im Herbst 1863. Im Februar 1864 brach der Krieg zwischen dem Deutschen Bund und Dänemark aus. Preußen und Österreich gingen gemeinsam gegen den Gegner vor. In Preußen lag die eigentliche Führung jetzt bei ihm, dem Ministerpräsidenten, dessen Politik die militärischen Aktivitäten untergeordnet wurden. Nach dem Sieg der Armee an den Düppeler Schanzen im April kam es zu ersten Verhandlungen über die Beilegung des Konflikts. Man einigte sich nicht, sodass der Krieg fortgesetzt wurde. Österreicher und Preußen eroberten schließlich ganz Jütland, und Dänemark gab auf. Im Wiener Friedensvertrag vom Oktober 1864 verzichtete Dänemark auf die Herzogtümer, Bismarck hatte einen großen Erfolg errungen. Bei den Friedensverhandlungen in Wien, zu denen er gereist war, glaubte er eines Abends in der Oper erneut die Fürstin zu sehen. Doch als er zu der betreffenden Loge eilte, bemerkte er seinen erneuten Irrtum. Die Dame, die dort der Musik lauschte, war Natascha, Katharina Orlows Cousine. Von Weitem hatte er sie mit der Fürstin verwechselt. Als er sich gerade zurückziehen wollte, sah er einen ihm bekannten Herrn zu ihr treten, den sie überaus freudig begrüßte. Es war der Earl of Bothwell, seit Biarritz war ihm der Schotte nicht mehr begegnet. Bismarck kehrte nachdenklich in seine eigene Loge zurück. Später erfuhr er, dass es einen kleinen Skandal um Natascha gegeben habe. Ihre Verlobung mit einem deutschen Baron sei aufgrund undurchsichtiger Umstände aufgelöst worden. Der Earl of Bothwell sollte, so sein Informant, mit dem Geschehen zu tun haben. Natascha selbst habe sich sehr verändert und verbringe ihre Zeit – vor allem die Nächte – ausschließlich beim Kartenspiel. Katharina Orlows Cousine schien in üble Gesellschaft geraten zu sein, doch ihn ging das Ganze nichts an. Von der Fürstin selbst erfuhr nichts.

Nach Abschluss der Verhandlungen kehrte Bismarck gut gelaunt nach Berlin zurück. Die Liberalen befanden sich nach dem Erfolg in der Defensive und begannen in zwei

Lager zu zerfallen; der innere Feind war auf dem Rückzug. Nur der König bereitete ihm, wie heute auch, immer wieder Probleme …

Bismarck schüttelte die Erinnerungen ab. Er hatte sich entschieden, dem König und dem Land als Ministerpräsident zu dienen und musste mit den Konsequenzen leben. Dazu konnte er auf eine erfolgreiche Bilanz zurückblicken. Die Opposition war nicht nur ausgeschaltet worden, sondern sogar in Teilen im Begriff, auf seine Seite zu schwenken. Der Sieg über Dänemark und der jetzige über Preußens alten Konkurrenten Österreich – auch wenn der Krieg noch nicht vorüber war, zeichnete sich das Ende aus seiner Sicht bereits ab – waren große Erfolge und hatten die öffentliche Meinung im Land für ihn eingenommen. Zwar gab es im Deutschen Bund etliche Gegenstimmen, vor allem in Bayern und Württemberg. Eine Stuttgarter Zeitung hatte sogar großes Verständnis für das Attentat auf ihn vom 7. Mai gezeigt. Doch der Bund würde nach dem Sieg keinen Bestand mehr haben und die Einheit des Landes, natürlich unter preußischer Führung, rückte, was den Norden betraf, ein gutes Stück näher.

Genug der Analysen und Pläne. Bismarck erhob sich, um den Raum zu verlassen. Da fiel sein Blick auf das Bündel Briefe und die beschmutzte Kladde, die ihm übergeben worden waren. Er nahm das Bündel in die Hand, zog den einen oder anderen Brief hervor und überflog ihn. Eindeutig, das war die gleiche Hand, in der die Erpresserbriefe der letzten Monate geschrieben worden waren. Der Inhalt war der gleiche Schmutz. Bothwell, dieser sogenannte Ästhet und gleichzeitige Frauenheld, hatte sich für die Ereignisse in Biarritz rächen wollen und mit unappetitlichen Enthüllungen gedroht. Er behauptete, dass früher eine überaus enge Freundschaft zwischen ihm und Bismarck bestanden habe. Er, Bismarck, sei auf den Grafen Baseno eifersüchtig gewesen und habe diesen seitdem verfolgt und schließlich ermordet. Diese widerlichen Lügen besaßen keinerlei Wahrheitscharakter. Aber wenn einer mit Schmutz warf, konnte immer etwas hängen bleiben, so sauber und rein die eigene Weste auch sein mochte. Und so ein Subjekt hatte sich an die Cousine Katharinas herangewagt und diese womöglich mit in sein Verderben gezogen! Doch das war jetzt ohne Bedeutung, der Tod hatte den Schuft endlich geholt und seinem Tun ein Ende bereitet. Und die Briefe sollten Bothwell in die Hölle folgen. Kurz entschlossen öffnete Bismarck die Tür des Kanonenofens und warf das Bündel in die Flammen. Dann nahm er die Kladde zur Hand, durchblätterte sie und wollte gerade das Heft ebenso dem Feuer übergeben, als ihn eine Textpassage innehalten ließ.

Es war der 22. August. Ich war mit Natascha gerade von einem Landausflug zurückgekehrt, als wir zu unserem Entsetzen hörten, die Fürstin Orlow und der Gesandte von Bismarck seien beinahe an einem der Strände ertrunken, wenn beide nicht in letzter Minuten vom Leuchtturmwärter Pierre Lafleur aus den Wellen gerettet worden wären. Ich bemühte mich sofort, genaue Kenntnis von dem Geschehen zu erlagen, und erfuhr den folgenden Sachverhalt: Bismarck pflegte zweimal täglich zu schwimmen, wobei ihn die Fürstin häufig begleitete. An diesem Tag hatten sie sich in der Bucht am Leuchtturm verabredet. Es war die Mittagsstunde, nur wenige Badegäste waren am Strand, als sich das Paar in die Fluten begab. Eine Weile verlief das Bad wie üblich, beide schwammen allerdings etwas weiter als sonst hinaus. Die früher als sonst einsetzende Ebbe erzeugte eine starke Strömung und zog die Schwimmer weit hinaus auf die offene See. Zufällig wurde der Leuchtturmwärter Lafleur auf das

*Geschehen aufmerksam. Er reagierte sofort und holte mit
einem Boot die bereits bewusstlose Fürstin ans Land. Bismarck trieb indes weiter ab und winkte Hilfe suchend mit
den Armen. Noch einmal machte sich Lafleur auf den Weg
und brachte den fast leblosen Körper Bismarcks ebenfalls
zum Strand. Ein Arzt eilte herbei, ein Doktor Adema, der
mit großer Mühe Bismarcks Leben rettete.*

Der Ministerpräsident zog ein Tuch hervor und fuhr sich
über die Stirn. Erst vor Kurzem hatte er sich an die schönen
Tage im Sommer 1862 erinnert. Er war in seinen Gedanken
bis zu jenem Mittag in Biarritz gekommen, den der Schreiber hier knapp dargestellt hatte. Wie zu Teufel war jener an
die Informationen gekommen? Warum fanden sich diese in
einer schmutzigen Kladde, die ein Sachse mit sich geführt
hatte? Eine Antwort konnte er nur finden, wenn er den ganzen Text las. Und das würde er tun, ganz gleich, was um ihn
herum vorging. Das äußere Geschehen in Biarritz hatte der
Unbekannte durchaus richtig wiedergegeben, beinahe wären
die Fürstin und er an diesem Tage getötet worden. Aber was
sich beim Baden im Meer wirklich ereignet hatte, war zum
Glück das Geheimnis von ihm und Katharina geblieben ...

Der Fürst war an jenem Mittag gegangen und hatte sie beide
allein am Strand gelassen. Bismarck zog sich im Karren rasch
um, dann begaben sie sich ins Wasser. Wie in den Tagen
zuvor schwamm Katharina mit kräftigen Stößen voraus,
und er folgte ihr mit ruhigeren Zügen. Sie bewegte sich auf
die der Bucht vorgelagerten Felserhebung, dem Récif de
Biarritz, zu. Das Wasser in der Nähe der Steinformation
war sehr aufgewühlt, aber der geübten Schwimmerin gelang
es, trotz der kräftigen Wellen, diese zu umrunden und die
dem Land abgeneigte Seite zu erreichen. Bismarck folgte

ihr mit einiger Mühe, wobei er mehrfach Gefahr lief, von einer Woge an die Klippe geworfen zu werden. Hier auf der Rückseite war, was kaum jemand wusste, eine natürlich gebildete Treppe, die zu einer schmalen Einbuchtung führte. Gewandt schwang sich Katharina hoch und kletterte die Felsenstufen hoch bis zur Nische.

»Komm, Otto!«, rief sie ihm zu. »Hier oben stört uns niemand. Solange Ebbe herrscht, gehört der Fels uns allein.«

Etwas mühsam zog Bismarck sich empor, immerhin hatte er seiner Größe von eins neunzig entsprechend an die hundert Kilo zu bewegen. Doch er folgte der Fürstin. Oben angekommen setzte er sich neben sie, mehr Raum gab es nicht.

»Das ist ein wunderbarer Platz, um ungestört die Wärme und das Meer zu genießen«, schwärmte sie. »Ich lasse mich ein wenig von der Sonne trocknen«, fuhr sie fort. »Leg auch ab, uns sieht hier keiner.« Katharina schlüpfte zur Hälfte aus dem nassen Badekleid und ließ sich zurücksinken. Wie zwei Nächte zuvor sah er sie in ihrer ganzen lockenden Schönheit. Im hellen Sonnenlicht kam ihm dabei ihr schlanker Leib noch vollkommener und reizvoller vor als im matten Licht des Mondes. Er konnte nicht anders, er konnte ihr nicht länger widerstehen. Langsam beugte er sich hinab zu ihr und presste seine Lippen auf die ihren, küsste den herzförmigen Fleck unter ihrer Brust; sie zog ihn an sich –

»Sieh da, zwei Turteltauben, lasst euch nicht stören!«, hörten sie mitten in ihrer Umarmung eine misstönende Stimme. »Ich komme nur schnell hoch und hole mir meinen Anteil an der schönen Beute. Gut, dass ich euch im Auge behalten habe.«

Das Paar fuhr auseinander. Unten war ein Boot aufgetaucht und in diesem befanden sich Graf Baseno und sein schottischer Kumpan. Letzterer zielte mit einer Waffe auf beide, während der Sarde Anstalten machte, die Stufen emporzu-klimmen. Katharina schrie auf und zog rasch ihr Badekleid hoch. Bismarck schob sich sofort als Schutz vor sie.

»Nehmen Sie brav die Hände hoch, Herr Gesandter«, befahl ihm Baseno. »Sie wissen, eine Kugel ist schneller als Ihre Hand. Gehen Sie zur Seite und lassen Sie mich einfach ein wenig an Ihrem Vergnügen teilhaben, dann schenke ich euch beiden vielleicht das Leben, wenn Ihr es später noch wollt. Ansonsten ist das Meer weit, und es gibt viel Platz, um lästige Zeugen loszuwerden.«

Zur Antwort sprang Bismarck mit den Füßen voran nach unten. Er traf den aufsteigenden Baseno mitten ins Gesicht, gleichzeitig knallte ein Schuss, der den Fels unmit-telbar neben ihn zersplitterte. Der Sarde stürzte mit einem Schrei in die Tiefe, wobei er Bismarck mitriss. Die Män-ner krachten auf die Planken des Bootes, und der Schotte ging ebenfalls zu Boden. Die Fürstin nutzte den Augen-blick und sprang mit einem eleganten Kopfsprung von der Klippe hinab ins brodelnde Meer. Unversehrt tauchte sie aus der Tiefe empor und suchte mit kräftigen Stößen das rettende Ufer zu erreichen. Doch die Strömung der gerade einsetzenden Ebbe packte den leichten Körper und riss ihn mit hinaus aufs offene Meer. Im Boot richtete der Schotte sich als Erster wieder auf. Er packte den Riemen und schlug nach Bismarck, der vom Aufprall leicht benommen war. Zum Glück konnte er sich zur Seite drehen, sodass ihn das Ruderblatt nur an der Schulter streifte. Bismarck ergriff sei-nerseits das Ruder, drehte es um und entriss es Bothwell. Mit dem Ende stieß er den Schotten zurück, dass dieser tau-melte und auf die Planken stürzte. Jetzt zog Bismarck sich trotz seiner Schmerzen in die Höhe. Vor seinen Füßen lag die verkrümmte Gestalt Graf Basenos. Der Graf bewegte sich nicht, er schien tot oder zumindest ohne Bewusstsein.

Bothwell warf sich auf den Sarden, schüttelte und rüttelte ihn und bemühte sich mit allen Kräften, Baseno ins Leben zurückzuholen. Bismarck interessierte ihn nicht mehr. Dieser blickte sich suchend um und ließ den Blick über das Wasser wandern; wo war Katharina? Ein Hilfeschrei ließ Bismarck herumfahren. Sie befand sich gute hundert Fuß entfernt und kämpfte mit aller Kraft gegen die Strömung an. Ohne zu überlegen, sprang er Katharina hinterher. Mit gewaltigen Zügen schaffte er es, die Fürstin zu erreichen, am Stoff zu packen und sie mit sich zu ziehen. Es gelang ihm sogar, mit ihr vom Felsen weg und in Richtung Küste zu schwimmen. Doch dann ergriff sie die heimtückische Strömung, riss sie zurück und nahm beide mit hinaus aufs Meer. Bismarck ging unter; er schluckte Wasser, wurde herumgewirbelt und kam prustend und nach Luft schnappend wieder in die Höhe. Aber er gab nicht auf und kämpfte mit aller Kraft weiter gegen den heimtückischen Feind an. Wieder gelang es ihm, an Katharina heranzukommen. Doch erneut wurde er von einer hohen Welle gepackt und von der Geliebten getrennt. Um ihn war alles weiße Gischt, die Brandung am Fels stürmte so gewaltig und so kräftig, dass er das Gefühl hatte, die Welt bestünde nur noch aus Wasser. Dann, er wusste nicht, war es ein Trug oder die Wirklichkeit, hörte er eine Stimme. Er sah ein Boot! Es gelang ihm, sich halb aus den Wogen zu erheben und zu winken. Ein heftiger Schlag wie von einer Peitsche aus Wasser warf ihn nach unten und ihm schwanden die Sinne.

Als er erwachte, lag er am Strand. Er lebte; es war ein Wink des Schicksals, Gott in seiner unendlichen Güte verzieh sein Straucheln und all seine Fehler. Die Fürstin und er waren gerettet – ein wahres Wunder. Man brachte beide ins Hotel, am übernächsten Tag reiste Katharina zusammen mit dem Fürsten ab. Auch Bismarck musste Biarritz verlassen. Doch erst in Avignon trennten sich ihre Wege, Katharina brach einen zarten Olivenzweig für ihn, den er in sein Zigarettenetui legte.

»Im nächsten Sommer sehen wir uns wieder«, versprach sie, bevor der Zug davonfuhr.

Was an jenem Tag am Strand und beim Riff geschehen war, blieb ihr Geheimnis, von dem niemand etwas erfuhr. Baseno musste bei seinem Sturz getötet worden sein. Die Leiche des Grafen wurde später an Land gespült. Ertrunken, so hieß es. Von Bothwell hörte Bismarck nichts mehr, bis zum zufälligen Treffen in Wien und der heutigen letzten Begegnung – und bis auf die Briefe.

Im September 1862 wurde Bismarck vom König zum preußischen Ministerpräsidenten ernannt. Pierre Lafleur, sein und Katharinas Retter, ertrank zum gleichen Zeitpunkt im Meer und hinterließ eine Frau und einen ungeborenen Sohn. Im November wurde der kleine Lafleur geboren und auf den Namen Othon-Edouard getauft. Das Kind war schwächlich, und der Mutter hatten Witwenschaft und die schwere Geburt gesundheitlich sehr zugesetzt. Doch sie erhielt reichlich Unterstützung. Der französische Kaiser spendierte viertausend Francs und Bismarck selbst überhäufte Frau und Sohn seines Retters zusätzlich mit kostbaren Geschenken.

Der Sommer in Biarritz, vor vier Jahren war das gewesen. Aber woher wusste der unbekannte Schreiber von dem Badeunfall? Bismarck nahm erneut die Kladde zur Hand und schlug sie auf. Einige Seiten schienen zu fehlen, andere waren mit Blut beschmiert und unleserlich geworden, aber manches konnte er entziffern. Graf Bismarck las, er las den ganzen Abend, vergaß die Zeit und alles andere. Schließlich kam er zum Ende und legte erschüttert das Heft zur Seite.

Die Bilder seiner Begegnungen mit Karl von Sandersleben und dessen Bruder Georg traten ihm, als sei es gestern gewesen, vor das innere Auge. Göttingen, Aachen, Frankfurt, Wien, so lang war das alles her, eine schiere Ewigkeit. Die beiden Sandersleben hatten ihn, trotz ihrer näheren Bekanntschaft, über Jahre hinweg beobachtet. Zum Glück hatten die Brüder nicht alles, was geschehen war, mitbekommen und gesehen. Georg von Sandersleben war wohl der deutsche Baron gewesen, der sich um die Cousine der Fürstin Orlow bemüht hatte, auch da hatten sich ihre Pfade gekreuzt; ein seltsames Zusammentreffen. Jetzt wurde ihm auch manch anderes klar; insbesondere die Rolle des Grafen Baseno. Der Kerl hatte offenbar über Jahre hinweg allerlei Schurkenstreiche geplant und begangen. Und er hatte versucht, ihn mithilfe seines Halbwissens zu erpressen. Von Baseno oder auch von dem Schotten Bothwell stammten die Briefe der Frankfurter Zeit beziehungsweise sie hatten die Briefschreiberin, diese unglückselige Ungarin Dorina, dazu ermutigt, jene seltsamen Briefe abzusenden und die Frau später wahrscheinlich sogar ermordet. Dorina schien sich dabei der Briefe der Fürstin Trubezkaja bedient zu haben. Man hatte ihn also erpressen wollen. Doch das Ganze beruhte auf einer Kette von Missverständnissen, auf völlig verkehrten Annahmen. Weder mit Laura noch mit Isabella, mit der Französin Claire oder gar mit der Fürstin Trubezkaja hatte er je ein Kind gehabt, soweit er wusste. Es stimmte, Ekaterina war entfernt mit Katharina verwandt gewesen, doch sie war nicht ihre Mutter und er schon gar nicht ihr Vater. Katharina und er hatten sich sehr miteinander verbunden gefühlt, mehr als es jemals denkbar und erlaubt gewesen war und sein würde. Das und die Ereignisse an der Klippe waren ihr Geheimnis und würden immer ein Geheimnis bleiben.

Blieb noch dieser arme junge Mann, der Premierleutnant Eduard von Sandersleben und dessen eigenes Rätsel. Bismarck ließ sich am nächsten Morgen den Unteroffizier kommen, der den Überfall oder Anschlag beobachtet und durch sein Eingreifen verhindert hatte. Kurze Zeit später trat der Mann ein und salutierte.

»Berichten Sie, Feldwebel, was Sie genau am bewussten Abend beobachtet haben!«

»Jawohl, Eure Exzellenz! Es war etwa elf Uhr. Ich war in meinem Wachraum und bereitete mich auf die nächste Streife vor, da hörte ich einen Schuss. Ich rannte hinaus auf den Platz. Direkt vor dem Haus, in der Eure Exzellenz unterge-bracht sind, rangen zwei Männer miteinander. Bevor ich sie erreichen und trennen konnte, knallte es zweimal. Der eine Mann fiel darauf zu Boden, während der andere fortsprin-gen wollte. Ich befahl ihm, die Waffe fallen zu lassen und die Hände zu heben. Doch der Kerl flitzte wie ein Wiesel um die nächste Ecke. Ich eilte ihm nach.«

»Das heißt, der erste Mann versuchte, den zweiten von seiner Tat abzuhalten?«, hakte Bismarck nach. »Warum wurde das nicht im Bericht erwähnt?«

»Den Bericht hat Leutnant von Bernstorff nach den Aus-sagen der Patrouille später angefertigt. Er ging davon aus, dass beide Männer Attentäter gewesen waren.«

»Gut, Herr Feldwebel, Sie können gehen!«

Der Mann salutierte und trat ab.

Die Angaben des Leutnants waren also ungenau gewe-sen, der junge Offizier hatte nicht gewissenhaft gehandelt. Vielleicht war das ganz gut so, auf diese Weise konnte die Angelegenheit als unwichtig abgetan werden. Zwei Ma-rodeure waren bei ihrem Tun gestört und erschossen wor-den, Punktum. Der Rest war Schweigen. Bismarck seufzte. Was war das letzte Wort des jungen Sanderslebens gewesen? »Vater«, der Sachse hatte tatsächlich geglaubt, er, Bismarck, sei sein leiblicher Vater. Doch da hatte sich der junge Offizier geirrt. Gustav Scharlach, jetzt geheimer Regierungsrat und Amtshauptmann des Amtes Münden, hatte gründliche Recherchen betrieben. Überall war der gute Freund unter dem Kneipnamen Giesecke herumgereist, um den Hintergrund der Briefe aufzuklären. Er war im Elsass, in Wiesbaden, in der Schweiz, in Göttingen und in Wien gewesen. Zeitweise hatte Scharlach wirklich geglaubt, Bismarck könne einen illegitimen Nachkömmling haben. Zuletzt hatte Gustav während einer Reise nach Holland ein paar Tage in Aachen Halt gemacht und dort nochmals die Akten des Waisenhauses durchforstet. Die Lösung des Rätsels war am Ende einfach, ja fast banal gewesen. Giesecke hatte ihm den Sachverhalt in einem Brief im Frühjahr mitgeteilt:

Lieber Freund!

Ich erlaube mir, Dich mit einer alten Geschichte zu behelligen, obwohl ich weiß, das Dich aufgrund Deines Amtes derzeit ganz andere Sorgen plagen. Dennoch denke ich, dass es gut ist, etwas abzuschließen, das vor bald fünfzehn Jahren begonnen hat. Es geht, Du ahnst es sicher, um die besagten Briefe, die Dich Anno 1847 und in den folgenden Jahren, teils über meine Adresse, erreichten. In ihnen wurde angedeutet, aber im Eigentlichen nie konkret ausgesprochen, aus einer leichtsinnigen jugendlichen Verbindung sei Dir ein illegitimer Nachkömmling entstanden. Über diese impliziten Behauptungen, verbunden mit anderen Klagen, haben wir uns vor Jahren in Deiner Frankfurter Zeit mehrfach ausgetauscht, sodass ich Dich nicht mit ihrer Wiederholung langweilen möchte. Wir lagen wohl richtig, verschiedene Briefschreiber hinter dem Ganzen zu vermuten. Heute bin ich mir sicher, dass jene Französin Claire, mit der Du einmal befreundet warst, Urheberin der Briefe war. Sie hieß Claire

Dupont, wie ich herausgefunden habe. Sie ist bei ihrer Reise ins Elsass einer Frau begegnet, deren Geschichte sie offenbar zu ihren Versuchen angeregt hat, auf diese Art und Weise an Geld zu kommen. Allerdings ist Madame Dupont bereits im Sommer des Jahres 1852 verstorben, sodass alle folgenden Briefe einer anderen Hand zugeordnet werden müssen. Mein Verdacht richtete sich daher, auch im Zusammenhang mit anderen Aktivitäten, von denen Du mir einmal berichtet hast, auf einen gewissen Grafen Baseno. Dieser Herr hat offenbar mehrfach mit ähnlichen Methoden den Verrat politisch-militärischer Geheimnisse und Geldzahlungen zu erpressen verstanden. Nur war es mir nicht möglich, irgendeinen Beweis für meine Vermutungen zu finden. Dies auch, da ich durch meine beruflichen Pflichten mehr und mehr eingespannt war. Kurz und gut, ich ließ die Sache ruhen, zumal besagter Graf vor Jahren im Meer ertrunken sein soll. Anderes war wichtiger, und Du weißt, wie sich in Deutschland in den letzten drei Jahren die Ereignisse verdichtet haben. Am Anfang dieses Jahres jedoch führte mich eine Reise nach Aachen und ins dortige Waisenhaus, wo ich einen alten Freund besuchte. Ich hielt mich dort eine gute Woche auf, und an einem Abend, der Freund war gerade dienstlich außer Haus, begegnete ich in der Bibliothek einem jungen Mann aus Sachsen, Eduard von Sandersleben, der auf der Suche nach seiner Herkunft war. Ich war überrascht, da mir natürlich Karl von Sandersleben bekannt war, konnte aber dem jungen Eduard nicht weiterhelfen. Ich stellte nur fest, dass er sehr an revolutionären Schriften interessiert war, und maß der Begegnung weiter keine Bedeutung bei. Erst nach meiner Rückkehr nach Münden kam mir der Gedanke, ob besagter junger Mann nicht mit unserer Angelegenheit zu tun haben könne. Ich gebe zu, dass ich sogar eine Zeit lang glaubte, an jener Vaterschaftsgeschichte könne doch etwas

dran sein, ohne dies genauer begründen zu können. Bei der
nächsten Gelegenheit fuhr ich daher erneut nach Aachen
und machte mich, unterstützt von meinem Bekannten, an
eine akribische Aktensichtung. Um es kurz zu machen, die
Akten gaben nichts her, aber wir fanden andere Unterla-
gen, die folgende Geschichte enthüllten. Karl von Sanders-
leben, der rechtliche Vater Eduards, war 1836 erstmalig in
Aachen gewesen ...

Bismarck nickte. Er hatte Karl von Sandersleben, wie in der
Kladde richtig dargestellt, damals erneut getroffen.

Während seines Aufenthalts, schrieb Giesecke weiter, lernte
der Sachse ein junges Mädchen aus gutbürgerlichem Hause
kennen. Wegen dieses Fräuleins kehrte er im nächsten Win-
ter zurück und blieb in der Stadt bis zum Frühjahr. Trotz
der Einwände seiner und ihrer Familie verlobte sich das Paar
heimlich und plante für den Sommer die Heirat. Doch ehe
sie ihr Glück richtig genießen konnten, führte ein Auftrag
von Sandersleben nach England und dann nach Holland, wo
er ein gutes Jahr bleiben musste. Dort lernte er eine andere
kennen, die er ehelichte. Als das Paar nach Dresden zurück-
kehrte, fand er einen Brief von Mathilde vor, die ihm von
ihrer Schwangerschaft berichtete und ihn anflehte, sie und
das Kind vor der Schmach der Unehelichkeit zu bewahren.
Doch der Brief hatte ihn nicht erreicht und er war ihr nicht
zur Hilfe gekommen. Mathilde war schließlich von ihrer
Familie in Schimpf und Schande aus dem Haus gejagt wor-
den. In bitterer Armut hatte sie Eduard geboren und mit
letzter Kraft ihren gemeinsamen Sohn vor der Tür eines Wai-
senhauses abgelegt. Zwei Tage später war sie verstorben. Karl
von Sandersleben war völlig verzweifelt, als er nach vielen
Recherchen von dem wahren Geschehen erfuhr. Er bemühte

sich aus der Ferne, seinen Sohn an Kindes statt anzunehmen,
was ihm ohne Zustimmung seiner Gattin verwehrt wurde.
Da erzählte von Sandersleben seiner Frau Friederike Marie,
Eduard sei der illegitime Sohn seines Bruders Georg und
reiste mit ihr im Spätsommer 1838 nach Aachen. Dort adop-
tierten sie seinen eigenen Sohn und beide zogen Eduard als
gemeinsames Kind groß. Dies umso lieber, da ihnen eigene
Kinder nicht geschenkt wurden …

Das war im Kern Gieseckes Brief gewesen, der, nach dem
was Bismarck in den anderen Aufzeichnungen gelesen hatte,
mit seinen Darstellungen den wahren Ereignissen wohl sehr
nahe kam. Wäre Eduard von Sandersleben drei Wochen später nach Aachen gekommen, hätte er von Giesecke mutmaß-
lich erfahren, worin das Geheimnis seiner Geburt bestanden
hatte. Sein Vater war also Karl von Sandersleben gewesen,
der Mann, der für Bismarck nach Sewastopol gereist und
dort umgekommen war. Seinen Bruder Georg hatte Karl
merkwürdigerweise nie über das Geschehen und die Rolle,
die dieser in seinem Lügengespinst spielte, informiert, sodass
Georg von Sandersleben ganz eigene Theorien über die Herkunft des jungen Eduard entwickelte, wie seine Aufzeichnungen bewiesen. Das alles hatte Scharlach in mühsamer
Kleinarbeit und Aktensichtung herausgefunden, wobei
er das eine oder andere nur vom Hörensagen wusste und
selbst manches spekulativ erschlossen hatte. Eine unglaub-
liche Geschichte – und jetzt war Bismarck auch noch Eduard begegnet und hatte sein Sterben erlebt! Er bedauerte es
zutiefst, dass der junge Mann nicht die volle Wahrheit über
seine Herkunft erfahren durfte. Vor allem weil der junge
Offizier ihm das Leben gerettet und das seine dafür gegeben
hatte. Eduard von Sandersleben war also der wahre Sohn
seines Vaters. Alles andere hatte sich als Chimäre erwie-

sen. Trotzdem, manche Zufälle waren überaus eigen. Und wenn er ehrlich war, was die Französin Claire betraf, ganz sicher war er sich in Bezug auf sie nie gewesen. So deutlich Scharlachs Nachforschungen im Hinblick auf den jungen von Sandersleben auch gewesen waren, irgendwie war das eine oder andere offen geblieben. Die Dame aus Straßburg beziehungsweise Sessenheim hatte jedoch mit ihm nichts zu tun gehabt. Eine andere Tatsache war die, dass die Fürstin Trubezkaja noch spät eine Tochter zur Welt gebracht hatte. Natascha, Katharinas Cousine, war ihr Kind – und sie war im Frühjahr 1841 geboren worden, ein Dreivierteljahr nach seiner Nacht mit Ekaterina in jenem Ostseebad. Doch Ekaterina hatte, seinen Informanten nach, in jenem Sommer viele Affären gehabt, und es gab keinen Beweis, dass er der Vater jenes späten Kindes war. Das Blut ließ sich schlecht vergleichen. Und das war vielleicht gut so.

Gottes Wege schienen eben unbegreiflich zu sein, er selbst wunderte sich täglich aufs Neue über die Richtung und Wendung, die sein eigenes Schicksal genommen hatte.

Ein Klopfen an der Tür unterbrach seine Gedanken. Seine Majestät der König verlangte nach seinem Ministerpräsidenten. Otto von Bismarck erhob sich und folgte dem Offizier, der die Meldung gebracht hatte.

NACHKLANG

»Meine liebe Nichte,

bei der Abreise von Baden hatte ich mir vorgenommen, mich vom König in Darmstadt zu trennen, um von dort geradewegs nach Spa zu gehen; ich war sehr unzufrieden, dass mein hoher Herr darauf bestand, mich bis nach Koburg mitzunehmen, wo er der Königin Viktoria einen Besuch abstattete. Ich war entschlossen, sofort nach meiner Ankunft in Berlin wieder abzureisen, um Sie endlich wiederzusehen ... doch es sieht wohl so aus, als gäbe es so rasch kein Wiedersehen. Ich muss also alle Sehnsucht nach dem Meer unterdrücken, und an jedem anderen Ort, fürchte ich, werde ich die Fürstin O. und nicht Catty wiederfinden. Inzwischen tröste ich mich damit, dass ich mein Zigarrenetui öffne, wo ich neben einer Deiner Nadeln eine kleine gelbe Blume finde, gepflückt in Superbagnères, dazu Moos vom Port de Venasse und jenen Olivenzweig von Avignon. Eines Tages werde ich Dir diese Andenken an eine Zeit, von der ich träume, wieder persönlich zeigen können«, schrieb Bismarck seiner »Catty« im September 1863.

Katharinas Antwort erreichte ihn nicht, dafür ein Jahr später ein Telegramm: »Nikolai und ich haben heute in Darmstadt Kaiser Alexander und König Wilhelm besucht. Am 11.09. bleibt Nikolai bei Kaiser Alexander, ich fahre mit dem Zug zu meiner Freundin nach Heidelberg. Wollen wir uns treffen?«

Doch es kam nicht zur ersehnten Begegnung, und auch Bismarcks Vorschlag, sich in Paris zu treffen, ließ sich nicht verwirklichen. Ebenso scheiterte der brieflich geplante, gemeinsame Urlaub im folgenden Herbst 1865, was Bismarck besonders enttäuschte und zusätzlich verärgerte.

»Liebe Katharina!«, schrieb er ihr aus Biarritz, wo er sie vergeblich erwartet hatte. »Es ist wahr, dass Sie mir einen Streich gespielt haben, der die Vorrechte eines enfant méchant überschreitet, da er von einer völlig erwachsenen und entwickelten Ungezogenheit war …«

Nun zeigte das Kalenderblatt bereits das Jahr 1866, die Schlacht Königgrätz war geschlagen, auch Weiteres war geschehen. Am 29. Juni, kurz vor seiner Abreise aus Berlin, hatte er Katharina vom Feldzug und seinem Glauben an einen glücklichen Ausgang berichtet. Jetzt war der Sieg da, und Mitte Juli besuchte Bismarck im Geheimen Paris, um den französischen Kaiser für den neuen Frieden Preußens mit Österreich zu gewinnen. Auf einem Empfang traf er diesmal tatsächlich die Fürstin Orlow, die mit dem englischen Gesandten angeregt plauderte. Als er sie erblickte, hielt er unwillkürlich den Atem an; Katharina kam ihm schöner vor als in jenem Sommer – und als sie ihn anlächelte, fühlte er sich wie von allen Lasten befreit. Beseelt trat er zu ihr, aber sie nickte ihm nur kurz zu, als sei ihre Bekanntschaft rein zufällig. Sein Herz krampfte sich zusammen, doch er fasste sich rasch und schritt mit starrem Lächeln weiter. Bismarck unterhielt sich mit einigen Anwesenden, antwortete und lachte, wie und wo es nötig schien, und war in seinem Inneren voller Schmerz. Als er den Empfang endlich verließ, wurde ihm an der Tür von einem Lakaien ein rosafarbenes Billet übergeben. Er öffnete es mit bebenden Fingern und las: »Jardin du Luxembourg, morgen Mittag um zwei Uhr! K.«

Die ganze Nacht lag er in seinem Hotelzimmer wach, teils voller Vorfreude auf ihr morgiges Treffen, teils voller Sorge, ob sie wirklich kommen würde und unsicher, was er zu tun gedenke. Am nächsten Tag verließ Bismarck früh das Hotel und mietete sich unter dem Namen Mauriac im Quartier Latin ein, um anonym zu bleiben. Wenn jemand ihn und Katharina sehen und erkennen würde, wäre ein Skandal unabwendbar. Es war Wahnsinn, was er vorhatte, aber er musste sie endlich sehen, er musste! Die Stunden bis zum angesetzten Treffen irrte er ziellos in den Straßen des Viertels umher, hin und her gerissen zwischen seinen Ängsten und Wünschen. Seine Sorge, dass Katharina nicht käme, war indes grundlos gewesen; pünktlich um zwei erschien sie am Teich im Jardin du Luxembourg.

»Liebster!«, begrüßte Katharina ihn und lief mit offenen Armen auf Bismarck zu. Ein warmer Strom durchfuhr sein Inneres. Ihm war es gleich, wer sie und ihn sehen konnte. Er zog sie an sich und hielt sie fest umschlungen. Seit dem Strandtag im August und dem Abschied in Avignon hatten sie sich nicht mehr gesehen, seit jenem Tag, an dem so viel geschehen war und sie beide einander gefunden hatten. Er fühlte, wie wild ihr Herz schlug, genau wie das seine. Drei wunderbare Tage und Nächte folgten. Gemeinsam besuchten sie Theater, die Oper, Museen und verschiedene Varietés und aßen abends in kleinen Lokalen des Quartiers. So verbrachten sie in Gesprächen und im glücklichen Austausch eine herrliche Zeit in Paris, ohne an mehr als die Gegenwart zu denken, und ohne gesehen und bemerkt zu werden. Doch als Bismarck am dritten Tag wegen anderer Dinge die Gesandtschaft aufsuchte, erhielt er die Nachricht, dass er dringend zurück nach Berlin müsse. Die Pflicht entließ ihn nicht.

Am letzten Abend saß das Paar in einem kleinen Restaurant in der Nähe von Notre-Dame. Sie sprachen über die Zukunft. Bismarck gab seiner Hoffnung Ausdruck, Katharina bald wiederzusehen.

»Ich fürchte, Otto«, erwiderte die Fürstin, »dass wir uns länger nicht mehr begegnen werden. Mein Gatte muss nach St. Petersburg zurück und ich habe ihm zu folgen. Auch ergreift mich stets die Sorge, dass wir beobachtet werden könnten und wir Ähnliches erleben wie damals in Biarritz. Deswegen blieb ich im letzten Jahr fern. Ich konnte einfach nicht.«

Bismarck beugte sich vor und ergriff ihre zarte Hand.

»Ich zürne dir deswegen längst nicht mehr, wie dürfte ich auch. Wenn du es willst, vergesse ich alles, was seit Biarritz geschehen ist. Ich bitte dich nur um eines, lass mich dich wiedersehen und mit dir sprechen. Erlaube mir und dir, einfach zusammen zu sein. Sag ein Wort und ich werfe alles hin und gehe mit dir fort, wohin du willst.«

Sie antwortete nicht, beließ aber ihre Hand in der seinen.

»Woran denkst du, Liebste?«, fragte er nach einiger Zeit der gemeinsamen Innigkeit.

»An Othon-Edouard«, antwortete Katharina mit einem Seufzer.

»An den Sohn unseres Lebensretters?«, fragte er überrascht.

»Ich habe Biarritz im Spätsommer des folgenden Jahres noch einmal besucht, kurz nachdem du mir von deinem Etui geschrieben hast«, sagte Katharina leise. »Vorher konnte ich nicht reisen, da es um meine Gesundheit schlecht bestellt war.«

»Davon hast du mir nichts geschrieben«, sagte Bismarck besorgt.

»Ich konnte dir nicht schreiben«, erklärte Katharina kurz. »Ich kehrte also nach Biarritz zurück und besuchte die Witwe unseres Lebensretters. Ich fand Madame Lafleur noch immer in tiefer Trauer. Allein der kleine Othon-Edouard hielt sie am Leben.«

»Es stimmt, ich habe vor einem Monat Nachricht bekommen, dass es ihr nicht gut gehe. Aber was kann man tun, Geld schicken?«

»Eine finanzielle Unterstützung wird ihr helfen«, erwiderte die Fürstin. »Ich muss dir allerdings gestehen, dass ich trotz ihrer Situation Madame Lafleur beneide. Sie besitzt wenigstens etwas von ihrem Liebsten, sie hat seinen Sohn.«

»Was meinst du mit diesen Worten?«, fragte Bismarck.

»Verstehst du wirklich nicht?« Sie sah ihn ruhig mit ihren seelenvollen Augen an. »Du weißt, wie es um Fürst Nikolai steht. Ich werde nie ein Kind von ihm bekommen und du …«, sie brach ihren Satz ab und schwieg.

»Du willst ein Kind …«, Bismarck blickte sie mit großen Augen an.

Katharina nickte.

Eine Weile saßen sie stumm nebeneinander, dann zog er Katharina sanft an sich und küsste sie. Später standen sie am Fenster und schauten auf die Lichter der nächtlichen Stadt.

»Wir sollten morgen nach Biarritz reisen und alles hinter uns lassen«, sagte Bismarck.

»Meinst du, du kannst das so einfach?«, fragte die Fürstin. »Du, ein Mann der Pflichten?«

»Ich weiß es nicht«, antwortete Otto leise. »Ich weiß es nicht, aber ich wollte, ich könnte.«

Doch nur diese eine Nacht gehörte ihnen. Am nächsten Morgen suchte Bismarck erneut die Gesandtschaft auf, um ein Urlaubsgesuch einzureichen. Er fand ein Telegramm vor, in dem ihn der König aufforderte, noch heute nach Berlin aufzubrechen. Als Mann von Ehren und treuer Diener der Krone hatte er dieser Aufforderung unverzüglich nachzukommen, zumal auch Johanna geschrieben hatte. So trennten sich ihre Wege und beide kehrten in die Welt der jeweiligen Pflichten zurück.

Mit dem Juli ging der Deutsche Krieg zu Ende. Am 20. Juli hatte sich Österreich noch einmal aufgebäumt. Admiral Tegetthoff besiegte in der Seeschlacht bei Lissa die zahlenmäßig und technisch hoch überlegene italienische Flotte unter Admiral Persano. Doch dieses Husarenstück änderte nichts mehr am Ausgang des Krieges. Es kam endlich zu Friedensverhandlungen und zum abschließenden Friedensvertrag.

Als am 23. August in Prag die Friedensurkunde unterzeichnet wurde, umarmte der König seinen Ministerpräsidenten tief gerührt. Im Anschluss an die Zeremonie verlieh er ihm eigenhändig das Großkreuz des Hohenzollernhausordens. Bismarck lächelte ruhig. Er hatte nahezu alles, was er für richtig hielt, im Vertrag gegenüber König und Generalstab durchgesetzt. Auch gegenüber dem Parlament hatte er obsiegt. Durch seine Erfolge schnellten die Konservativen bei den Neuwahlen von elf auf hundert Abgeordnete empor. In der Kammer beantragte er die Indemnität für die selbstherrliche Budgetverwendung ohne parlamentarische Genehmigung. Das Königreich Hannover sowie Kurhessen, Nassau und die Reichsstadt Frankfurt hörten als Staaten auf zu existieren. Württemberg, Bayern und Baden wurden in militärische Geheimbündnisse eingebunden und der Norddeutsche Bund war im Begriff zu entstehen. Französische Wünsche nach Kompensation blockte Bismarck erfolgreich ab. Das war Macht, seine Macht – und sie schmeckte süß.

Einen knappen Monat später, am 20. September, marschierte in Berlin die siegreiche Truppe durch eine Allee von zweihundert eroberten österreichischen Geschützen. Die Musikkapellen spielten, das Volk jubelte, streute Blumen und teilte Lorbeerkränze aus. Von den Kirchtürmen läuteten alle Glocken. Am Lustgarten wurde Viktoriasalut geschossen. Hunderttausende riefen begeistert »Hurra!«. König Wilhelm hingegen blieb ernst, der Kampf war hart gewesen. Hinter ihm, neben Moltke und Roon, saß Bismarck still und reglos im Sattel. Sein Blick war matt und leer, das Gesicht wie Pergament, unter den Augen lagen dunkle Wülste. Er sah aus, als habe er sich soeben vom Sterbelager erhoben. Und genau so fühlte er sich. Er war krank, alles schmerzte, auch innerlich fühlte er sich leer.

Vor acht Tagen war es gewesen, da hatte er ein Billet der Fürstin erhalten. »Ich bin in Wien. Ich muss dich wiedersehen, alles ist jetzt möglich!« Aber nichts war mehr möglich, zu vieles hatte sich geändert. Er konnte Johanna und die Kinder nicht verlassen, und er hatte nun die Verantwortung für all das, was geschehen war und geschehen würde. Bismarck wusste, es lag noch ein weiter Weg vor ihm. Macht war nicht nur süß, sie machte auch einsam – und sie war umsäumt von tiefen, gefährlichen Abgründen.

Mehrmals fuhr er noch nach Biarritz, um Kaiser Napoleon aufzusuchen – und in der Hoffnung, der Fürstin erneut zu begegnen. Aber Katharina Orlow, die er im September 1866 nicht getroffen und deren Billet er abschlägig beantwortet hatte, seine »Catty«, sah er nicht mehr. Sie war, wie es hieß, schwer erkrankt und für lange Zeit nicht reisefähig. Im Frühjahr 1867 erhielt Bismarck dann die Nachricht des Fürsten, seine Frau sei von einem Knaben namens Alexis entbunden worden. Bismarck gratulierte ihr brieflich zum Mutterglück und schrieb, er hoffe, sie im Sommer endlich wieder zu treffen, trotz drohender Kriegsgefahren und anderer Widrigkeiten. Am Ende seines Schreibens »küsste« er »ihre schönen Hände«; doch in Wahrheit wusste er sich vor Trauer und Schmerz kaum zu fassen. Sie hatte einen Sohn und er – nein, er führte den Gedanken nicht weiter, zwang sich dazu, sein Denken den Tagesgeschäften zuzuwenden.

Sobald es ihm möglich war, reiste Bismarck ans Meer. Allein Sonne, Meer und Strand vermochten nicht, ihn aufzuheitern.

»Was für ein elender Aufenthalt«, notierte er in sein Tagebuch, »ich bin maßlos traurig und alles ist hässlich. Ich bin um zehn Jahre gealtert und habe jede Illusion verloren, in Biarritz glücklich werden zu können.«

Dann kam es aufgrund der spanischen Thronfolgefrage und der von Bismarck redigierten Emser Depesche erneut zum Krieg, diesmal gegen die Großmacht Frankreich. In einer Folge schneller Schläge schlugen Preußen und seine süddeutschen Verbündeten den überraschten Gegner. Die Siege von von Mars-la-Tour, Gravelotte und Sedan ließen die deutsche Einheit am 18. Januar 1871 im Spiegelsaal von Versailles endlich wahr werden. Bismarcks französischer Gesprächspartner und zeitweiser Förderer, Napoléon III., ergab sich bereits im September in der Festung Sedan. Bismarck nahm den kaiserlichen Säbel entgegen und geleitete den einsamen Herrscher ein Stück seines Weges in die Gefangenschaft. Im Anschluss wurde der Besiegte nach Schloss Wilhelmshöhe geführt. Napoléon ging im Frühjahr 1871 ins Exil nach London, wo er zwei Jahre später starb.

Trotz allem fand Bismarck die Zeit, Katharina zu schreiben, um ihr erneut seine Sehnsucht nach Biarritz und der schönen Zeit mit ihr zu gestehen und von seinem Leben zu berichten.

Der neue Reichskanzler hatte indes viel zu tun. Parteienhader trübte die Freude über die Einheit und die Börsenkrise stoppte abrupt den Gründerboom. Die zahlreichen Probleme und Querelen im Innern des neuen Reiches zeichneten den Kanzler. Bismarck erlebte sein Amt mehr und mehr als Last und sehnte sich zurück nach den geruhsamen Tagen der Vergangenheit. Doch diese waren unwiederbringlich vorbei. Oft schrieb er in melancholischen Stunden seine Gedanken für seine »liebe Nichte« nieder, wie er die Anrede vorsichtig formulierte. »Viele Leute sind so unglücklich, von der Existenz Catty und der Möwenklippe nichts zu wissen, sie kennen weder den Leuchtturm noch die Grotte«, schrieb er und dass er »arg Heimweh nach den glücklichen Stunden von Biarritz« habe. Über alles andere, vor allem über das, was ihm »Catty« an jenem Abend in Paris gestanden hatte und was er glaubte, dass es ihn mit ihr verband, schwieg er eisern. Nur im April 1873 schrieb er fast verzweifelt: »Von dem, was sonst noch für die Zukunft des armen Kindes Ernstliches geschehen kann, habe ich keine Vorstellung …«

Ein Jahr später wurde Bismarck erneut zum Ziel eines Anschlags. Während eines Kuraufenthalts in Bad Kissingen verübte der Böttchergeselle Eduard Franz Ludwig Kullmann am 13. Juli 1874 ein Pistolenattentat auf ihn. Bismarck wurde lediglich am rechten Handgelenk verwundet und der Attentäter, ein fanatischer Katholik, sofort verhaftet. Dieses Erlebnis machte ihm sehr zu schaffen, er fürchtete für die Zukunft. Für Katharina war diese Zukunft knapp bemessen. Die Fürstin Orlow, seine geliebte Catty, starb 1875 im Alter von fünfunddreißig Jahren. Er selbst wurde von einer längeren Erkrankung heimgesucht. In einer letzten Erinnerung wollte Bismarck den Knaben Othon-Edouard Lafleur, als dieser vierzehn Jahre alt war, nach Deutschland holen, damit dieser Deutsch lerne und später in Göttingen studiere. Aber Madame Marie Lafleur, die Witwe des Leuchtturmwärters, lehnte das Ansinnen des deutschen Kanzlers mit heftigen Worten ab: »Mein Mann hätte den Kerl ersaufen lassen, dann wäre Frankreich unendliches Leid erspart geblieben.«

»Ich hätte im Friedensvertrag von Frankfurt für mich das

Recht festschreiben sollen, dass ich nach Biarritz zurückkommen darf, ohne dass mich unsere Freunde, die Lebensretter, ersäufen«, schrieb Bismarck. »Ach, Katharina …!«

Doch die Geliebte war tot. Ihr Geheimnis, das womöglich auch das Bismarcks war, ruhte mit der Fürstin im dunklen Grab.

LITERATUR- UND
QUELLENHINWEISE

Otto von Bismarck. Gedanken und Erinnerungen, Bd. 1.
Stuttgart 1898/ Bd. 2. Stuttgart 1898.

Bismarckbriefe 1836–1872. 6., stark verm. Auflage. Hrsg.
von Horst Kohl. Velhagen & Klasing, Bielefeld und Leipzig 1897.

Fürst Bismarcks Briefe an seine Braut und Gattin. Hrsg. von
Fürst Herbert von Bismarck. Cotta, Stuttgart 1900.

Ernst Engelberg. Bismarck. Bd. 1: Urpreuße und Reichs-
gründer. 3., durchgesehene Auflage, Akademie-Verlag, Berlin 1987

Lothar Gall. Bismarck. Der weiße Revolutionär. 2. Auflage,
Ullstein, Berlin 2002

Eberhard Kolb. Bismarck. C.H. Beck Wissen, München
2009

Fürst Nikolai Orloff. Bismarck und Katharina Orloff. Ein
Idyll in der hohen Politik. München 1944

Sowie Beiträge des Autors:

Militärgeschichte im Zeitalter des Deutschen Bundes und der Einigungskriege 1815 bis 1871. In: Grundzüge der deutschen Militärgeschichte Arbeits- und Quellenbuch. Bd. 1. Freiburg 1993, S. 129-192

Der Deutsche Krieg von 1866. In: Hannovers Übergang vom Königreich zur preussischen Provinz, Hannover 1995, S. 31-58.

Königgrätz. Entscheidung 1866. IFDT 7/1991

Ausgewählte Operationen und ihre militärhistorischen Grundlagen (Hg.). E.S. Mittler, Herford und Bonn 1993, 484 S.

DANKSAGUNG

Ich bedanke mich bei Professor Dr. Hans Fenske für die hilfreichen Hinweise, bei meinem Lektor Herrn Sven Lang für seine gute Arbeit und insbesondere auch bei Johannes Theisen für seine freundliche »Leser-Beratung«.

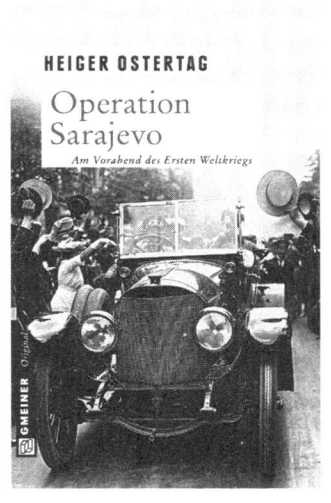

HEIGER OSTERTAG
Operation Sarajevo
. . . .
978-3-8392-1624-8 (Paperback)
978-3-8392-4535-4 (pdf)
978-3-8392-4534-7 (epub)

»Selten wurde die Urkatastrophe des 20. Jahrhunderts so spannend verarbeitet!«

Hauptmann Wedigo von Wedel wird Zeuge eines töd-
lichen Luftkampfs zweier Flugzeuge. Zur Aufklärung
des Vorfalls holt Major Nicolai den jungen Offizier in
die Geheimdienstabteilung des preußischen Kriegs-
ministeriums zurück. Zunächst verdächtigt Wedel den
französischen Geheimdienst, doch bald merkt er, dass
viel mehr hinter dem Mordanschlag steckt. Seine Er-
mittlungen führen ihn in die Tiefen der Spionage und
Gegenspionage und schließlich bis nach Sarajevo.

GMEINER SPANNUNG

HEIGER OSTERTAG
Potsdamer Affäre
....
978-3-8392-1450-3 (Paperback)
978-3-8392-4213-1 (pdf)
978-3-8392-4212-4 (epub)

»100 Jahre später führt uns Heiger
Ostertag das Jahr 1913 vor Augen. Äußerst
spannend und ungemein informativ!«

Kurz vor dem Ersten Weltkrieg. Hinter den Kulissen
der europäischen Großmächte wird längst gekämpft,
der Krieg der Geheimdienste hat begonnen. Der
23-jährige Oberleutnant Wedigo von Wedel aus dem
1. Garderegiment in Potsdam wird nach Berlin abkom-
mandiert. Die Abteilung III b, die Geheimdienstabteilung des Deutschen Generalstabs, hat ihn angefordert,
um feindliche Agenten aufzuspüren. Von Wedel stürzt
sich in die glitzernde Halbwelt des künstlerischen Berlins, wo neben zwielichtigen Gestalten eine verführeri-
sche Gräfin auf ihn wartet.

CLAUDIUS CRÖNERT
Freyas Land
. . . .
978-3-8392-1647-7 (Paperback)
978-3-8392-4571-2 (pdf)
978-3-8392-4570-5 (epub)

»Ein Roman, kraftvoll wie die Wellen der Nordsee.«

715 n. Chr.: Die friesischen Stämme rüsten zum Feldzug gegen die christlichen Franken, um ihre Handelsstadt Dorestad von deren Besatzung zu befreien. Auf einem Festbankett verlangt einer der friesischen Fürsten von Herzog Radbod, er möge ihm seine Tochter zur Frau geben. Das Mädchen ist aber erst 15 Jahre alt und der Herzog will sich um keinen Preis von ihr trennen. Es droht ein Streit zur Unzeit, denn nur wenn die Friesen zusammenhalten, haben sie eine Chance gegen den übermächtigen Gegner. Und Radbod hat viele Gefahren auf sich genommen, um die Stämme seines Landes zu einen …

GMEINER SPANNUNG

WWW.GMEINER-VERLAG.DE
Wir machen's spannend

Das Neueste aus der Gmeiner-Bibliothek

Unsere Lesermagazine

Bestellen Sie das kostenlose KrimiJournal in Ihrer Buchhandlung oder unter www.gmeiner-verlag.de

Informieren Sie sich ...

www ... auf unserer Homepage:
www.gmeiner-verlag.de

@ ... über unseren Newsletter:
Melden Sie sich für unseren Newsletter an
unter www.gmeiner-verlag.de/newsletter

f ... werden Sie Fan auf Facebook:
www.facebook.com/gmeiner.verlag

Mitmachen und gewinnen!

Schicken Sie uns Ihre Meinung zu unseren Büchern per Mail an gewinnspiel@gmeiner-verlag.de und nehmen Sie automatisch an unserem Jahresgewinnspiel mit »mörderisch guten« Preisen teil!

GMEINER SPANNUNG